Samurai &
武士とジェントルマン
榎田ユウリ
角川書店
宇都宮誠
橘ルリ
伊能信夫
JN248151

武士とジェントルマン

CONTENTS

目次

装画　萩尾望都
装丁　大原由衣

1 ある意味、未知との遭遇

「先入観を持たずに行きたまえよ《You should go there without any preconceptions.》」

尊敬する師であり、同時に数少ない友ともいえる人物からのアドバイスだ。

ありがたい助言ではあるが、染みついた先入観の排除はそうたやすくはない……と返そうとした私だったのに、

「まあ、きみには無理だろうがね、アンソニー」

にんまりとした笑みとともに言われてしまい、軽く肩を竦《すく》めるしかなかった。恩師の皺《しわ》はだいぶ深くなったけれど、なにかを企む子供のような笑顔は昔のままだ。

「なにしろきみは、かの国について一般の英国人よりずっと詳しい。確か叔母上が日本人だったね？　会話にも不自由ないと聞いているぞ」

「叔母から教わったのはずいぶん昔ですから、もう錆《さ》びついていますよ」

「なんの。子供時代に学んだものは根強いし、きみはもともと語学センスが秀逸だ。それにしても、日本を訪れるのが初めてだとは……意外だね。とうの昔に来訪ずみだと思っていたよ。だから多元文化研究に興味を持ったのかと」

恩師は、たっぷりと紅茶の入ったマグカップを手に言う。

マグにプリントされた懐かしいカレッジの紋章は、長い年月を経てだいぶ擦《す》れていた。このマグを見るたびに、私は学生時代を思い出す。図書館に並ぶ彫像、階段室の肖像画、窓のステンドグラス……友の呼び声。

「子供の頃、叔母から聞いた日本の話に触発され、東洋に興味を持ったのは事実です。だからあなたから、多元文化論を学んだ」

「そこから比較宗教論に流れ、東洋美術史に流れ……あれ、最終的に、きみの専門はなんだっけ?」

「チベット仏教美術」

「そうだったそうだった。あの掛軸《タンカ》はきみからもらったんだ。インドア派で青白い顔色をしてたきみが、真っ黒に日焼けして帰ってきた時は驚いたものだ」

「最初にラサから戻ってきた時ですね。空気が薄いのには参りました」

 やや薄い紅茶を飲みながら私は答えた。ラサで毎日飲んでいたバター茶がふと懐かしくなる。塩味のミルクティーなのだ。最初はとても飲めないと思っていたのに、ほどなく慣れた。乾燥しきった高地では、ヤクバターの風味が身体を癒してくれる。

「日本の仏教は、チベットとは違うんだったかな?」

「密教は伝わっていますが、唐を経由したものなので、私の専門からは外れますね」

「僕は東京には何度か行ったよ! アキバとアメヨコが楽しかった!」

恩師はニコニコと喋りながら、だいぶ白くなった顎鬚《あごひげ》を撫《な》でる。そろそろ七十を過ぎた頃のはずだ。

1

ある意味、未知との遭遇

教職の第一線は退き、この書斎……書物と論文と世界各国のグッズで埋め尽くされた部屋で、悠々自適に過ごしている。私が贈った曼荼羅《まんだら》のタンカの横に飾られているのは、日本のアニメキャラのポスターだ。まさしく混沌《こんとん》である。

「で、今になってなぜ、突然行こうと?」

「以前お話したとおりです。向こうの大学が、講師を探していると聞きまして」

タイのノットを少し緩め、私は答えた。

久々に会う恩師への敬意としてスーツで着たのだが、恩師のほうは毛玉だらけのセーターにスウェットパンツ、そしてガウンだ。あのセーターは学生時代も見たような気がするのだが……物持ちのよさは英国人の美点だろうが、毛玉は少し切ったほうがいい。

「ほう。チベット仏教美術のクラスがあるのかい?」

「いいえ。比較美術論を英語で学ぶクラスです」

「なら、べつにきみじゃなくてもいいじゃないか」

「そうとも言えますが……これはつまり、仏教でいうところの縁というやつですよ。せっかくの機会ですし、叔母の母国で見聞を広めるのも一興でしょう」

「そのつまらなそうなすまし顔は、学生の頃と変わらないなあ。わかってる、アンソニー、わかってるとも。人はなにかにうんざりした時、うんと遠くに行きたくなるものだ」

「私はうんざりしてるように見えるんですか?」

「まあ、だいたいきみはいつもそんな顔だけどね!」

楽しそうに指摘され、私は軽く眉を寄せた。

私を知る人の多くは、私についてこう評するだろう。几帳面《きちょうめん》、無愛想、礼儀正しく堅苦しいかと思えば、好奇心は旺盛――この評価が正しいかどうかはさておき、自分でも、己をおおらかで楽天的と思ったことはない。そういう性格傾向の私にしては、確かに、今回の渡航計画は急で気まぐれなものだった。

たまたま耳にした、決して高給とはいえない教職の口である。事務的な繋ぎをとってくれた担当者が「本当にいいのですか？」と何度も確認してきた。英国でならば、もっと好条件で迎えてくれる大学があるからだ。けれど私は「構いません」と答えた。

「べつにうんざりはしていませんが」

サイドテーブルに紅茶を置き、私は脚を組み直す。

「少しこの国を離れて、違う環境に身を置くのもいいかとは考えました。ちょうど研究はひと区切りついてますし、ならば、新しい場所に行っ……」

「それだよ、アンソニー！　新しい場所！　新しい出会い！」

この恩師はしばしば人の話を最後まで聞いてくれない。

「きみはよいチョイスをした！　いいかい、今から大事なことを言うから、よく聞きなさい。準備するな。なにも調べるな。情報は遮断するのだ！」

捲《まく》し立てながらビスケットを齧《かじ》る。古めかしいが恐らく価値の高い絨毯《キリム》の上に、菓子屑《くず》が散らかることなどおかまいなしだ。

「大丈夫、僕のアレンジメントは完璧だ。なにも心配はいらない。僕はね、アンソニー、きみに特別な体験をしてもらいたい！　そして特別な体験には鮮度が要求されるものだ。

1

ある意味、未知との遭遇

そう、フレッシュでなければ！　ぜひとも白紙で行ってくれたまえ。少なくとも現地に到着するまでは、まっさらでいてほしい。約束してくれるかね？　ああ、まったく、『ググらない』ことがこうも難しい時代が来るなんて！　みんなどうでもいいことばかりを検索しまくって、時間を無駄にしていることになぜ気づかないのかな。七秒で知り得たことなんて、四秒で忘れてしまうというのに！」

「ご安心ください。白紙で行きますよ」

現地での滞在先はこの恩師が手配してくれたのだ。彼は世界規模で人脈が豊富であり、今回も信頼のおける知人が助力してくれたと聞いている。

「では、そろそろお暇《いとま》いたします。荷物整理がありますので」

私は立ち上がり、恩師に右手を差し伸べる。

「うむ。ググるなよ？」

「ググりません」

苦笑気味に今一度約束すると、恩師もニッと笑う。

「よい旅を、アンソニー。身体に気をつけて」

握った手はかさついて、だが温かく、指先にビスケットの屑がついていたのも昔同様で、私はさりげなくそれを払い落としながら感謝を述べたのだった。

Googleという巨大企業の固有名詞が『検索する』を意味する動詞として使われるようになり、どれくらい経つだろう。そしてこの語は、いつまで有用とされるのか？

言葉の変化は世の常にしろ、今やその速さはあまりにめまぐるしい。

日本語の『GUGURU』にも『検索する』という意味があるそうだ。まさしくワールドワイドである。溢れる言葉、溢れる情報、事実と虚偽。襲いかかる情報の波をどう乗りこなすか、あるいはそこからあえて遠ざかり、隠遁《いんとん》者を気取るか……判断は人それぞれだ。どちらが幸福になれるのかは、誰にもわからない。

ヒースローから羽田まで、約十二時間。

私は情報化時代の虚実に思いを馳《は》せつつ、空の旅をすごしていた——と言いたいところだが、実際そんな思索はものの五分で終わってしまった。二回の機内食と二本の映画鑑賞を経ても、まだこの身は空のただ中だ。

暇である。タイムズもガーディアンもデイリー・テレグラフも読み、すべてのクロスワードも解いてしまい、いよいよやることがなくなった。モバイル機器はすべて荷物棚にしまいこんである。タブレットで未読の電子書籍を読もうかと頭を掠《かす》めたが、一度それを手にしてしまえば、恩師との約束を破ってしまいそうだ。

代わりに東京の地図を広げてみることにした。

折りたたみになっているそれは、十年前に叔母が帰郷した折に買ってきたものだ。保存状態は良好だが、問題は地名の表記であり、外国人向けではないので漢字ばかりなのである。私はある程度日本語が喋れるが、読み書きは覚束《おぼつか》ない。

1

ある意味、未知との遭遇

そこで、優しい叔母がいくつかの地名をマーカーで書き入れてくれていた。TOKYO、SHINJUKU、SHIBUYA……UENOには大きな美術館があると聞いている。駅から歩いて行けるのか、今はどんな展示をしているのか……。

ググりたい。けれどググれない。約束したので。

ググったところで、黙っていればわからないわけだが、私は約束を破ることに居心地の悪さを感じる――というか、負けたような気分になるという、我ながら面倒くさい性格なのだ。恩師もそれを承知で「約束してくれるかね」などと念押ししたわけである。

私はシートの角度を起こし、アテンダントにオレンジジュースを頼んだ。

機内の乾燥で喉が渇く。それからしばらく瞑想《めいそう》よろしく目を閉じ、やがてうつらうつらした。ふと目覚め、モニタの時計を見ると、ようやくあと一時間ほどで到着だ。

羽田空港には、滞在先の家主が迎えに来てくれる手はずになっている。

ただし私は、その人物の顔すら知らない。つまりこれが、恩師の言う「白紙で行け」ということなのである。

荷物を送る必要があったのでアドレスはもらい、その時に家主の名前は判明した。

江東《こうとう》区のH．INO氏。

恩師はHeと言っていたので、性別は男性。それがすべてだ。日本の大学で教えることになったと、恩師に電話で報告した三日後には、すでに私の住む場所は決められていた。

無論、恩師の一存で。彼いわく、「きみの美意識を満足させる邸宅」だそうだ。

この時点で丁重に断るという道もあったのだろうが、私はそうしなかった。

恩師は勝手気ままな人ではあるものの、私がなにを美しいとするかについては、正しく理解している。その点だけは間違いない。大学までの通勤時間も許容範囲内だったので、私は「よろしくお願いします」と受け入れた。何事にも事前の準備を怠らない私にしては、ずいぶんな流されようともいえる。

けれど、思ってしまったのだ。

たまには流されてみるのもいいかもしれないと。

自分の意志、自分の決断、自分の信念——そういったものを大切にしろと教わってきたし、大切にしてきたつもりだった。だがその結果、私はなにを得られたのだろうか。あるいは、誰かになにか与えることはできたのか?

東京の住宅事情は叔母から聞いていたので、送る荷物はなるべく少なくした。本と服と日用品が少し。ずいぶん迷ったが、愛用のマグカップは手荷物に入れた。やはり紅茶はこれで飲みたい。INO氏の追加情報はないまま英国を離れる日が迫り、二日前に恩師に挨《あい》拶《さつ》に赴くもあの調子で、結局私は家主について知らないままである。年齢も、仕事も、英語が話せるのかも知らない。礼儀として、事前に挨拶メールくらい出しておきたかったのだが、恩師は「うむ、大丈夫」と取り合ってくれなかった。意地でも私に前情報を渡したくなかったらしい。

この情報の少なさは、確かにある意味新鮮だ。恩師はいったい、私になにを見せてくれるというのだろう?

しかしさすがに懸念もあった。

1

ある意味、未知との遭遇

そもそも、空港で落ち合えなかったらどうするのか。私が知っているのは、ＩＮＯ氏の自宅の電話番号だけで、携帯電話番号は知らない。先方が私の番号を知っているのかどうかもわからない。ならばせめて私の顔は知っているのだろうかと、恩師に確認の電話を入れたのが今朝のことだ。

——きみの顔？　いいや、知らないよ。

あっさり言われてしまい、私は途方に暮れた。

——問題ない。特徴は伝えてある。金髪碧眼《へきがん》、姿勢のいい、神経質そうなハンサムミドル。フライトナンバーもちゃんとメールした。それに、仮に彼がきみを見つけられなくても、きみは必ず迎えを見つけられるさ。

——まさか。いったいどうやって？

——簡単だ。一番目立つ人を探せばいい。

そう言うと、恩師は「おっと、マフィンが焦げそうだ。ではよいフライトを」と通話を終わらせてしまった。本当にマフィンを焼いていたのかは怪しいものである。

一番目立つ人？

これまた曖昧《あいまい》なヒントだ。なにがどう目立つのかわからなければ探しようがない。まさかPikachuの着ぐるみで来ているわけでもないだろうし……。などと私が悩んでいるあいだに、揺れの少ない巧みなランディングで、飛行機は羽田空港に到着した。

荷造りをする前、叔母に東京の三月中旬の気候を聞いた。

彼女は日本人だが、とうに英国暮らしのほうが長い。子供の頃から偏屈な私だったが、この叔母にはよく懐いていた。両親以上に近しい存在といえる。

――三月の東京……難しい時季ね。

彼女はそう答えた。

まだ冬をひきずる寒さもあり、かと思うと初夏の陽気になったりと安定しないそうだ。そういった不安定さはロンドンも変わらない。結局、レインコートにもなる上着を選び、念のためにマフラーも持った。夏は死者が出るほど暑いという話も聞いた。彼女流のジョークかと思ったら、本当に熱中症で亡くなる人がいるらしい。

羽田空港の清潔さは、私にとって心地よいものだった。

午後三時過ぎ、外の気温はわからないが、大きな窓からの景色は明るく晴れている。小型のスーツケースは機内に持ち込めたので、ピックアップの必要はない。入国審査を通過し、税関も抜ければ出口だ。

ロビーを見渡し、私は軽く眉を寄せた。

これは無理だろう。

到着した人、迎えの人、団体客にツアーガイド……かなりの人だ。

考えてみれば当然、ここは大都市東京である。これでは互いに顔を見知っていても、すんなり会えるとは思えない。実際、人々は携帯電話を使いながらきょろきょろし、待ち合わせ相手を探していた。この状況からして、いくら目立つ人物とはいえ……。

「あら、見て、あれ」

すぐそばにいた日本人女性が、密《ひそ》やかに、だが少しの興奮を混ぜて言った。

1

ある意味、未知との遭遇

私にではなく、一緒にいた友人に話しかけたのだ。声をかけられた女性は、友人が示す方向を見て、「まあまあ」とやはり驚いて、小さな目を見開く。ふたりとも老婦人と言える歳だろうが、可愛らしい柄のカートを引き、潑剌《はつらつ》とお元気そうだ。

「なんだか久しぶりに見たわぁ」

「私も。昔はもっといたわよねえ」

「かなり減ってるんですって。レア、っていうやつよ。写真をスマホの壁紙にしとくと、お守りになるって孫が言ってたもの」

「確かに効きそうだけど、勝手に撮るのは失礼だし……」

「それはダメだと思うわぁ。あらやだ、こっちに来る。聞こえちゃったかしら」

彼女たちの注目していた人物が、歩き出した。

私もまた、その人物を凝視していた。

……なんだ、あれは。

いったいどうして。

いや待て、そういえば。だがしかし。なるほどこれは、かなり……。

いくつもの言葉が、文にまとまらないまま私の脳内を旋回している。ほかにもチラチラとその人物を気にしている人は多い。噂話をしていた老婦人たちはそそくさとその場から立ち去り、その人物は私のすぐ前で止まった。

本当に、真正面だ。

「卒爾《そつじ》ながら、アンソニー・ハワード殿とお見受けいたしまする」

緊張気味の、やや高い声で彼は言った。

年若い男性である。背丈は私より十センチほど低いだろうか。少し顎を上げ、真っ直ぐこちらを見る目は、誠実、という言葉を思い出させた。聞き慣れない語はあったものの、なにを聞かれているのかは概《おおむ》ね理解できた。それでも咄嗟《とっさ》に返事ができない。

私は彼を凝視し続け、自分の中のちょっとしたパニックを収めようとしていた。混乱を収めるには言語化が役立つ。だが、その出で立ちを具体的に表現するに充分な日本語を、私は持っていない。とはいえ、いくつか思い浮かぶ単語はある。

キモノ。

カタナ。

チョンマゲ……？

「……あの、貴殿は」

青年はやや戸惑った様子でこう続けた。

「……ユー、アー……違……アー、ユー、ミスタ……」

こちらがちっとも反応しないため、日本語が通じないと誤解したらしい。私は慌てて

「いえ、わかります」と答えた。

「そう、アンソニー・ハワードです。ではあなたがＩＮＯ《イノ》さん？」

「左様。正しくは、イノウ、と発音いたします」

「失礼。イノウさん」

「は」

1
ある意味、未知との遭遇

「……ひとつ、お聞きしても？」

「なんなりと」

「あなたは、その、つまり――サムライなんですか？」

腰の刀に軽く左手を添え、イノウ氏は一度姿勢を正し、「いかにも」と答え、

「伊能長左衛門隼人《ちょうざえもんはやひと》。それがしは武士にござりまする」

真摯《しんし》な声音《こわね》で、そう言った。


武士。

あるいはサムライ。

日本の中世・近世における支配階級……その存在について、多少の知識は持っていた。

しかし、現代日本における武士については別だ。

日本にはまだサムライがいるらしい――という程度である。

一度は消えたサムライたちだが、この数十年で復活した、私にそう教えてくれたのは、ほかでもない恩師である。恩師の専門は中央アジアなのだが、近年、日本オタクとして開眼してしまったのだ。なんでも、中央アジア文化について見事に描かれているコミックを見つけ、それが日本の作品だったことがきっかけらしい。

蘇《よみがえ》ったサムライは、現代日本においても相当珍しい存在のようだ。

その事実を今、私は身をもってひしひしと感じている。私とイノウ氏は電車に乗っているのだが、彼と一緒にいるだけで、ものすごい注目度だ。アジア圏を旅していれば、白人である私がチラチラと見られることはままある。だが今、見られているのは私ではない。すれ違う人々が結構な率で振り返り、彼を凝視し、時には声も届く。

「お、武士発見」

「うっそ、リアルチョンマゲじゃん」

「刀差してる。あれマジもん？」

「それやばくね？　銃刀法的に」

制服を纏《まと》った彼らは十四、五歳だろうか。イノウ氏にも聞こえていると思うのだが、車窓の風景をじっと見ているだけだ。揺れる電車の中、手すりに摑まることもなく、背中を伸ばして立つ姿は若々しい青竹を思わせた。

「武士がガイジン連れてるの図かー。ウケる」

私がゆっくりと彼らのほうに顔を向けると、いっせいに口を噤《つぐ》んだ。（しまった、日本語わかんのか）という気まずそうな顔だ。

「申しわけございませぬ」

唐突に、イノウ氏が私に謝った。

「車で来られればよかったのですが……それがし、免許を所持しておらず」

「大丈夫。荷物も多くないですし、公共の交通機関に慣れておきたいので」

「かたじけのうござる」

1

ある意味、未知との遭遇

「……？」

カタジケノウゴザル、の意味がわからない。こちらの戸惑いに気がつき、イノウ氏は「失敬」という言葉の後で、

「かたじけないというのは……つまり……感謝を表す言葉です。古い表現ゆえ、今はあまり使われてはおりませんが」

丁寧に、そう教えてくれた。

「けれど、あなたは使うわけですね？」

「それがしは武士らしい言葉を使うようにと、育てられましたゆえ」

「ソレガシ、というのはワタシの意味でしょうか」

「左様にござ……この『左様』はイエスの意味にございます。そして『それがし』は、自分を示しまする。ややへりくだった言い方かと」

「ヘリクダッタ……？」

「へりくだったというのは……」

イノウ氏は説明を試みようとしたようだが、言葉が続かなかった。普段は無意識に使っている言葉ほど、別の言葉で説明しようとすると難しかったりするものだ。綺麗な額の下、凛々《りり》しい眉が寄っている。ちなみに彼の髪型は、長い髪をぴっちりとしたオールバックにし、後頭部の高い位置でノットを作るスタイルだ。クロサワ映画などで見たサムライたちの頭頂部には剃《そ》り込みがあったが、彼にはない。しばらく『ヘリクダッタ』の説明を考えていた彼は、「後ほど、調べてからご返答いたしたく」としごく真面目な顔で返した。

私は「もちろんです。ありがとう」と答える。さらに、

「自己紹介をしていいですか」

そう問いかけた。サプライズ好きな恩師のせいで、イノウ氏の情報があまりに少なすぎるわけだが、相手のことを聞きたいなら、まず自分について情報開示する必要がある。

「ぜひともお願い申し上げます」

イノウ氏が深く頷《うなず》く様子からして、恩師は私のこともろくに伝えていないのではないか。まったく困った人だが、その状況で外国人を自宅に迎え入れるイノウ氏も、たいがい変わっていると言えよう。

「アンソニー・ハワードです。アンソニーと呼んでください。こちらの大学で美術論を教えるために来ました。叔母が日本人なので、日常会話は大丈夫と思いますが、知らない言葉も多いので、色々教えていただきたいです」

「日本語、至極達者でいらっしゃいます」

彼はにこりともせずに褒めてくれた。愛想はないのだが、おべっかを言っている風でもなく、ただ真面目なのだろう。愛想がないのは、私も人のことを言える立場ではなかった。

「ありがとう。今まではロンドンに住んでいました。あなたを紹介してくれたドクター・クリフォードは、私がカレッジにいた頃の先生です。それから……」

しばし考えてから「私は四十歳です」と付け加えた。私としては、初対面で年齢を明かすことに違和感があるのだが、叔母によると日本では必ずしもそうではないらしい。むしろ、互いの年齢を承知していたほうが、関係を構築しやすい場合もあるそうだ。

1

ある意味、未知との遭遇

「それがしは、今年で二十七になり申す」

実のところ、もっと若く見えていたので少し驚く。つるんとした肌の質感から、二十歳そこそこかと思っていた。

「若輩者ゆえ、行き届かぬところも多いかと。なにとぞご指導くだされ」

ジャクハイモノ、もわからなかったが、なんとなく意味は取れたので「こちらこそ、よろしくお願いします」と返す。

「イノウさん、とお呼びすればいいですか？」

「それがしがアンソニーと呼ばせていただくなら、長左衛門と……発音しづろうございますな……では、ハヤトとお呼びくだされ」

「さっきは、ハヤヒト、と聞こえたのですが」

「正しくはハヤヒトですが、近しい人はハヤトと呼びまする」

「わかりました。ハヤト、実は私は、サムライについてほとんど知らないのです」

え、と彼は瞬《まばた》きをした。表情の動きは小さいが、どうやら驚いたらしい。

「その……それがしについて、クリフォード先生はなにも？」

「はい。彼は私を驚かそうと思ったようです。確かに、驚きました。サムライが迎えにきてくれるとは」

「左様でござりましたか。……その……まず、サムライはニンジャとは違い……」

「失礼、そのあたりは大丈夫です。美術史を通してですが、だいたいの歴史の流れも理解しています。私がわからないのは、現代のサムライについてです。サムライは……いや、ブシは…………そもそも、それらはどう違うのですか？　サムライと武士、私はどちらの言葉を使うべきなのでしょう？」

なによりもまずは、そこを明確に区別すべきだろう。私が今まで読んできた英語文献ではBUSHI（SAMURAI）というように併記してある場合が多かったので、ふたつの違いを把握していないのだ。もしそれらに大きな違いがあったら問題である。私だって、イングランドとUKを一緒にされると辟易《へきえき》する。

「どちらでも、よろしいかと」

ところが、返答は予想外にあっさりしていた。

「どちらでも？」

「は。どちらでも」

ハヤトは頷く。電車がやや大きく揺れて、さすがに彼も手すりを持った。

「辞書にて侍を引くと武士とあり、その逆もまた然《しか》り。言葉の成り立ちに違いはあれど、少なくとも今では、ほぼ同じ意味で使われておりまする」

「同じ……。では、ハヤトはどちらで呼ばれたいのですか？」

「どちらでも」

生真面目《きまじめ》な口調で、三度《みたび》のあっさり返答だった。私はいくらか拍子抜けした気分で「それでは」と質問を続ける。

「現代日本の……武士、はどんなものなのでしょう？　昔の武士は、戦いのプロフェッショナルだったわけですよね？」

「はい。武士とはつまり、兵《つわもの》にござりました」

ツワモノ、は恐らくsoldierのことだろう。

「されど戦国の世が終わり、江戸時代になると戦はほとんどなくなります。この頃の武士の役割は……多くは地方行政官、というところでしょうか。政治は、武家の頂点である徳《とく》川《がわ》将軍家を中心に行われていました。やがて明治維新を迎え、武士の時代も終焉《しゅうえん》を告げます。仕えるべき藩もなくなり、刀を携えることも禁止され、武士はいなくなったのです」

そう、サムライたちはいなくなったはずだ。

では、今私の眼前にいる彼は？

キモノと……この独特なトラウザーズはハカマ、だったか。それを身につけ、足下はflip-flopsに似たサンダルを履き、腰に二本の刀を差しているハヤトは？

「武士が今の世に復活したのには、色々と経緯がござりまする。発端を申し上げれば、昭和三十九年……一九六四年の東京オリンピックです」

というと、今から半世紀以上遡るわけか。

「国内外から多くの人々が東京に集まるということで、防犯対策が肝要とされました。そんな中、有志によって『侍組』が結成されまする」

「サムライグミ……」

「はい。奉仕活動《ボランティア》による、防犯組織のひとつです。『侍組』は、かつて武家だった家の青少年を中心に組織され、警邏《けいら》や道案内を行うものでした。彼らは帯刀こそしておりませなんだが、侍の恰好《かっこう》をしておりました」

「タイトウとは?」

「刀を持ち歩くことにござりまする」

ああ、と私は頷いた。日本刀はもともと武器だが、芸術品としての価値も高い。知人にはコレクターもいるが、私はあまり詳しくなかった。

「刀は危険なものゆえ、明治以降、身につけて歩くことは法律で禁じられておりました。ゆえに、『侍組』は竹光《たけみつ》と呼ばれる偽の刀を持ちました。もちろん、斬れませぬ」

それでは、今現在ハヤトが持っている刀はどうなのか。やはり模造品なのだろうか。気になったが、話が逸れるので質問はまた後にしよう。

「『侍組』はまずその出で立ちで、大変話題になったそうです」

「今で言う、コスプレでしょうか」

「そういう感覚もあったかと思いまする。さらに彼らは礼儀正しく、親切で、忍耐強くもあったと。また、英語を話せる者がかなりいて、外国からのゲストに喜ばれたようです」

「なるほど。サムライが英語で案内してくれたら、ゲストは嬉しいでしょうね。英会話を特訓したのかな」

「これはそれがしの想像にすぎませぬが、もとより、ある程度話せる者が多かったのではと。彼らは良家の子息が多く、みな高い教育を受けていたと考えられるからです。『侍組』の発起人たちは六十代が中心で、ほとんどはもと大名華族……ええと、カゾクとはファミリーではなく……貴国でいう貴族のような……」

「日本にも貴族がいたのですか」

1

ある意味、未知との遭遇

「明治時代に、公家《くげ》や大名、また国に大きな貢献のあった者たちが爵位を得ました。昭和二十二年に華族制度は廃止され、今はありませぬ」

クゲの意味もわからないので、あとでググってみよう。そろそろ恩師も許してくれるはずである。ダイミョウは確か、上位の武士を意味するはずだ。

「もと大名華族の子息が多かった『侍組』はその活動が評価され、オリンピック後も組織が残りました。これが今の『武士制度』の始まりとなったのです。制度は何度か見直され、現時点の正式名称は」

ここで一度、ハヤトはスッと息を吸い、

「『伝統文化の保持ならびに地域防犯への奉仕を目的とする新しい武士制度』……となっております る」

そう一気に言い切る。

「長いですね」

「長いのです。統括しておりますのは、公益社団法人現代武士連盟と申します」

「つまり……現代の武士は、その伝統を保持《キープ》することと、地域の防犯を担っていると?」

「左様。日本の交番をご存じでしょうか」

「KOBAN。わかります」

「交番は地域住民の安全を守る存在ゆえ、至極肝要。しかしながら、警察官がパトロールに出ているあいだは無人になってしまうことが、しばしば問題とされておりました。交番に誰もおらず、狼藉《ろうぜき》を働く男から、女人《にょにん》が逃げられなかったという事件も発生したのです。

この問題を解消するための試みが、武士による交番留守役です」

「つまり、交番の留守番？」

はい、とハヤトは頷く。

「通常は道案内をしたり、落とし物を預かったりという程度ですが、万一事件が発生した時は、即刻警察署に連絡いたします。場合によっては、現場に駆けつけることも」

「では、犯罪に巻き込まれる危険もあるのでは？」

「あり得まする。ゆえに、交番留守役は強制ではありませぬ。……が、その程度の危険に臆するようでは、武士道に悖《もと》るとそれがしは考えます」

「なるほど。ブシドウですね」

「いかにも、武士道です」

つい知った風を装った私だが、実のところブシドウについてなんら理解しているわけではない。せいぜいハラキリがセットで思い浮かぶ程度である。

「しかし、それほど古い制度が復活するというのは興味深いですね。日本人にとって、武士とは特別な存在なのでしょうか」

「亡くなった祖父は、武士こそ日本男子の理想と申しておりました」

ハヤトは明瞭にそう答えた。

男性の理想像が武士というわけか。私は頷きつつも、ジェンダー・バイアス的な時代錯誤感を覚えてしまう。隼人の祖父が生きた時代では、自然な考え方だったのかもしれないが……あるいは文化の違いなのだろうか。

「武士の、どういったところが理想的なのでしょうか？」

重ねて聞いてみると「強きこと、です」とすぐに帰ってくる。

「強くあれば、弱き者を守ることができます。ゆえに武士は、強くあらねばなりませぬ。そして強くあり続ける努力を、怠ってはならぬのです」

なるほど、この現代武士は『強さ』を重視しているらしい。

「しかしながら、現代武士制度が復活したのち、問題が生じた時期もあり……そのあたりはおいおい説明させていただければと。……あ、ここからやや混みまする」

ハヤトの言葉に頷き、私は立ち位置を少し変えた。

駅に停車すると、多くの人が乗り込んでくる。そのうちのほとんどがハヤトを見、その目で（武士だ）（あ、武士）（うわ、武士）と小さな驚きを語っている。けれど一貫して、ハヤトは凜としたまま、気がつかないふりだ。

これではまるでハヤトが異邦人のようではないか。

私はなんとも不可思議な気分のまま、世界で最も精密に運行される電車の中で、『ドアが閉まります』という無機質な声を聞いていた。

2 テルマエ・ロマエとも違う風呂

私は今、立ち尽くしている。

全裸で。風呂の前で。

それはとても特殊な風呂であり、少なくとも私は初めて見たし、恐らく多くの日本人も見たことがないのではないか。どのように入ればいいのかは教わったが、いざトライとなるとためらわれる。この板をお湯に浮かべて……？　それに乗る……？　底に足を直接つけると、火傷《やけど》する……？

なぜ私がこのような危険と向かい合っているのか。

説明のためには、少し時間を遡る必要がある。

現代の武士ハヤトに連れられた私は、無事イノウ家に到着した。地下鉄の駅から徒歩十分程度、近くには公園もあり、なかなか気持ちのよい街である。さらに、

「これは……素晴らしい」

感嘆してしまったのは、イノウ家の屋敷だ。東京はどこか無機質な集合住宅が目立ち、戸建てがあってもちんまりと機能的な洋風家屋が多いのだが、イノウ家は違っていた。瓦屋根の輝く、純日本家屋だ。平屋建てで、庭もある。東京でこの広さはかなり貴重だろう。

「曾祖父の代から続く家にござりまする」

私たちは庭に立ち、ハヤトが説明する。

「以前はすべて和室でしたが、一室だけ洋間に改装いたしました。庭に面した奥の部屋がそうです。あるいは、こちらの和室も空いておりまする。どちらかを貴殿にお使いいただこうと思うのですが……」

「もちろん和室で」

即答した。木と紙を多用した繊細な佇まい……これほどの日本家屋で暮らせるのに、洋室で寝起きするなど考えられない。

「承知いたしました。では、部屋にご案内いたしまする」

私が使うことになった和室は、畳の数が六枚で、六畳間と言うそうだ。押し入れと呼ばれる和式のクロゼットがついていて、昼間はここに布団一式をしまっておく。スペースに余裕があったので、衣類なども収納できるだろう。

イノウは、漢字で伊能、と書く。

玄関の表札にそうあった。そしてチョウザエモンハヤヒトは長左衛門隼人、だそうだ。『長左衛門』は先祖から受け継いだ名で、『隼人』は両親がつけてくれたそうである。この長い名は武家特有のもので、一般的ではないらしい。

ほかに客間、台所、家族が憩う茶の間、隼人《ハヤト》の寝起きする和室などがあった。隼人の部屋は奥まっており、茶の間の先にあるそうだ。

部屋に入り、清々《すがすが》しい薄緑の畳に触れると、これはとても土足で踏めないと納得する。

2

テルマエ・ロマエとも違う風呂

畳の周囲は美しい布で縁取られ、確かここを踏むことはマナー違反だったはずだ。理由はよくわからない。私の部屋には小さな引き出しつきのローテーブルがひとつ用意されていて、書き物などはここでできる。ほかに家具は見当たらず、簡素にして清潔な空間は私をいたく満足させた。いったい何度、隼人に向かって「素晴らしい」と繰り返しただろうか。そのたびに彼は面映《おもは》ゆそうに礼を述べていた。

「気に入っていただけたなら、なによりでござります。ちょうどこの部屋は、畳替えをしたばかりで」

「タタミガエ？」

「畳は外れるようになっており、交換できるのです。新しい畳は、このように清々しい香りがいたします」

「実に、心が洗われるような香りです。ここで暮らせることを嬉しく思います。今までも、日本の寺院などの資料はよく見ていましたが、一般家屋についてはほとんど知りませんでした。このような美しい日本家屋が減っているのは残念ですね」

「暮らしやすさや便利さを考えると、致し方ない部分もござりましょう」

「便利さだけを求めると、時に美しさは失われてしまいます。古くから続いているものには、きっと意味があるのだと、私は考えています」

「いかにも。それがしも、同じように思いまする」

隼人は深く頷いた。清浄な空間に身を置いていると、長旅で埃《ほこり》っぽい我が身が気になってくる。汗を流してさっぱりしたい。

「ハヤト。バスを……オフロを使ってもいいですか？」

シャワーだけでいいのだが、日本のシャワーは必ずバスタブとセットであると聞いていたので、そう聞いてみた。

「風呂……。承知いたしました。支度をしますゆえ、しばしお待ちいただきたく」

「もちろん。では私は、荷物を整理しています」

バスルームの掃除を忘れていたのかな、などと思いながら返事をした。

現在、伊能家には隼人しか住んでいないそうだから、手が回らない部分もあるだろう。かつては祖父母とともに暮らしていたそうだが、すでに亡くなられたとのことだ。両親についてはなにも語られなかったので、私も聞くのは控えた。家族には、それぞれ事情というものがある。

ひとりで家を護り、家事全般をしているのだとしたら、私の滞在は負担になるのでは……そんな懸念を伝えると、週に二日、家事手伝いが来てくれるので心配ない、という返答だった。食事はその時にまとめて用意されるらしい。今日は本来休みなのだが、私と顔合わせをしておきたいということで、まもなくやってくると言う。通いとはいえ、家政婦がいるとは意外だ。隼人は富裕層ということなのだろうか。私自身、メイドのいる生活から離れてずいぶん久しい。

廊下に置いてあった数個の段ボール箱を、私は新しき我が部屋に運んだ。

畳を踏む感触は本当に気持ちよい。今は靴下をはいているが、裸足《はだし》だとどんな感じなのだろうか。シャワーがすんだら試してみよう。

2

テルマエ・ロマエとも違う風呂

本はとりあえず押し入れの下段にしまう。上段はクロゼット風に使いたいが、ハンガーをかけるバーがない。だがここはかのコンマリの国、整理整頓グッズは英国より充実しているはず……確か、突っ張り棒《tension rod》とかいう便利そうなものが……。

カコッ。

聞こえてきた音に、私は押し入れを覗《のぞ》いていた頭を戻した。

カッコン！

なんだろう。庭から聞こえた気がする。

部屋にはそのまま庭に出られる大きな窓があり、木の板を繋ぎ合わせた小さなベランダ……縁側に続いている。私は窓から外に出て、縁側に立った。そして思わず、

「なぜをしているのですか？」

と口走ってしまった。「なにをして」と「なぜそんなことを」が交じってしまったのだ。

私がそんなミスをしでかすほど、予想外の光景が、庭で繰り広げられていたわけである。

「これは、薪《まき》割りと申しまして」

斧《おの》を手にし、ちょうど腰を伸ばしたタイミングで隼人が言った。

「いえ、薪割りは知っています。つまり、その……なぜ今、薪割りをしているのか、という疑問です」

「風呂のためにござります」

隼人はそう答えた。着物の袖が邪魔にならないよう、紐《ひも》でうまい具合に上半身に括りつけている。

「祖父が愛用していた伝統的な日本の風呂は、薪を焚《た》いて沸かすのです。今しばらくお待ちくだされ」

隼人は説明のあとで一礼し、カッコーンと薪割りを再開する。

カジュアルな日本語もいくつか仕入れてきた私だが、ここは『マジで？』が適しているのではないか。薪を割り、それに火をつけ、水から湯にする……となると、小一時間はかかろう。あるいはもっとなのか？　風呂に入ることがこれほど大変だとは、まったくの予想外である。そうかといって、隼人の額に汗が浮き出ているのを見たら、ここで「もういいです」とはとても言えない。せめて手伝いを、と申し出たのだが、慣れていないと危険なのでと断られてしまった。勿論《もちろん》、美術論講師の私が薪割りに慣れているはずもない。日本に到着早々、つま先を切断するのはごめんだ。

「あっれー。隼人さん、薪割りしてるんだー？」

唐突にそんな声がした。首《こうべ》を回《めぐ》らせると、庭の隅に女性がひとり立っている。

淡いブルーのパーカーにデニムパンツ、ピンク色のフレームが明るい印象の眼鏡を掛けていて、そう若くはなく、たぶん三十代か四十代……日本人は若く見える場合が多いので、どうしても予想幅が広くなってしまう。両手の買い物袋からは食材が覗いていた。隼人はカッコンカッコンの手を止めることなく「はい、風呂を支度しようと」と返事をしたので、気安い関係なのだろう。

彼女は私を見て、ニコッと笑った。

「ウェルカム、ジェントルマン！」

2

テルマエ・ロマエとも違う風呂

こちらに歩み寄ってきて、右手を差し出す。私は握手に応じながら「こんにちは」と挨拶をした。

「アンソニー・ハワードです。私のことを知っているのですね」

「もちろん。今日からあなたは、あたしの作るご飯を食べるのよ」

「ああ、ではあなたが」

「家政婦の岸本栄子《きしもとえいこ》です。エイコって呼んでね」

栄子はフレンドリーな人だった。惜しみない笑顔を持ち、日本人女性としては体格がよいほうだろう。

「自己紹介しまーす。四十三歳独身、離婚歴あり子供なし、プロの家政婦でとくに料理が得意、色んな国の料理を作るけど、アジア系が多いかな。イギリスの料理は評判がアレだけど、美味《おい》しいものもたくさんあるよね。まあ、例のうなぎのゼリー寄せは、正直どうかと思うけど……。コテージパイとか豆の煮込みなんかは、あたしもたまに作る。お菓子なら定番のスコーンはちょくちょく焼くし、ビクトリアケーキも好き。イギリスの焼き菓子は最高だよね！　イギリスといえば、最近アンドリュー・スコットがお気に入りで、きっかけは『SHERLOCK』だったけど、映画の『Pride』でますます好きになったの。昔からずっと好きなのはコリン・ファース。でも『Kingsman』の続編はいまいち納得いってない。女優ならやっぱりマギー・スミスよね。いつかバイオレット様みたいなおばあちゃんになって、なにか言うたび必ずイヤミを付け加えないと気がすまない、って感じの余生を送りたいのよね～。あ、まさか『Downton Abbey』観てないってことないよね？」

「…………シーズン3までは、一応」

栄子の勢いに圧倒されつつ、私は答えた。なかなかの情報量だ。会って三分足らずで、隼人より栄子について詳しくなった気がする。

「そのタイミングってことは、マシューの件で脱落しちゃった？」

「脱落したのは叔母です。私は彼女のつきあいで観ていただけなので」

「日本人の叔母さんと仲いいのは聞いてるよ。日本語、上手だものねえ！」

「ありがとうございます」

「うん、じゃあ、まずこれ。ハイ」

買物袋を差し出され、私は反射的にそれを受け取る。おっと、意外に重い。ジャガイモやミルクのせいだろうか。

「ではでは、隼人さんがお風呂の支度しているあいだ、家のことを説明しておきます。ま、実際ここんちを仕切ってるのはあたしですから。まだなにも聞いてないよね？」

「はい。部屋は教えてもらいましたが」

「ん。隼人さーん、あたしたち中にいるねー！」

栄子が隼人に声をかけ、隼人は薪割りを続けたまま「お任せいたす」と答えた。少し息が上がっている。

薪割りの音を聞きながら、私は栄子とともに玄関に回った。

「靴を脱いだら、こうやって揃えておくのがよいマナー。で、ここから廊下を右に行くとキッチン。真っ直ぐは客間。左は……」

2

テルマエ・ロマエとも違う風呂

「私の部屋です」

「ああ、和室にしたんだね。オッケ。で、ここがキッチンのドア。廊下の突き当たりがトイレ。伊能家は主《あるじ》があのとおり和装なので、アサガオトイレもあります」

「アサガオ？」

「えー……英語でなんて言うのかわかんないや。公衆トイレにある、男性専用の便器。その隣に普通の洋式もあるので、好きなほうでどうぞ。で、こっちは洗面と脱衣所。で、その奥がこれからアンソニーが使う、五右衛門《ごえもん》風呂」

「ゴエモ……」

「あとで隼人さんが説明してくれるよ。はいはい、キッチンに入って。バッグはそこのテーブルの上にお願い」

てきぱきと指示を出す栄子は、家政婦《メイド》というより家庭教師《ガヴァネス》のようだった。歯切れよく、次々に生活に必要なことを教えてくれる。彼女が来るのは週に二日なので、いない日は作り置きを温めて食べる。マイクロウェィブに何分かければいいかは、料理のコンテナにそれぞれ指示のタグが貼ってあるそうだ。

「隼人さんは、朝はパンなの。だからピクルスやマリネはだいたいあるよ」

「ライス＆ミソスープではないのですね」

「パンのほうが簡単だからねえ。紅茶はここ。ティーバッグだけど」

「ティーバッグで充分です」

しっかりしたミルクティーになればそれでいいのだ。ぼやけた味だけは許せない。

「緑茶、焙《ほう》じ茶、ハーブティー、コーヒー豆もここ。コーヒーマシンはあっちね。使い方、英語で書いて貼っておきました」

「助かります」

「基本、ここの食材は好きに使ってくれていいけど、冷蔵庫の中にプリンがあったら、それは勝手に食べちゃだめ。決して、絶対、ダメ」

「プリン？」

「龍の逆鱗《げきりん》、隼人さんのプリンってね。仏の隼人が怒るのは、勝手にプリンを食べられた時なのよ。……さて、ちょっと一服しよっか」

栄子がキッチンの片隅にあったスツールを示した。座れ、ということだろう。マグカップにティーバッグが入ったまま渡され、紙パックのままのミルクが差し出されて、「使ったら返して」と言われる。飾らない気質が好ましく思えた。

「ハヤトに紅茶は？」

「あとでね。なにかしている時の隼人さんは、途中で手を止めないから」

「そうですか」

さほど隼人のことを知らないが、なんとなく納得できる。

「いくつか聞きたいんだけどいい？　アレルギーに関してだとか」

栄子は小振りなノートを出し、私に質問をした。幸い、私には食物アレルギーはなくなんでも食べられるのでそう答える。好き嫌いもほとんどないし、宗教上の禁忌もない。

「よかった。つまりなにを出しても大丈夫ってことね。あ、そろそろミルク返して？」

2

テルマエ・ロマエとも違う風呂

私はまだ紅茶にミルクを入れていなかった。理想の色になっていないからだ。だがもう数分は経過しているので、仕方なくミルクを入れながら「ちょっと薄いんです」と言う。

「このティーバッグ、茶葉の量が少ないのでしょうか」

「あー、もしかしたら水かも」

「水？」

牛乳パックを栄子に返す。彼女はそれを冷蔵庫に戻しながら「日本は軟水だから」と教えてくれた。

「軟水ってのは……ええとソフトウォーター？　つまり、水道水《tap water》の成分がちょっと違うわけ。イギリスの水は硬水でしょ？　紅茶がよく出るよね」

そう、国が違えば水も違う。ああ、異国に来たのだなと改めて思った。武士スタイルの隼人を見た時は、異国というより異次元に来たのかと思ったが。

「薪が燃える匂いがしてきた……。この匂い好きだけど、時間がかかりすぎるお風呂よねえ。久しぶりのお客さんだから、隼人さん張り切ってるのかな」

「以前にもゲストが？」

「先代がご健在の頃は、短期滞在する外国人がちょくちょくいたよ。日本家屋のライフスタイル体験、的な。武士登録してる家はね、海外からのゲストを率先して受け入れるように奨励されてるから」

「なるほど。エイコはこの家に来てもう長いのですか？」

かなり事情通のようなのでそう聞いてみると、「七、八年になるかなあ」と答える。

「もともと、親戚でもあるの。隼人さんとあたしハトコだね。んー、ハトコって英語でなんていうんだろ……つまり、親同士がイトコ《cousin》」

そういうことならば、彼女のフレンドリーさも納得である。もっとも、性格によるところも大きいだろう。

「外国人にとっては、この家で過ごすのは興味深い体験でしょうね」

「サムライに憧れて来る人も多かったね。刀を振り回そうとして、隼人さんを困らせてた」

「だめなんですか？」

「いやいや危ないでしょ。それに、刀は武士の魂だし。サムライソウルよ」

「タマシイ……」

「家宝なのよ。あたしも刀にだけは触らない」

もともと戦闘集団であった武士にとって、刀が魂というのは納得できると同時に、興味深い話である。

「ハヤトと電車でここまで来たのですが、彼はずいぶん注目されているようでした。現代武士はかなり少ないのでしょうか」

「そうそう、隼人さんといると注目浴びるよねー」

アハハハハ、と栄子が歯を見せて笑った。

「現代武士、少ないねえ。バブル直後あたりは、浮かれ気分の反動みたいに増えたりしたけど、ほとんど続かなかったみたい。そりゃそうよねー。畳に布団の日本家屋に住んで、着物で生活して、無報酬の義務も結構多いし、大変だもん、武士ライフ」

「そんなに大変なのですか……」

「さらに、結婚相手探すのも大変なんだよね。武家は親と同居スタイルが多いから、女性にとってはちょっとねー」

しみじみと言いながら、栄子は戸棚からビスケットを出した。素晴らしい。ミルクティーにはビスケットが必要とわかっているのだ。私も三枚もらった。

「武家、というのは武士のいる家のことですね？」

「そう。もともとは逆だったけどね。武家に生まれた男の子が、武士だったの。でも今では、武士登録者のいる家が武家。都心だとマンション世帯もあるけど、でもやっぱり基本は畳生活で、妻も和装で暮らさなきゃならない。着物ってね、男の人が着るぶんにはそう難しくないけど、女性はなかなか大変なのよ。江戸時代の、庶民のおかみさんみたいにある程度ダラッと着ていいならともかく、武家の奥方風となるとキチンとしなきゃいかんし。正絹なんか洗濯機でザブザブ洗うわけにもいかんし」

「妻も和装を義務づけられるのですか？」

「義務は武士本人だけだけど、推奨されるんだって。ただ、この場合の推奨は義務に近いね。『和服も着られんで、なんで武士と結婚したわけ？』みたいな空気あるから」

「ああ、そういう……」

「よっぽど着物好きな人なら、楽しいかもしれないけど。まー、それは一例で、ほかにも色々あるみたいだし、そもそも武士制度は封建制のシステムだから、現代でやると無理も出るよねー」

「ホウケンセイ」

「……ええと、将軍が一番偉くて、その下に大名がいて、それぞれの土地と人々を管理してて、戦になって、将軍が命令したら兵を出すっていう……」

Feudalismだろうか。中世ヨーロッパの国王と諸侯の関係と、将軍と大名の関係には共通点もある。

「そうだ、エイコ。ブシドウにモトル、とはどういう意味ですか？」

電車の中で隼人が言った言葉を思い出し、私は尋ねた。

「んー、ええと……あれ、モトル、ってなんだっけ。オトル、じゃなくてモトルだっけ？ちょま、ググるから。……あー、はいはい、つまり『武士道に反している』っていう意味だね」

「なるほど。では、武士道の定義は？」

私の質問に、栄子はビスケットを一枚咥《くわ》えたまま、追加分を出そうと箱に手を入れてガサガサさせ「わっかんない」とカジュアルに答えた。

「武士道……わかるようで、わかんない。あたしも前に、隼人さんに聞いたよ」

「彼はなんと？」

「もンのすごく考えこんで、結局答は出なかったねえ。あの子、ちょっと考えすぎるとこあるんだよ。新渡戸《にとべ》稲造《いなぞう》あたりから拝借しとけばいいのに」

ニトベイナゾーとはなんなのか聞こうとした時、キッチンの奥にあった扉が開いて、隼人が姿を見せた。その扉は外に繋がっている、いわゆる勝手口らしい。

2

テルマエ・ロマエとも違う風呂

「失敬。アンソニー殿、湯加減を見ていただきたく」

上気した頬の隼人が言った。額には煤《すす》らしき汚れが付いていて、薪でお湯を沸かす苦労が偲《しの》ばれる。隼人は履物を脱いでキッチンに入り、私を風呂場へと誘《いざな》った。

「普通の風呂とはいささか違うので、説明をいたしまする」

「……確かに、私の知っているバスとは違いますね」

鍋《ポット》……いや、むしろ巨大なタンブラー？

中にはお湯が入っている。それが、下半分は埋まっている。そんな説明で伝わるだろうか。つまり、風呂は円筒形で深さがあり、西洋のバスタブとはまったく違う。半分埋まっているというのは、コンクリかプラスターのようなもので固定してあるわけだ。周囲はタイルで飾られ、タンブラー的風呂釜自体は黒く、素材は鋳物《いもの》のように見える。

「この中に……入るわけですか？」

「いかにも」

隼人が頷いた。風呂の形状からして、脚を伸ばすことは不可能で、しゃがんで湯に浸《つ》かる形だろう。リラックスは難しそうだ。

「これは五右衛門風呂といい、古い日本の風呂にござります。ガスや電気を使わず、外の焚き口に薪をくべて沸かすのです。釜そのものが熱くなり、湯が冷めにくく、身体もよく温まりまする。底はとても熱いので、この板を」

隼人が円形に組まれた木の板を持ちあげた。板と板の間には隙間がある。

「こうしてお湯に浮かべ、板を踏んで入ります」

「……そうしないと足の裏に火傷を？」

「左様」

もう、リラックスどころの話ではない。そこまでして湯に浸かる必要があるのだろうか。日本人の風呂好きは有名だが、度が過ぎていないだろうか。シャワーで充分……いや、だがこの浴室にはシャワーが見当たらなかった。

「さ、湯加減を」

促され、私は恐る恐る湯の中に手を入れた。

「少し熱いのでは」

「ああ、でしたらこちらから水を加えてください」

水道の蛇口はちゃんとあった。ここからお湯が出ればいいだけの話なのに……なにかすごく不条理を感じてしまう。すぐそこのキッチンはちゃんとお湯が出るのに、なぜ。

……いや、違う。

私は思い直した。これを不条理と捉えるのは間違いなのだ。

私が今いるのは、現代に蔓延《はびこ》る『すべてを効率よく、簡略にしよう』という流れに逆らう、武士の家である。古い仕来《しきた》りや様式を大切に守っている聖域ともいえよう。隼人は自分が日々使っているこの風呂を、遥々《はるばる》英国からやってきた私に体験させてくれるのだ。そのため、帰宅するなり薪を割り、煤だらけになって湯を沸かしてくれた。感謝をもって、このタンブラーの中に蹲《うずくま》るべきである。

「それでは、入らせてもらいます」

2

テルマエ・ロマエとも違う風呂

私は宣言した。少しばかりの決心が必要だったが、風呂は風呂だ。溺れるわけでもないし、慣れてしまえばきっと快適なはずだ。

――と、長い説明になったが、かくして私はゴエモンブロの前に、生まれたままの姿で立ち尽くしているわけである。

湯には適量の水を足し、いい湯加減になったと思うのだが、まだ入っていない。さっき、片足だけを例の板……底板、というらしいが、それに乗せてみたのだが、なんだかうまく沈まなかったのだ。

「アンソニー殿」

小窓の向こうから声がした。

「ぬるくなったら、お申しつけくだされ。薪を追加いたします」

「はい。……板に、乗りにくいのですが」

「バランスが肝要です。どこかに手をついて、身体を支えたほうがよろしいかと」

なるほど、それはもっともである。と、手をついたわけだが、

「熱っ《Ouch!》！」

思わず声が出た。隼人が「あ、釜のフチは熱いゆえ、ご留意なされよ」と教えてくれる。もう少し早く言ってくれると嬉しかった。

手の位置をずらす。右足で板を踏むこむ。

じわじわと体重を掛けていき、脚が湯の中に沈んでいく。結構深い。まだ右足だけなので、このままでは股が裂けそうだ。

私は斜めになった身体を必死に保ち、実に不恰好な姿勢のまま、ようやくもう一方の足も底板の上に乗せることに成功した。あとはそのまま座る姿勢で、身体を湯に浸ければいい。体重で板は自然に沈む。

ざぶ、と少し湯が溢れ、その音に気づいたらしい隼人が「如何《いかが》？」と尋ねる。

「はい、入れました。……ふぅ」

溜息《ためいき》が零《こぼ》れたのは、疲労感からだった。もちろんそれなりの気持ちよさもあるのだが、リラックスを満喫するには、この風呂では小さすぎる。おまけに、

「熱っ！」

まただ。うっかり気を抜いて寄りかかると、釜の内側が熱いのである。

「なるべく、真ん中にいたほうがよろしゅうござる」

小窓越しに、隼人が言う。

私はじりじりと位置を微調整した。なんと緊張感漲《みなぎ》る風呂だろうか。

「タオルか手ぬぐいをあてれば、寄りかかれまするぞ」

「でもタオルは隣の小部屋なのです」

「それがしが渡しましょうか」

「いえ、大丈夫」

風呂に入りながら会話するというのもまた、奇異な感覚だった。私にとって風呂とは非常にプライベートな空間だ。相手に見えていないからといって、真っ裸で会話を楽しめる余裕はない。

2

テルマエ・ロマエとも違う風呂

ならば相手も裸ならいいのかというと、それはより苦手だ。

誰かと話す時には理性が必要だと思うし、服とはつまり理性の表れである。日本には銭湯というパブリック・バスがあるのは知っているし、その慣習を否定はしないが、私がそこに行くことはないだろう。

薪の崩れる微《かす》かな音がする。

「…………」

たぶん、まだ隼人は焚き口にいる。そして私のために火の微調整をしてくれている。

風呂に入りながらの会話は奇妙だが、かといって壁のすぐ向こうで待機してくれている隼人の存在を無視するというのも、これまた据《す》わりが悪い。

「ハヤト。いますか」

ということで、私は会話の続行を試みる。

「はい」

「この風呂の名前ですが。ゴ……ゴエ……」

「五右衛門風呂と」

「なぜそんな名前なのですか」

「五右衛門とは人の名でございます」

人名が由来、というわけか。つまり、この形式の風呂を発明したのがゴエモンなる日本人なのだろう。狭苦しい気はするが、水の量が少なくてすみ、ならば燃料も少なくていいのだ。そう考えれば、当時のエコロジー意識が……。

「昔の泥棒で、処刑で釜茹《ゆ》でにされたと伝わっております」

……発明者ではなかった。

「処刑、ですか」

「大きな釜で茹で殺された、と。そういう処刑法が当時の日本にはあったらしく」

聞かなければよかった。私は釜の中でますます身を縮こまらせる。もはや私のメンタルはリラックスとは一八〇度反対側にある。

「されど、資料によっては、『釜煎り』という記録もあるようで、日本語で『煎《い》る』というのは『茹でる』とはまた違い、湯のない熱した大釜に入れられたという可能性も……」

「あの、ハヤト。もうそこにいなくても大丈夫です」

処刑方法の詳細は求めていないので、私は言った。

「左様にございますか」

「はい。温まったら出ますので」

「承知いたしました。ではそれがしも、着替えを」

人の立ち上がる気配がし、やがてその気配も遠ざかる。私は底板を踏んで慎重に立ち上がり、小窓をそっと開けて外を覗いた。

隼人はおらず、その代わりにチャコールグレーの痩せた猫と目が合い「にゃあ」と迷惑そうに鳴かれた。

釜茹で風呂、もとい五右衛門風呂は、私を十二分に温めた。

むしろ温めすぎた。はっきり言えば、のぼせた。

2

テルマエ・ロマエとも違う風呂

脱衣所に小さな籐《とう》椅子がなかったら、その場にへたりこむところだ。栄子が「バスローブを置いておくね」と言ってくれていたが、一緒に冷たいレモン水が用意されていて、その瞬間、彼女の存在がほとんど天使のように思えた。

五分……いや、もう少し長く休んでいただろうか。

のぼせがいくらか落ち着くと、私はようやく廊下に出た。着替えは自室なので、バスローブに裸足のままだ。右手のキッチンから水音が聞こえ、栄子が炊事をしているのがわかる。着替えたらもっとレモン水をもらおうと思いながら、そのまま進む。

少しふらついた。

しっかりしろと自分に言い聞かせ、軋《きし》む廊下を進む。風呂に入っただけで疲労困憊《こんぱい》とは情けない。隼人がせっかく、日本の古式ゆかしい風呂を体験させてくれたというのに……早くこの入浴方式に慣れなければ。なにしろ毎日のことなのだ。

郷に入れば郷に従え《When in Rome do as the Romans do.》、である。

確かに私は、流れに任せるようにして日本に来たにすぎないが、それでもこの国で暮らす以上、この国の文化に敬意を払い、生活習慣を理解し、受け入れるべきだろう。日本人は繊細だという話も聞くが、古《いにしえ》の処刑方法を風呂として採用するという豪胆さもあると、新しい一面を知った。

客間をすぎ、廊下を曲がればすぐに私の部屋だ。

曲がったところでまたふらついてしまい、私は壁に手をついた。本当に、あの風呂は温まりすぎる。すると「いかがなされたか」と声がした。

私は顔を上げた。廊下の先に隼人が立っている。

彼を見た。

こざっぱりとして、だが心配げな顔の彼を。

身体からほんのりと湯気が立ち、右手に格子模様の手ぬぐいを持ち、さっきまでとは違うブルーの薄い着物をサラリと着ている、彼を見た。

「…………え」

「湯あたりされましたか」

「え。あ。少し……いや、でも大丈夫……それよりハヤト、きみも、その……」

彼をまじまじと見つめていると「は、それがしもだいぶ汗をかいたゆえ」と隼人は生真面目な口調で、

「シャワーを浴び申した」

と、答えた。私の聴覚は確かにそう認識した。

「シャワー……」

「はい」

「シャワー、あるのですか」

「え。ああ、はい」

隼人は頷いた。

「あります」

あるのか。

あるんですか。そうですか。あったんですか。

「なんの趣《おもむき》もない一般的な風呂場のほうについておりまする。それがし、恥ずかしながら簡便さに負け、日常的にはそちらを使っております。しかし、アンソニー殿におかれましては、どうぞ今後も五右衛門風呂で日本の伝統を……」

「いえ」

私は返した。

「同じで。ハヤトと同じで。普通のバスでまったく問題ありません。伝統も大事ですが、現代日本の生活を体験することもまた大切なので」

やたらと早口になった。隼人は黒い目をパシパシと瞬《また》かせ、いくらか戸惑いつつも「左様にございますか」と納得してくれたようだった。

さらにフッと頬を緩ませると、

「実はそれがしも、毎日薪割りはちときついなと思うておりました」

照れたような顔でほんの少しだけ笑ったのだ。

私が初めて見た、武士の笑顔だった。

3 キューティ・ブロンド・ブシ――

へえ、イギリスにも桜があるんですね。

……いったい何人の日本人に、このセリフを言われたことだろうか。

そのうち数人は、発言のあとすぐに「あ、そりゃそうか。桜ってチェリーだもんね」と気がついて苦笑いを見せる。そう、サクラ、つまりCherry Treeは北半球の温帯地域に広く分布する落葉広葉樹であり、とりわけ珍しい植物ではない。英国でも春には、様々な桜が順を追って開花していく。私もよくRegent's Parkの桜の下を歩いたものだ。一部の日本人が桜を日本特有の植物と勘違いしてしまうのは、それだけ桜を愛しているからなのだろう。その心情はわかるが、桜は珍しくないのだ。

だが、桜にかける情熱……具体的に言えば『今年の桜はまだか、開花日を知りたい、ぜひとも知りたい、いや、知らねばならぬ！』と言わんばかりの国民的欲求は珍しい。私が来日したのが三月中旬、その頃からすでに天気予報のキャスターたちは、熱心な口調で桜の蕾《つぼみ》の膨らみ具合を解説していた。

「なぜ日本の桜は、いっせいに咲くのでしょう？」

モーニングティーが好みの濃さになるのを待ちながら、私は隼人に聞いてみた。

「いえ。いっせいには咲きませぬ」

濃いブルーの着流し（袴《はかま》をつけないキモノスタイルをこう呼ぶそうだ）姿の隼人が、今朝もやはり真面目な声音で答える。まだ朝の七時なのだが、総髪という髷《まげ》スタイルはピシリと整い、背中もシャンと伸びている。

「日本列島は気温差がありますゆえ、桜は暖かい南から、北に向かって咲き始めます」

「ああ、はい、それは理解しています。さっき天気予報で言っていたサクラ・ゼンセンですね。ですが私の質問は、同じ東京の中で、ほとんどの桜がいっせいに咲くのはなぜなのか、という意味です。桜には色々な種類があり、咲く時期はずれると思うのですが」

「いかにも、種類が違えばそうなりまする」

隼人は厚切りのトーストにバターを塗りながら話している。トーストの端まできっちりと塗り、パンの耳のエッジでバターナイフの角度を変える。実に彼らしい、丁寧な塗りっぷりだ。ちなみに私はトーストは薄切り派なので、別々に焼く。

「実のところ、同じ品種なのです。桜前線でいう桜とは、染井吉野《そめいよしの》なる品種をさしております。確か、もともと一本の桜から接《つ》ぎ木で増やしたものだったかと」

「なるほど……同じ遺伝子《gene》を持っている桜でしたか。それなら同時に咲くのも納得です。上野の有名な公園にある桜も、染井吉野なのですね」

「左様。恐らく、あと数日で見頃になるかと……アンソニー殿が見物されたいのであれば、それがし、ご案内いたしまする」

「ありがとう。でも結構です。桜は美しいですが、花見の人混みはちょっと」

3
キューティ・ブロンド・ブシ

つい昨日、ニュース番組でその様子を観たばかりなのである。日本における花見は酒宴を兼ねている場合が多いようで、桜の下、所狭しと人々が集う。賑《にぎ》やかで楽しそうではあるが、私にはネクタイをヘアバンドのように巻きつけ、「カンパーイ！」と叫ぶノリの良さはない。

「御意。実のところ、それがしも得意ではありませぬ」

「では、ハヤトはあまり花見をしないのですか」

「宴会という意味の花見ならば、おさおさいたしませせぬな。不調法者ゆえ」

「ブチョーホーモノ？」

マグカップの上に乗せた豆皿を取りながら、私は語尾を上げた。こうすれば紅茶を蒸らすことができるし、ティーバッグを引き上げたあとは豆皿の上に置ける。豆皿は藍色の小紋模様で、江戸時代後期のアンティークだと聞いた。生活用品として過不足ない美しさがある。

「不調法とは……もともとは、気が利かぬということです。また、酒が飲めない者のことも不調法者と申します。それがしはいずれもです。気も利かぬし、酒も飲めませせぬ。ですから宴会からはつい足が遠のきまする」

「でも、桜の花は好きなのでしょう？」

「はい。静かに眺める桜は誠に趣あるもの。そういえば、こんな言葉がござりましてな。花は桜木、人は……んっ……？」

言葉が途中で止まったのは、隼人が手にしているチューブのせいだ。

トーストの上になにかかけようとしているのだが、チューブの中身がほとんど尽きていて、いくら力を込めても絞り出せないらしい。

「……むぅ……出ぬ……」

悔しげに呻《うめ》き、眉間に皺を刻んだ。

「それ、よくかけてますけど、なんなんです？」

「練乳と申すものです。英語では、コンデンスミルクかと」

「ああ、condensed milk……日本ではトーストにかけるのが一般的なんでしょうか？」

「はて、いかがなものか……。他家については存じませぬが、それがしは幼き頃からこれが好きでして。母がよく……」

また言葉が止まる。今度は意識的に止めたのだとわかったので、私もまた意識的に話題を変えてみることにした。

「英国にbanoffi pieという菓子がありましてね。バナナとトフィー、生クリームのパイです。トフィーはわかりますか？」

「確か……飴《あめ》のようなものかと」

「はい。キャラメルのほうがより近いですね。banoffi pieに使うトフィーはコンデンスミルクから作るんですよ。英国では、コンデンスミルクはだいたい缶に入っています。その缶をお湯の中で煮るんです」

「缶を？」

「ええ。中身が入ったまま、蓋も開けず、そのまま煮ます。二、三時間して蓋を開けると、

3

キューティ・ブロンド・ブシ

白かったコンデンスミルクは、キャラメル色のトフィーになっています。開けた瞬間、その甘い匂いがキッチンじゅうに広がるのです」

バナナとトフィー、その上にさらに生クリームが乗り、我が家では削ったチョコレートをかけて出来あがりだった。土台は本来ショートクラスト・ペイストリーなのだが、砕いた全粒粉のビスケットで手軽に作ってもいいし、私はそちらのほうが好きである。バナナとトフィーのねっとりした食感、それぞれの風味、滑らかなクリームのコクと、サクサクのビスケット……かなり甘いデザートだが、時々無性に食べたくなる。

隼人にそんな説明をすると「実に……美味しそうですな」と唇を引き締めた。banoffi pieを想像し、緩みそうになる口元を無理に引き締めているようにも見える。最近、ほんの少しずつではあるが、隼人の表情が解読できるようになってきた。

私がこの純日本家屋で暮らすようになって、十日ほどが経過した。まだ短い同居生活ではあるが、いくつかわかってきたこともある。

隼人が両親の話を避けているというのもそのひとつだ。数年前に亡くなった祖父の話はしばしば出るのだが、両親については健在なのかすらも語られない。

そういったデリケートな話題のほかにも、隼人が甘党だということ、とくにプリンが好きなこと、とても早起きなこと、庭にやってくるチャコールグレーの猫を可愛がっていること、でも可愛がっている姿は隠そうとすること——などがわかってきた。

そしてなにより、隼人は武士である。

現代日本に生きる武士。

その制度ができた経緯や、役割については隼人から聞いたものの、まだ私にとっては謎めいて興味深い存在だ。なので、つい観察してしまう。

隼人の生活スタイルは、規則正しく簡素、そしてストイックだ。

起床は五時半。近所を軽くランニングした後、庭で剣道の稽古をする。ここまではトレーニングウェアなので洋装だ。それからシャワーを浴び、和装の身支度をし、先祖の祀《まつ》られている仏壇の前で手を合わせる。読経を聞いたことはないが、時には五分くらいじっとそこに座っているのだから、信心深いのだろう。私の見たところ、ご本尊は釈迦牟尼《しゃかむに》仏だった。朝食は七時半。私も一緒に食べる。朝食を取るのは、キッチンに繋がる家事室の小さなテーブルだ。パンを焼いたり紅茶を淹《い》れたりするには、この部屋が都合がいい。

朝食の後、隼人は洗濯や掃除などの家事をひととおりする。その様子を見るにつけ、丁寧な仕事ぶりに感心頻《しき》りだ。廊下の雑巾掛けなどは、以前動画で観た禅寺の修行僧を思い出させる。炊事も以前は自分でしていたようだが、今は週に二回、栄子が来てくれているわけだ。彼女の料理はどれも素晴らしく、一昨日《おととい》の煮込みハンバーグなどは卒倒しそうに美味だった。

隼人の日々は多忙だ。

現代武士として町内会の防犯活動に協力し、独居高齢者宅への訪問も行う。地域の警察署からは不定期に交番留守役の要請が入り、いくつかの小中学校では剣道部のコーチも引き受けている。それらのうち、有償なのは剣道部の指導くらいで、ほとんどが無償の活動だと聞いた。

3
キューティ・ブロンド・ブシ

となると物価の高い東京で暮らしていくのは大変なのではと思うわけだが、さすがに経済状況に口を出すのは無礼なので差し控えている。ただひとつ言えるのは……。

と、玄関の呼び鈴が鳴った。

そのあとで「若さぁん」と呼ぶ声がする。コンデンスミルクを諦めてバタートーストを齧っていた隼人が顔を上げ、席を立った。

「おはよぉ、早くにごめんねぇ」

ご近所の平野《ひらの》さんの声だ。

来日した翌日、私は隼人に連れられてご近所に挨拶回りをした。日本では『向こう三軒両隣』という表現があり、近所づきあいを大事にするのだと隼人は説明してくれたが、その説明を横で聞き「若さんったら、今時の人はそんな言葉知らないわよ」と笑っていたのが平野さんである。斜め向かいに住む六十代のご婦人だ。ちなみに若さんというのはご近所の方がよく使う隼人の愛称である。

「これね、昨日北海道の親戚がどっさり送ってきたの。おすそわけ～」

「アスパラガスですな。かたじけのうござります」

「栄子さんが美味しく使ってくれると思うけど、簡単にバターソテーにするだけでもいいのよ。あらあら、若さんったらおべんとつけて。ふふ」

「あ」

隼人が少し慌てたような声を出した。ここは玄関に近いので話し声はよく聞こえるのだが……オベントツケテ、とはどういう意味だろうか。

ランチボックスをつけて……？　だが隼人はお弁当など持っていなかったはずだし……。考えているうちに隼人が戻ってきて「アスパラガスを頂戴いたしました」と見せてくれた。瑞々《みずみず》しい穂先と鮮やかな緑が、新鮮さを表している。

「美味しそうですね。ちょうど朝食ですし、少しバターソテーにして食べませんか」

「はい。バターで炒《いた》めるだけならば、それがしがすぐに」

「私がしましょうか」

「いえ。アンソニー殿はどうぞそのまま」

若き武士が表情もキリリと言い張るので、私はおとなしく待つことにした。

理想の濃さまでもう一歩の紅茶を啜りながら、キッチンにあるサイドボードを見る。そこには玉葱《たまねぎ》とジャガイモが山積みにされた籐籠、朝日を受けて光るたっぷりの蜂蜜が瓶で二本、ウメボシ《pickled plums》がみっちり詰まった壺も置かれている。これらはみな、この数日で伊能家に届けられたものだ。届けられたといっても宅配便がやってくるのではなく、ご近所のみなさんが持ってくる。隼人が近隣住民に好かれている証拠だろう。栄子いわく、これらの贈り物は伊能家の食材費をかなり助けているらしい。

ジュッ。バターがフライパンの上で溶ける音がする。

家の前の通りで、誰かが誰かに「おはよう」と挨拶する声がする。

そして、それに応える別の声。

いい朝だ。この家に流れる時間は、私にとってとても快い。

正直なところ、私はさして日本贔屓《びいき》ではなかった。

3

キューティ・ブロンド・ブシ

　東洋文化についてある程度の知識はあるし、仏像仏画についてはそのへんの日本人より詳しいかもしれない。だが、日本の現代カルチャーにはまったく疎《うと》いし、とくに興味もなかった。日本人である叔母のことは敬愛しているが、それは彼女が日本人だからではなく、パーソナリティが好ましいからだ。

　かくして過剰な期待もなく、フラットな気持ちでこの極東に足を踏み入れ――いきなり武士との遭遇である。こういった意外性を最近の日本語で『予想の斜め上』と言うらしい。先日、職場となる大学へ挨拶に赴いたが、そこでも「えっ、武家に下宿されてるのですか？」と驚かれた。現代武士そのものも少ないが、外国人を受け入れている武家はさらに稀《まれ》なようだ。

　折り目正しい武士との生活は、几帳面な私と相性がいい。

　初日の五右衛門風呂には戸惑ったものの、その後はコンパクトだが清潔なバスルームを使わせてもらっているし、野菜が多い食生活のおかげか体調もよい。さっきのアスパラガスもきっと美味だろう。おや、バターの香ばしいかおりが……いや、香ばしいというか……そこを通り越して、これはもはや…………。

「お詫《わ》びの言葉もございませぬ……」

　意気消沈の隼人が、焦げたアスパラガスを持ってきた。

「大丈夫、これくらいなら食べられます」

　そう言った私だが、実際のところ焦げたバターは苦いし、塩も多すぎた。うっかり目を離した責任を感じているのだろう、隼人は黙々とアスパラガスを口に運ぶ。

美味しくはないが食べられないわけでもない、ギリギリのアスパラガスに向き合う顔は険しく、あまりに真剣すぎて、私はなんだか急に可笑《おか》しくなってしまった。だが笑うわけにもいかず、咳《せき》払いなどしながら堪《こら》え、焦げたアスパラガスにフォークを刺す。

やはり苦かったけれど、私はもう一度「食べられますよ」と言った。


土曜日の午後は、剣道教室がある。

これは学校での部活動コーチとはまた別で、地域の子供たちに向けたボランティア活動だそうだ。私は隼人に見学を申し入れた。東洋の武道からは独特の美学を感じる。『柔よく剛を制す』で知られる柔道は世界的にポピュラーだし、試合を観たこともある。だが剣道についてはほとんど知らなかった。

「初心者の子供を対象にした稽古ゆえ、本格的な打ち合いはありませぬが……それでもよろしいのであれば、ご一緒いたしましょう。指導を手伝ってくれる武士仲間が来るので、ご紹介いたしまする」

「それは楽しみです」

剣道教室は小学校の体育館で行われるそうだ。

私は大学でミーティングがあったため、少し遅れて小学校に着いた。体育館へ続く道にはちょっとした桜並木があり、今が満開である。今年は開花がやや早かったようだ。

3
キューティ・ブロンド・ブシ

ひらひら舞い降りる花びらを捕まえようと、小さな子供たちがジャンプを繰り返してはしゃいでいる。

体育館に入り、土足禁止と聞いていたので持参のスリッパに履き替えた。ホールに繋がるドアの一部が開いていて、「いち、にっ、さんっ」という元気な声が聞こえてきた。

フロア内に足を踏み入れようとした時、

「礼をしないと」

緊張気味の、高い声が聞こえた。

振り返ると、十歳前後の子が私を見上げ、びっくりした顔になっている。声をかけたものの、外国人だと思わなかったのだろう。紺色の剣道ユニフォームを着た可愛い子で、眼鏡の下の大きな目がぱっちりしていた。一瞬、男の子か女の子か判断に迷う。

「そっ、そーりー……」

「謝らなくていいですよ」

そう返すと、パチパチ瞬いて「日本語、わかるの？」と聞いた。

「わかります。礼をしないと、とはどういう意味ですか？」

そう尋ねると「えっと」と、一度下を向き、それから再びキッと上を向いて、

「礼に始まり、礼に終わるから」

きらきらした眼差しでそう教えてくれる。普段子供と接する機会のない私には、眩《まぶ》しいほどの純真さだ。

「剣道は、礼がなにより大事って、先生が」

「イノウハヤヒト先生？」

小さな剣士はコクンと頷いた。

「強い人はみんな、礼儀正しいって。心をきたえることは、身体をきたえるより難しいから、なんだって。だからぼく……剣道始めたんだ。ほら、ぼく、小さいから。でも心をきたえるなら、小さくても関係ないと思うし」

「そのとおりですね。身体も、これから大きくなるかもしれませんし」

だといいけど、と下を向いて呟《つぶや》いた。ぼく、と言っているので男の子だろう。日本語は一人称に性別や個性が表れる。

「それでね、道場に入る前は……ここは、ほんとは体育館だけど、今は道場として使ってるでしょ？　だから、ぼくたちは、礼をして入らなきゃいけないんです」

最後はきちんと丁寧な言い方をして、再び私を見上げる。

「では教えてくれますか？」

「うん。これくらい、曲げます」

お手本を示してくれたあと、小さな声が「せえの」と言った。私もそれに合わせて頭を下げる。ふたりで礼をすると、子供は満足そうに「じゃあ、行くね」と走り出す。素振りを指導している隼人のところまで辿《たど》り着き、なにか言ってさらに深く頭を下げた。どうやら、遅れたことを詫びているようだ。

私はホール内を見回す。

来ている子供たちは七、八歳から、上は中学生くらいだろうか。

3

キューティ・ブロンド・ブシ

全部で二十人ほどで、今の子のように、着物と袴の剣道ユニフォームの子もいれば、普通のトレーニングウェアの子もいる。

「おっ？　アンソニーさん？」

かけられた声に振り返ると、道着をつけ、竹製の刀を手にした若い男が私を見ていた。隼人は子供たちを指導中で、まだこちらに気がついていないようだ。

「はい。アンソニー・ハワードです」

もしや隼人の武士仲間ですか……とは聞かなかった。隼人とほぼ同世代に見えたので、その可能性もあったのだが、彼は違う気がする。

なぜなら、金髪なのだ。

蛍光イエローに近いブロンドは、もちろんヘアダイだろう。緩いウェーブは生まれつきか、あるいはパーマネントか。かつ、彼の剣道ユニフォームは上下とも白である。隼人も含め、彼以外はみな紺なので、この青年はかなり目立ちたがり屋だろうと推測される。

「うっわ、やばい。マジやばいイケメン！」

金髪青年は興奮気味に喋り出した。

「つか、イケオジ？　どっちにしろバエるわ～。天然金髪最強伝説！　英国紳士オーラ、バリ立ちのぼっちゃってるし！　なんだろねー、この顔面格差社会。こんな顔に生まれたかったというツラミ！　あ、俺、隼人のブシダチで、津田《つだ》っす。津田頼孝《よりたか》！　隼人は頼孝って呼ぶし、栄子さんはヨリちゃんで、どっちでもノープロ。なにはともあれ、今後ともシクヨロ、おなしゃーす！」

「…………………」

恐らく、私の眉間にはくっきりと皺が刻まれたであろう。相手もアレ？　という顔になった。私は彼の言葉が半分もわからず戸惑っていたし、向こうはきっと『日本語わかるって聞いてたけど？』という心持ちのはずだ。かろうじて、名前が恐らくツダであることは聞き取れたのだが……オナシャス……？

「えーと、じゃあ……Hello, Welcome you to Japan. It's an honor to meet you. I'm YORITAKA TUDA, please call me YORI. I hope you're going to enjoy your time in Japan.」

かと思うと、今度は非常に綺麗な発音の英語である。私もつられて英語で返事をしかけたほどだ。すぐに思いなおして「はじめまして、ヨリ」と返事をする。

「すみません。先ほどはあまり聞き取れなくて」

「マジすか。今は？　わかる？」

「ええ、わかります。さっきは知らない単語が多かったようです」

「あー、単語チョイスがカジュアルすぎたかも。隼人にもちょいちょい怒られるんすよねー。武士のくせに、言葉遣いがチャラすぎるって」

「チャラすぎる……」

「軽すぎる、みたいな」

そう言って頼孝は笑う。どうやら彼はスラングを多用するタイプらしい。言葉遣いはともかく、フレンドリーなことは間違いない。

「……その、ヨリも武士なのですか？」

3

キューティ・ブロンド・ブシ

「うん、そう。パッキン武士！」

パッキンは金髪だろう。言葉の前後を入れ替えての言葉遊びは、日本語ではしばしば見られるものだ。

「武士の髪型に決まりはないのでしょうか」

「一応髷は作れってなってるけど、色の指定まではないねー」

頼孝も髪を括ってはいる。だが、隼人のようにきっちり撫でつけ、高い位置でまとめているのではなく、全体的にルーズだ。いわばポニーテールの雰囲気である。

「なにしろ俺、目立ちたくて武士《ブシ》ってるんで」

顎に手を当てる謎のポーズを決めた頼孝が言った。ブシってる……武士という名詞を動詞化した用法と思われる。

「まあ、アタマの固いジジイたちにはイイ顔されんけど。色々細かいこと言ってくるの、いるんすよねー。ホラ、武士道がどうのとか……けど、俺の目立ちたがりはご先祖譲りだからしょうがない。ザ・カブキ者っすよ」

「カブキモノ……」

「変わり者、目立ちたがり、荒くれ者、みたいな意味っすね。ウチのご先祖、カブキ者を通り越してうつけ者、つまりstupidって呼ばれてたくらいでね。けど、超有名武将！」

いひひ、と綺麗な歯を見せて頼孝が笑う。それが誰なのか気になったが、なにぶん私は日本の武将にさっぱり詳しくない。名前を聞いて知らなかったら気まずいので、今はただ微笑《ほほえ》んでおくに留める。

「アンソニーも剣道やるんすか？」

「いいえ。よく知らないのです。武士にとって、剣道は大切な武術なのでしょうね」

「まあ、必修科目って感じっすねー。剣術できない武士なんてかっこつかねーでしょ。なんつーの、英国貴族がフェンシングしないみたいな？」

「やらない人も多いですよ」

「マジすか！」

私たちが話している近くで、やや年嵩《としかさ》の子供たちが防具を身につけ、ふたり一組の練習を始めた。するどい叫び声を上げながら、相手の頭部に竹の刀を叩《たた》きつけている。ひとりは打たれるがままなので、そういう訓練なのだろう。

「……痛そうですね」

「あはは。最初はビビるけどねー、でも面つけてっから平気っすよー。ほらほら、竹刀《しない》は四本の竹が合わさってるの。だから衝撃が分散する」

頼孝が自分のものを見せてくれた。なるほど、これならば確かに力は分散される。

「これはシナイと言うのですね。カタナを使う武道はもうないのですか？」

「真剣って意味っすか？　ホントに切れるやつ？　居合や抜刀があるっすね」

「イアイ？」

「ウン。真剣を抜いて、型を見せるって感じ。ホントに斬り合うわけじゃなくて。そんなん、死人出ちゃうしねえ。隼人は居合もやってますよ」

頼孝はそう教えてくれた。

3

キューティ・ブロンド・ブシ

言葉遣いは確かにチャラいが、やはり姿勢がとてもいい。このへんは隼人との共通性を感じる。

「そういえば、あなたがた武士が外出する時につけている刀は本物なのですか?」

気になっていたまま、隼人に聞きそびれていたことを尋ねてみる。頼孝は「それねー、よく聞かれるんすよー」と安定の軽いノリで言った後、にやりと笑う。

「……どっちだと思います?」

逆に聞かれてしまい、私は考えた。

真剣は殺傷力の高い武器だ。持ち歩くことは規制されているのではないだろうか。だが、現代武士たちには、特別な許可が与えられている可能性もある。地域防犯の一端を担っているのならば、身を守る必要もあるだろうし……。

「はーい、Time is up! 正解はどっちでもいい、でしたぁ!」

「どっちでも?　つまり、各自の判断に任されていると?」

「そっす。もし真剣だったら、と思うだけで相手はビビってくれるから」

「なるほど……でも、抜いてみせろと言われたら……」

「武士に『刀を抜け』と言えば、斬り合おうぜって意味なんすよ」

頼孝はサラリと怖いことを言った。

「だから滅多なことじゃ言われないし……あ、でもたまに酔っ払いとかが言うなあ……そういうのは相手にしないし、そもそも俺のは竹光だし。つまりフェイク」

「それ、言ってしまっていいんですか?」

「あははは、よくない。あんまよくない。でもまあ、竹光でもそこそこ武器にはなるんすよ。日本が銃社会じゃなくてよかったあ、って感じっす。持ち慣れてない真剣より、むしろ俺は扱いやすい。真剣は重いし、あんなん振り回すのこっちだって怖いもん。持ち歩こうって気になんないですよー。そういうヤツのほうが多いんじゃないかなあ」

そう言ったあとで「ま、隼人はわかんないけど」と笑ってつけ足す。

「アイツは変わってっからねー」

「変わってる……」

「変わってるっつーか、あいつ、チョー武士じゃないすか」

「チョー武士……」

「純粋培養武士っつーか、ナチュラルボーンサムライっつーか」

「すみません。意味がちょっとわかりません」

「ですよねー。えーと、現代の武士制度についてはもう聞いてます？」

私は頷き「だいたいは」と答えた。

「昔は武家だった家……というか、昔は武家だったと伝わってる家の子供が武士になるわけですけど、べつに義務ってわけじゃないんすよ。イヤならなんなくていい。武士として登録されるのは十六歳以降だから、高校に上がったあたりで、武士になるかどうか決めるわけです。けど、以前はもっと早くに登録してたらしくて。武士道精神は幼いうちから養うべき……みたいなノリっすね。でもそのせいで、問題が多発しちゃって」

「どのような問題ですか？」

3

キューティ・ブロンド・ブシ

「いじめっす」

頼孝の笑みに苦いものが混じった。

「そりゃそうだよねー。小学生のうちから髷結って、着物と袴で学校行くんすから、めちゃ浮くもん。イジり甲《が》斐《い》ありすぎでしょ。全員ってわけじゃないだろうけど、いじめれる子は多かったみたいっす。子供って、異質なものを排除しようとするんだよなー……ま、大人もか。多様性多様性って、言葉だけ先走ってる感じ」

いじめ問題が多発したため、正式な武士登録は義務教育卒業後になったそうだ。それ以前は各家庭にて、武士の心得を教育することが推奨されているそうだが、あくまで子供本人の意思を尊重することが基本だという。

「要するに、自分の意思で武士になりましょうね、と。まあそういうふうにしておかないと、下手すりゃ人権問題ですから」

「現代武士の子供がいじめの対象になってしまうとは……意外でした。そもそも武士は、支配階級でしたよね？」

「そうっすね。昔々なら、武士は町民を斬っても罰せられなかったそうっすよ。けど今はそういうノリないし。あったら大変だし」

「……となると、現代武士になる利益《benefit》とは……」

「ないっす」

あっけらかんと頼孝は答える。ない？　まったくないのか？

「まあ、多少の優遇措置はあるんだけど、実質タダ働きのほうが多いし。たとえて言えば、俺らは給料の出ないミッキーマウスの中の人、みたいなもんすよ。キティちゃんでもドラえもんでもふなっしーでもいいけど」

ふなっしー？　意味がわからず首を傾げていると、頼孝は「つまり、なんつーかこう、人に夢を与えるみたいな」と付け加えた。

「武士が夢を？」

「日本が失った精神性みたいなもんを、武士に託してんじゃないのかなと。武士道とか忠義とかひたむきさとか？　日本を守る若武者たれ、みたいな？　ホントにそういうこと言うジイサンいますからね。いやいやいや、俺ら基本、袴はいてるだけの青二才っすよ？アベンジャーズじゃないんだから。アイアンマンもキャップもいないし、つか一番強いの女子だよねあの映画！」

「すみません、アベンジャーズシリーズは観ていなくて」

「マジで！」

頼孝が本当に驚いた顔をするので、こっちのほうが驚く。観ておくべきなのだろうか。

「すんません、なんか話がそれちゃった。まあ、とにかく、現代武士制度ってわりとあやふやなモンなんです。だから武士も色々で、俺みたいにいいかげんなヤツもいれば、隼人みたいなガチ武士もいる。本気と書いてマジと読む武士、みたいな。あいつ、小さい頃からじいちゃんの徹底教育受けてきてるから、タイムトラベルしてきたみたいな武士っぷりでしょ？　あのレベルの武士は相当レアっす。もう珍獣みたいなもん。いや絶滅危惧種？ヤンバルクイナ？」

3

キューティ・ブロンド・ブシ

ヤンバルクイナをあとでググらなくては思っていると、私たちが話しているのに気づいたのか、隼人がようやくこちらにやってきた。

「おいでになりましたか」

礼儀正しく一礼するが、笑みはない。ほぼずっと笑っている頼孝とは対照的だなと思いながら、私も会釈した。

「おー、今日もヤンバルクイナは堅苦しいね！」

頼孝が言うと、隼人は怪訝《けげん》な顔で「ヤンバルクイナがどうかしたのか」と聞いた。頼孝は「なんでもない」とにやにやしている。

「異なことばかり言いおって……。アンソニー殿は大事な客人だ。失敬な態度をとっておらぬだろうな」

「ぜんぜん！　いつもどおりのフレンドリーだぜ！」

「おぬしのいつもどおりは大概無礼だろうが」

「わかってないねえ、隼人。俺はフレンドリーがモットーなんだよ。フレンドリーさは大事なんだぜ？　ウチのご先祖ももうちっとフレンドリーだったら、あんなに裏切られなかったと思うのよねー」

「ご先祖様を軽々しくネタにするな」

「ホントのことじゃん。浅井《あざい》、松永《まつなが》、別所《べっしょ》に荒木《あらき》にとどめの明智《あけち》……みんなひどいよ……」

指折り数えている頼孝を無視し、隼人が「アンソニー殿、よろしかったら竹刀を構えてみませぬか」と私を誘う。

「私が？　お邪魔ではありませんか」

「ぜひ日本の武道を体験していただきたく」

「では、少しだけ」

ごく静かに頷いた私だが、本当のところを言えばちょっと高揚した。やってみたかったのである。相手を摑んで投げ飛ばす柔道は、とても私には無理だろう。しかし、剣道ならば多少形になるのではという期待もあった。

スリッパと靴下を脱ぐと、体育館の床は少しざらついている。隼人が自分の竹刀を貸してくれた。握り方から丁寧に説明してくれ、私の隣で頼孝が見本を示してくれる。

「左手の親指と人差し指はあまり力を入れず、添える感じに。……そう、できております。刃すじがずれぬよう……この弦が横を向かぬよう注意してくだされ。常に上です。この弦の反対側が、真剣ならば刃の部分になりまする」

なるほど、もともとは真剣で戦うことを想定して始まった武芸なので、竹刀でも方向が厳密に決まっているわけだ。私は頷きながら、握りを微調整する。

「立ち方は、足の間を拳ひとつぶん開け……はい、位置はそれで大丈夫ですが、重心がいささか違いまする。頼孝を見てみてくだされ。重心が少しだけ前なのがおわかりか。踵《かかと》に重心がありますと、素早く動くことができぬゆえ」

「これくらいでしょうか」

「いかにも。大変よくなり申した。武術やスポーツはみなそうかと存じまするが、体軸がとりわけ肝要。バランス感覚と申しましょうか……そのまま、蹲踞《そんきょ》を試みましょう」

3

キューティ・ブロンド・ブシ

「ソンキョ？」

「頼孝」

隼人の声かけで、頼孝は「りょ！」と謎の返事をし、身体を低くしていった。つまり竹刀を構えたまま、その位置でしゃがむわけだ。上半身は立っていた時と同じ姿勢をキープし、ぐらつくこともなく膝だけを曲げて、すーっと沈む。

その動きはあまりにもなめらかだったので、簡単そうに見えた。だから私は深く考えることもなく、真似て動き始めたわけだが——。

「うわっ……」

たちまちバランスを崩し、しゃがみこんだまま床に手をつく羽目になる。頼孝が私を見てうひゃひゃと笑い「ですよね～」と言った。いつのまにやら子供たちも集まってきており、頼孝につられるようにして笑い出す。

どうにも恥ずかしいが、恥ずかしそうな顔を見せるのはもっと恥ずかしいので、私は平静を保つ努力をするしかない。

「静まらぬか」

ピリッとした諫《いさ》め声は隼人である。決して怒鳴ったわけではないが、子供たちはすぐに笑うのをやめ、姿勢を正した。

「新しいことに挑戦している人を、笑ってはならぬ」

「そうそう、笑っちゃだめなんだぜ」

「そもそもおぬしが笑ったのだ、頼孝」

「ごめんなさーい」

頼孝のおどけた謝罪に、再び子供たちがクスクスと小さく笑ったが、隼人はもう咎《とが》めない。どうやらこの剣道クラスは、厳しい隼人と楽しい頼孝で、ちょうどいいバランスがとれているらしい。

失敗したまま終わらせれば後悔が残る。私は一度立ち上がり、再び蹲踞にチャレンジするが、やはりどうしてもぐらついてしまう。

「バランスが……とれないのですが」

「膝をもっと、ガバッと開いてくだされ」

「ガバッと……」

「左膝はもう少し後ろに引き、つま先は横に開きます。両足とも踵は上がっています」

隣で頼孝が「こうっすよ」と一度竹刀を置き、袴の裾をたくし上げて足の形を見せてくれた。つまり、背伸びしたまましゃがんでいるようなものである。困難ではあるが、私はなんとかそれを真似てみる。

「こっ……こうでしょうか………」

「左様、だいぶできてきました」

隼人はそう言ってくれたが、私の上半身は相変わらず揺らいでちっとも安定しない。低学年の子供が「ガイジンさん、がんばって」と応援してくれた。頼孝が「アンソニーさんだぞー」と教えると、今度は「アンソニーさん、もっとふんばるんだよ」とアドバイスをくれる。タンデンに力を入れて、ボシキュウに乗る感じ、などの具体的な助言もあるが、

3

キューティ・ブロンド・ブシ

残念なことに私の知らない語句が多い。

なんとか一瞬だけそれらしい形になったのだが、直後ぺたりと尻餅をついてしまった。

それでも子供たちが小さな手で、労《ねぎら》いの拍手をくれる。よろよろ立ち上がると、ドッと汗が出る。精神的な発汗だ。

「蹲踞の形で相手と向き合ってから、試合が始まるのです」

隼人が教えてくれた。つまり、これができなければ試合もできないわけだ。

「想像以上の難しさでした……」

「初めてなんだからしょうがないよ～。欧米の人ってしゃがむの苦手だと思うし」

頼孝は蹲踞の姿勢からまたもやスイッと立ち上がって私を慰めてくれる。子供たちからも「すぐ慣れるよ」「ぼくも最初は転がったよ」などの声が上がって、嬉しいのだがやはり気恥ずかしい。

「はやとせんせい」

この場で一番小柄な女の子が礼儀正しく挙手した。

「なにかな」

「しあいを、アンソニーさんに見せてあげたらいいと思います」

「試合？」

コクリと頷く女の子の頬は桃色で、とても可愛らしい。ほかの子供たちも「見たい見たい！」と同調しだした。

隼人は少し困惑した様子で、頼孝を見る。

「あー、いんじゃね？　模擬試合。リアルに打ち合うの見ないと、剣道の迫力伝わらんっしょ。剣道ってファンタスティック！　アメイジング！　インクレディブル！　って思ってもらいたいじゃーん」

「それがしらの試合では、そこまで至らぬ」

「律儀かよ。ま、でもスピード感くらいは伝わるだろ。どうっすか、アンソニー」

私は「ぜひ拝見したいです」と答えた。

剣道のことはよく知らないにしろ、映像でならば試合を見たことはある。確かあれは、英国内で行われた選手権のニュースかなにかだ。激しく打ち合う様子はなかなかの迫力だった。目の前で見ればいっそうだろう。

隼人はしばらく考えていたが、やがて「左様に仰《おお》せであれば」と静かに承諾した。

4 ミルク

「すごかったのです」

「ほー」

「あの緊張感——私の日本語ではうまく伝えられませんが、静謐《せいひつ》な冬の朝、美しい湖を訪れ、厚さのわからない氷の上を歩くかのごとく」

「いや、めちゃめちゃ伝わってくるよ」

「最初はこう、竹刀の先でチョンチョンと軽く触り合っているだけでなかなか打ち合いが始まらず、なにをしているのかと思っていたのですが、距離を計っていたわけです！」

「うんうん」

「間合い、と言うそうですね！　その間合いを理解しようとする小さな動き、それがつまり、竹刀の先で少しだけ触れ合うあの行為なわけです。こちらが打ち込める距離ならば、もちろん相手も打ち込めるわけですから。間合いというものがどれほど重要か……少しではありますが、私も理解できた気がします。そして、言葉では説明しきれない瞬間が訪れ……あとはもう、電光石火《lightning speed》です。私にはどちらが早く打ったのか、まったくわかりませんでした」

「あー、わかんないよねー、剣道の試合。ほかの競技に比べて、審判すっごく難しいみたい。……で、どっちが勝ったの？」

最後の質問部分は私ではなく隼人に向けられた。栄子に問われた隼人がいつものごとく平坦な口調で「それがしが勝ち申した」と答える。

伊能家のティータイムである。

家政婦の栄子がやってくる日の恒例で、彼女の仕事が一段落すると、三人で茶の間に集まってお茶と菓子をいただくのだ。栄子にとっての休憩時間であり、また諸連絡を私と隼人に伝えるための場でもある。作り置きして保存した料理のうち、早めに食べたほうがいいものはなにか、温め直す時のコツやポイントなどを教わるのだ。もちろん無駄話もおおいにある。今日はたっぷりのミルクティーとショートブレッドと英国風だが、煎茶に羊羹《ようかん》という日もあれば、中東風のミントティーもあった。栄子のレシピはワールドワイドだ。

「勝ったの！　さすがだねえ、隼人さん」

「たまたまです」

「ふたりには、どれくらいの実力差があるのですか？」

私が聞くと、隼人は「それほど違いませぬ」と答えた。

「ただ、頼孝は最近稽古をさぼりがちでしたので、いくらか鈍《なま》っていたのでしょう。あるいは、アンソニー殿がいらしていたので、私に花を持たせた……つまり、勝たせてくれたという可能性も……」

「ヨリちゃんはそういうことしないでしょ」

ショートブレッドをサクッと齧って栄子が言った。これは栄子が先ほど焼き上げたもので、まだ粗熱が取れたばかりの出来たてである。

「チャラチャラしてるように見えて、実は相手をよく見てる子だもん。隼人さんとは長いつきあいだし、なにをされたらイヤなのかは知ってるはずだよ」

「……確かに」

「ふたりはいつからの友人なのですか？」

「初めて会ったのは……武士を目指す子供を集めた場で、九つくらいでしょうか」

「そういえば、頼孝は有名な武将の子孫だそうですね。私でも知ってる人物でしょうか」

「知ってるんじゃないかなあ」

答えてくれたのは栄子だ。

「織田信長《おだのぶなが》。戦国時代の超メジャー武将だね」

「ああ、はい。名前は知っています」

「ゲームやアニメのキャラクターにもよく使われる有名人なのよ」

「彼はそんなすごい先祖を…………む、これは……」

質問の途中だったが、私は思わず目を瞠《みは》った。

ショートブレッドがあまりに美味だったからだ。クルミ入りでとても香ばしい。バターの風味がしっかりきいていて、だが軽やかさは失われておらず、サクサクというよりホロホロとした独特の食感がある。

「素晴らしい。英国で食べていたものより美味かもしれません」

「うふふ～。ありがとう」

「栄子殿の菓子は、どれも玄人跣《くろうとはだし》にござります」

隼人が誇らしげに言った。クロウトハダシは、プロ級という意味だそうだ。

「こうして作っていただくと、時折ご近所にもわけるのですが……あまりに美味しいので争奪戦が起きるほどです」

自分の剣道の腕を褒められた時より、よほど嬉しそうだった。栄子もそれを聞いてニコニコしている。この憩いの時間では、隼人は胡座《あぐら》という座り方をしていて、リラックスした様子を見せる。私もその座り方を真似ており、さらに言うと栄子も胡座である。三人でチャブダイという、可愛らしい響きの円形ローテーブルを囲んでいて、その上にマグが三個とショートブレッドが置いてあるわけだ。

「ミルクティーとの相性が抜群ですね。この、少し脆《もろ》い感じがたまらないのですが……なにか秘密が？」

「秘密ってこともないけど、米粉が少し入ってるよ」

なるほど、ライスフラワーを入れるとこうなるのか。フィンガー型ひとつをあっというまに食べてしまった私は、二個目を摘《つま》みながら「ヨリタカですが」と話を戻す。

「すごい侍の子孫なんですね」

「そうそう。まあ、すごいのはヨリちゃんじゃなくて信長だけど。えーと……隼人さん、あの子は柏原《かいばら》藩系だっけ？」

「いえ、八男、信吉《のぶよし》系だったかと」

4

ミルク

そっか、と栄子が再び私を見る。

「実のとこ、信長の子孫って名乗ってる武士は今まで何人もいたんだよ。なにしろ戦国大スターだから。でも本当かどうか微妙な人も多かったわけ」

「偽者もいると?」

「そうそう。家系図が残ってても、その家系図が本物なのかっていう問題があるからさー。ヨリちゃんとこはどっかの大学の教授のお墨つきで、実家から古文書なんかも出てるから、信憑性《しんぴょう》はかなり高い」

「本物かどうかの公的な判断は、誰がするのですか?」

「誰もしない。よね?」

栄子が隼人を見て、隼人は無言で頷く。とくに証拠は必要なく、名乗った者勝ち、ということなのだろうか。

「家系を正確に示さなくていいのならば、本当に武士なのかも怪しくなるのでは?」

「——なにをもって武士とするか、は難しいところと存じまするが」

隼人がマグカップを置き、居住まいを正す。

「現代武士においては、『かつて武家だった家の者』という定義になっております。登録の際は家系図の提出が求められるものの、先刻申しましたとおり、その真贋《しんがん》を問うことはされませぬ。確かに、厳正さに欠けるとは思いまするが……」

隼人に代わって、栄子が「ニセ家系図まで用意して武士になりたがる人なんか、ほとんどいないわけよ」と言った。

「お金になるわけじゃないし、ボランティアに時間割かなきゃならないし、髷結って袴はいて、珍獣みたいにジロジロ見られてさあ。しかもヨメ来ないのよ？」

「いや、栄子殿、結婚している武士も……」

「少ないよね。しかもほとんど名家か金持ち。最初からアドバンテージがある家。もっと言えばさ、徳川宗家や御三家なんかは、武士登録すらしてないもんね」

「えっ、そうなのですか？」

驚いた私に栄子は頷き、隼人は黙した。

「名家中の名家だから、そんなことしなくてもみんな『かつてのお殿様』って認識してるし、地元の名士としてずっと地域貢献もしてるだろうし。今さら袴つけて帯刀する意味ないってことじゃない？」

「つまり徳川家に現代武士はおらず、そして現代武士は明確な家系を示す義務があるわけではなく……ちょっと混乱してきました……ならば、本物の武士の定義とは……」

思案する私に、「これは、それがしの考えにすぎませぬが」と隼人が静かに言う。

「その家系や先祖もさることながら、本人の中に武士の魂あらば、それは本物の武士といえるのではないかと」

「魂、ですか」

「はい」

サムライソウル……これまた、私にとっては実像がぼんやりしているものだ。

「その『武士の魂』とは、具体的になにを示すのでしょうか」

4

ミルク

「武士道を求めてやまぬ心かと」

「では武士道とは……」

と聞いたところで、玄関の呼び鈴が鳴った。ごめんください、という男性の声も届く。

隼人が玄関に向かい、ほどなく戻ってきた。

「栄子殿、お手数ですが客間にお茶をお願いできまするか。小学校の田中《たなか》先生がお見えに。アンソニー殿も、よろしかったら客間へ。先生を紹介いたします」

了解、と栄子は立ち上がり、私も客間に向かった。このあいだ見学した剣道教室は小学校の体育館で行われており、その担当教諭が田中先生だということは聞いていた。

「はじめまして、ハワードさん。田中翔馬《しょうま》です」

にこやかな挨拶をくれたのは、三十代半ばほどの男性だった。

「はじめまして、タナカ先生。どうぞアンソニーと呼んでください。先日、剣道教室を見学させていただきました。子供たち、みんな元気にレッスンしていましたね」

「はい、隼人先生には大変お世話になっています。子供たちはアンソニーさんのこともしきりに話していましたよ。六年生の女の子なんか、俳優さんみたいだったと」

「光栄ですね。男の子たちは、私がシリモチをつく話をして笑ったんじゃないですか」

「そんなことはありません……と言いたいところですが、仰《おっしゃ》るとおりです」

田中先生はそう言って笑う。眼鏡をかけており、少し下がった目尻が優しそうだが、体格はなかなかがっちりしている。聞けば、高校までは柔道に打ち込んでいたそうだ。

栄子がお茶を持ってきたあと、田中先生の表情がやや硬くなり「実は」と本題に入る。

「本日お伺《うかが》いしたのは、隼人先生にお聞きしたいことがあるからなのです。私としても、こんな質問はしたくないのですが……」

なにやら深刻な様子に、私は退出したほうがよさそうに思ったのだが、田中先生は「いえ、いてください」と言う。

「先だっての剣道教室でのことなのです。その場にいたアンソニーさんにもご意見をお伺いしたいと思っています。隼人先生、森田《もりた》宙《そら》くんなんですが……あの日、変わった様子はなかったでしょうか」

「宙、にござりますか」

隼人は教室の子供たちを名前で呼んでおり、「くん」や「さん」もつけない。

「あの日は、少し遅刻してきました。アンソニー殿と同じ頃に来たかと」

もしかしたらあの子だろうか。体育館に入る時、礼をしなければいけないと私に教えてくれた眼鏡の男の子だ。

「とりわけ変わった様子はなかったと思いまする。ただ、宙はあの年頃にしては、とても落ち着きがあり、聞き分けのよい子ゆえ、なんと申しますか……」

「はい、わかります。あの子はしっかりしてて、人を気遣い、そのぶん自分の感情を抑えがちなところがあります。アキラなんかは、少し元気がないだけでわかるのですが」

「はい」

「単刀直入にお話しします。今日、体育の授業の前の着替えの時、宙くんの身体に痣《あざ》が見つかったんです。背中に……ちょうど、竹刀で叩かれたような痕《あと》が」

4

ミルク

私も隼人も黙った。田中先生がなにを言いに来たのか、理解できたからだ。

「偶然、その痣を見つけた児童から聞いて、私は宙くんとふたりで話しました。彼は、最初は知らない、どこも痛くない、と言い張っていたのですが……やがて諦めたような顔で、剣道教室でやった、と」

誤解のないようにお願いしたいのですが、と田中先生は続ける。

「宙くんが言ったのはそれだけです。剣道教室でやった、と。打ち合いの稽古でのアクシデントなのか、あるいは誰かに故意にやられたのか……そういうことは一切話しませんでした。ですから私は……剣道教室の担当教諭として伺わなければなりません。隼人先生。剣道教室で、体罰は行われているのでしょうか？」

「まさか！《That can't be!》」

よく考えれば、私が口を出すべきではなかった。これはあくまで隼人の問題であり、私はたまたまあの日の剣道教室にいただけなのだから。けれど、ほとんど反射的にそう口にしてしまったのである。

「失礼。しかし、ハヤトがそんなことをするはずありません」

田中先生が戸惑う顔を見せる。

無理もない。私はまだ日本に来たばかりであり、隼人と知り合って半月も経過していないのだ。それなのになにがわかると？　実のところ、口走った私自身びっくりしているほどだった。だがそれは顔に出さないまま「短いつきあいでも、わかることはあります」とエクスキューズをつけ加える。

「ハヤトは人の気持ちを思いやることができます。居候である私にも、いつも細やかな気遣いを見せてくれているのです。自制心が強く、決して短気でもありません。まして子供の背を打つなど、考えられません」

「……はい。私も、そう思っています」

田中先生はすぐに同意してくれた。

「そうですとも。このあいだなど、部屋の隅で四つん這《ば》いになり、どうしたのかと思ったら、小さな蜘蛛《くも》に話しかけていました」

「蜘蛛に？」

「……アンソニー殿」

「掃除中に見つけたようで、『すまぬが、どいてくれぬか。これからそこをクイックルしたいのだ』と。そんな人が、子供に暴力など……」

「アンソニー殿、そのへんで」

ぼそり、と隼人が言った。顔が少しむっとしていて、あ、これはされたくない話だったろうかと気づく。蜘蛛との会話を私がたまたま聞いていたことを、隼人は知らなかったらしい。田中先生は「隼人先生らしいです」と微笑んだ。

「私も隼人先生のお人柄は承知しています。聞くまでもないと思ったのですが……確認だけはしなければと……申しわけありません」

「いえ、私のほうこそ失礼いたしました」

私も頭を下げながら再び謝罪した。

4

ミルク

「こういった事態が起きてしまえば、確認を取ることはタナカ先生の大事な仕事でしょう。ただの同居人が口を挟んでしまい、すみません」

「そんな。同じ屋根の下に住んでいれば、家族も同然でしょう。……隼人先生、アンソニーさんは良い方ですね」

田中先生の言葉に、隼人が「はあ」と珍しく覇気のない返事をした。やはり少し怒らせたかもしれない。大の男が蜘蛛と話していたという話は、武士である隼人にとって、いわゆる『恥』というやつなのだろうか。恥をかくことを、日本人はとても嫌うとどこかで読んだ記憶がある。『The Chrysanthemum and the Sword』だったろうか。

「ええと、一応ご本人の口からも確認しておきたいのですが……その……」

「それがし、子供に手を上げることはいたしませぬ」

そういえば、当事者の隼人がほとんど発言していなかった。改めて、自分のでしゃばりすぎを反省する。

「ありがとうございます。そのように報告します。私も、別の原因があると思うんです」

お茶をひと口飲んだ後、田中先生は語った。

「ですが見ている限り、クラスでは変わった様子はさほどなく……友達とも仲よくやっているようですし。剣道教室ではどうでしょうか」

「とくに変わりはないかと。昨日も熱心に竹刀を振っておりました」

「そうですか……頼孝先生もなにも仰ってませんでしたか？」

「はい」

ふたりのやりとりを聞きながら、私はふいにあることを思い出した。

体育館でそれを見た時は、ありがちな光景として気に留めなかったのだが——場合によっては、今回の件に関係しているかもしれない。

「あの、タナカ先生。そのソラくんというのは、目のぱっちりした、小柄な子でしょうか。黒縁の眼鏡をかけた……」

そうです、と田中先生が答え「この春で、五年生になりました」と言い添える。

「私に、体育館に入る時の礼を教えてくれた子なのです。あの子なのでしたら、気になることがあります。剣道教室が終わったあと、彼が何人かの子供に囲まれているところを見ました。こう、ちょっと小突かれたり」

「え」

田中先生の表情が険しくなる。

「それはつまり、いじめられていたと？」

「はっきりとは言えません。確か、ハヤトとヨリタカは片付けのため、倉庫のようなところに行っていたので、見ていないはずです」

「宙くんは、何人に囲まれていたんですか？」

「全部で四人だったので、三人ですね」

「前のクラスで仲がよかったグループかな。みんな剣道教室に参加していて……宙くんだけ、四月からクラスが変わってしまったんです。アンソニーさん、子供たちの声は聞こえたのでしょうか」

4

ミルク

「言葉は聞きとれませんでしたが、強い調子でなにか言ってるのはわかりました。とくに、ひとりの子が怒ったような様子で。ソラくんを小突いたのもその子です。すぐに収まりましたし、子供のちょっとしたけんかだと思ったのですが……」

「小突いたのは、どんな子ですか？」

「あの年頃の中で一番声が大きく、元気な子ですね」

田中先生と隼人がほぼ同時に「アキラ」と口にした。そういえば頼孝がそんなふうに呼んでいたようにも思う。いわゆるやんちゃなタイプで目立つ子だった。

「輝《あきら》が宙をいじめてた……？　でも駒沢《こまざわ》輝は親友なんです。幼稚園ぐらいからずっと一緒で……活発な輝と、おとなしい宙で、凸凹《でこぼこ》コンビといいますか……性格は違っても、気が合うのでしょう。ずっと仲がよかったのに……」

「お言葉ですがタナカ先生、どんなに仲がよくてもそれが永遠とは限りません」

こんなセリフを口にすると、親友だった男の顔をどうしても思い出してしまう。それと同時にネガティブな感情が呼び覚まされそうになり、私は思考を強引に切り替え、

「なにかをきっかけに、関係が険悪になることは、たとえ子供でもあり得るのでは？」

と先生に言った。

「……はい。確かに、高学年になってくると心身の成長とともに人間関係も複雑になってきます。輝はリーダーシップの強い子でもありますから、輝と宙の関係が悪くなったなら、それにひきずられる子も出てくるかも……。明日、輝から話を聞いてみることにします」

「私の勘違いだといいのですが」

「たとえそうだとしても、宙に痣があるのは事実なので……」

田中先生の言葉は尻すぼみに弱まり、その深刻さが窺《うかが》えた。

いじめの問題はもちろん英国にもある。移民の多い国なので、人種差別がいじめに繋がるケースも多く、心を痛めている子供とその家族は少なくないはずだ。

国籍の違い、言語の違い、肌の色の違い、信仰の違い。

人は『違い』に弱い。

違いは時に『自分が持っていないもの』として強烈な魅力にもなり得るし、また『自分と異質なもの』として嫌悪され、排除されもする。多様性、と言うのは簡単だが、それを当然のこととして受け入れるためには、相応の精神的成熟が必要なのだ。

ならばおまえの精神は成熟しているのかと問われたら……私はなんと答えるだろう？

他者を、そして自分を受け入れ、赦《ゆる》し、過去に縛られず生きていると胸を張れるか？

田中先生が帰ったあと、隼人はいくらか沈んでいるようだった。

いつもシャンと伸びている背中に、今ひとつ張りがない。自分がコーチとして責任を負っている剣道教室で、いじめが行われていたかもしれない——真摯な隼人にとって、それは相当ショックだったはずだ。

なのに私ときたら、落ち込んでいる相手を慰めるのが苦手である。

私としては、相手に元気を取り戻してほしくて色々な言葉をかけるのだが、それらはあまり効果を発揮しない。それどころかしばしば相手を苛《いら》つかせるようである。

——あなたは説得したいだけなのよ、アンソニー。

4
ミルク

かつて、とても身近だった人に、そんなふうに言われたことがある。

――慰めというより説得。きみが落ち込む必要はない、その論理的理由はこうだ……そんな話を延々として、私をいつものモードに戻したい。そういうことなんでしょ？

まさしく、そんな説得を試みていた中で指摘され、ギクリとした。

――でもね、アンソニー、違うのよ。そんなことに意味はないの。足の小指をぶつけて猛烈に痛い時、『その痛みは危険から身を守るために作られた神経システムだ』なんて聞いて、痛くなくなる？　関係ないでしょ？　理屈なんかいらない。ただ痛いのよ。痛いんだね、可哀想《かわいそう》だねって、言ってほしいだけ。そしてそばにいてくれればそれでいいの。それができないなら黙ってて。頼むから、私の感情を分析するのはやめて。

衝撃的だった。

感情を分析するな……言い得て妙である。心あたりがありすぎる。

恐らくそれまでも、私の周囲の多くの人が同じように思っていたことだろう。ただそれを指摘するほど私と親しくなかったか、あるいは指摘したところで無駄だと思っていたのか。いずれにせよ、私は落ち込んだり悲しみにくれたりしている人にとって、ほとんど役に立たない人間だった。この分析癖《ぐせ》は学者ならではなのか。あるいは性格的な問題なのか。はたまた両方なのか……。自分ではわからないが、人間性としてあまり感心できないのは確かだ。以後は意識的に気をつけているものの、そのせいで人を慰めることに対して臆病になってしまった。余計なことを言ってはならないと、つい身構えてしまうのだ。

しかもここは日本で、隼人は日本人だ。

感情を分析どころか、世界で最も空気を読む人々の国。

さらに隼人は喜怒哀楽をほとんど顔に出さない。私が不適切な発言をしてもそれを指摘して非難することはないだろうし、その場合私は、永遠に自分の不適切さを自覚しないということになる。最悪と言えよう。

かくして、隼人にどんな言葉をかければいいのかわからないまま時だけが経過してゆく。

翌日は午前中から大学の講義があり、私が家に戻ったのは夕刻だ。

その客人が来た時、隼人はまだ帰宅していなかった。

出直してもらったほうがいいだろうかとも考えたのだが、客人の表情からして、これは早く解決すべき案件だと判断した。しばらくすれば隼人も帰ってくるだろうと客間に通す。

客人の顔には怒りと悲しみと緊張が入り混じっていて「おじゃまします」の声もとても硬かった。

私はいったんキッチンに入り、さてと考える。

小さな客人に何を出すべきだろう。お茶よりジュースのほうがいいのか。けれど冷蔵庫の中にジュースはなく、貰《もら》い物らしき大きなボトルはなにやら高級めいていて、下宿人の私が勝手に開封することはためらわれた。結局グラスにミルクを入れて出すことにする。

今日は気温も高かったので冷たいままでいいだろう。

「どうぞ」

「…………」

座卓に出されたミルクをチラッと見て、客人はすぐ目をそらした。礼の言葉もない。

4

ミルク

「ハヤトはもうすぐ戻ると思うので……」

「あんたが言ったんだよね」

トゲのある幼い声が私の言葉を遮った。

「……なんです？」

「あんたが先生に告げ口したんだ。宙はいじめられてたって」

やはりその用件だったか。隼人に用事があるというよりは、私にクレームをつけに来たらしい。小学五年生が単身乗り込んでくるとはなかなかの勇気であるが、勇気とは正しい行いに使われなければ意味がない。

「告げ口などしてません」

「嘘ばっか」

「ばか？」

「ち、ちがうよ。バカっていうバカじゃなくて、嘘ばっかりつくなってこと！」

「嘘もついていません。タナカ先生が言ったんですか？　私が、ソラくんはきみたちにいじめられていたと、話したと？」

「いじめとは言ってないけど。でも……そんなん、遠回しに言われても、こっちだってわかるもん。宙とケンカしちゃったのか？　剣道教室でなにかあったのか？　……ってしつこく聞かれた。いっそはっきり聞けばいいのに。田中ちゃん変なところに気ィつかうし」

「タナカ先生と言いなさい」

「はあ？　なんであんたにそんなこと言われなきゃいけないの？」

「タナカ先生がきみたちをきちんと指導してくれているよい先生ならば、先生と呼びなさい。それが礼儀というものです。ただし、違うならば話は別ですが。たとえば暴力を振るうとか、ひどい言葉で傷つけるとか、指導力があまりにも低いだとか」

「田中ちゃんはいいヤツだよ」

「タナカ先生」

「……田中先生」

「それから私があんたと呼ばれるのも納得できません。私の知る限り、日本語の二人称『あんた』は、長年連れ添った夫婦のようなかなり親しい間柄で使われるか、あるいは相手を見下している時のものと理解しています」

「あーはいはい、じゃあなんて言えばいいわけ」

「剣道教室でも自己紹介しましたが、私はアンソニー・ハワード。私たちの年齢差を考えるとハワードさんでもいいのですが、それも少し堅苦しいので、アンソニーで構いません。私もあなたをファーストネームで呼んでいいでしょうか。アキラ、と」

「いいよ、べつに」

輝はいまだむくれた顔のままそう答えた。迷彩柄のハーフパンツをはいていて、膝には絆創膏《ばんそうこう》が貼ってある。いかにもいたずら小僧という見かけだが、頰がふっくらした顔はなかなか可愛い。ミルクにはまだ手をつけようとしない。

「私はタナカ先生に、自分の見たことを伝えただけです。きみたちはソラくんを取り囲んでいた。そして強い口調で彼になにか言っていた。ハヤトもヨリタカもいない時でしたね。

4

ミルク

偶然いなかったというより、その時を狙ったのではないでしょうか。そしてアキラ、きみはソラくんを小突きましたね。彼は逆らわず、俯《うつむ》いていた」

「ふん。あいつは逆らったりしねーもん」

「とても悲しそうに見えました」

「…………」

「タナカ先生は私の話を聞いて、いじめの可能性を想定したのだと思います。そして加害者と思われるきみに話を聞いた」

「かっ……加害者なんかじゃない！」

「きみがいじめではないと思っても、相手がそう感じればいじめなんですよ？　イギリスでもいじめは深刻な問題です。すべての公立学校は、いじめ防止対策を取る必要があるとされていて、加害者の子供や親へのカウンセリングなども……」

「いじめてないってば！　ほんとだよ！」

ほとんど叫び声に近かった。輝はさらになにか叫ぼうとしたようだが、喉で言葉が詰まったかのように苦しそうな顔になり、次には両目からぼろぼろっと涙が零れた。

「……っ、いじめたり……しな……」

それでも必死に否定しようとする。

これは困った。

泣かせるつもりはなかったし、責め立てる口調にしたつもりもなかった。相手はまだほんの子供である。私としては、これでも普段より穏やかに話しているつもりだったのだ。

だが輝は、よく知らない外国人の大人から詰め寄られたと感じてしまったらしい。実のところ最初から怖くて、生意気な口調もそれを隠すための手段だったのかもしれない。だとしたら、可哀想なことをしてしまった。

告白しよう。私は子供が苦手だ。嫌いなのではなく、苦手だ。

その存在は未来を担う尊いものと理解しているが、それでも苦手なのだ。

なぜかと言えば子供のことがよくわからないからである。この理由を口にすると、「自分もかつては子供だったのに？」と渋い顔をされることがあるのだが、残念なことに私は当時のことなどほとんど覚えていない。ぼんやり覚えていることといえば、自分が恥ずかしいほどに未熟だったという点だけだ。はっきり言えば、私は子供時代の自分ですら好きではない。そんな私に子供を理解できるはずもない。子供どころか、二十歳前後の大学生とですら、親密なコミュニケーションがとれているとは言いがたい。教師としては間違いなくウィークポイントだが、そのぶんは講義内容の充実で補っているつもりだ。

「何事にござるか」

襖《ふすま》が開くと同時に、隼人の声がした。

輝の声が大きくて隼人が帰ってきたことに気がつかなかったのだ。輝はなんとか涙を止めようとしているようだが、その努力は虚しく、嗚咽《おえつ》が続いている。隼人は怪訝な顔で輝のすぐ近くに座り、それから私のほうを見た。

「すみません。泣かせてしまいました」

私は今までの経緯を語った。隼人は黙って聞いていたが、ひととおりの話が終わると、

4
ミルク

「承知いたした」とごく短く応え、再び輝に向き直る。

　ズッ——と、隼人が畳に座したまま、少し下がった。

　そして、

「申しわけなかった」

　そう言って、両手を畳につき、深く頭を下げたのだ。

「それがしの客人が、そなたを傷つけたことを謝罪いたす。誠に申しわけなかった」

　輝はポカンとして、その様子を見ている。

　もちろん私も、似たような顔をしていたはずだ。

「アンソニー殿に悪気がなかったことは、それがしが保証いたす。決して、輝を責めるつもりもなかったはずだ。ただ、この御仁の日本語はいささか硬さがあるゆえ、そなたにとって厳しい響きになったであろうことは、想像に難くない」

　私の日本語が硬くぎこちないのは事実だが、隼人にそこを指摘されるのはなんだか微妙な気分である。

「せっかく訪ねてくれたのに、つらい思いをさせてしまったな」

「せ……先生はどうなの……？　あたしが宙をいじめたと、思ってる？」

　ん？　あたし？

　確かそれは、女性の使う一人称だったような……栄子も「あたし」と言っていたような……。ということはこの子は……。私が混乱している前で、隼人は「わからぬ」と短く答えた。不十分だとすぐに気づいたのか、さらに言葉を続ける。

「それがしは愚鈍ゆえ……人の機微を察することがうまくない。輝と宙は仲がよいと思っていたが、人と人との関係は変わることもあろう。だからわからぬ。確証のないことを軽々しく口にはできぬ」

「……わかんないっていうのは、疑ってるってこと?」

「そうではない」

隼人は輝に近寄り、自分の手ぬぐいを渡した。

「そうではないのだが……すまぬ、うまく言えぬ。泣くな。そなたが泣いていると、それがしも悲しい気分になる」

「………」

「武士のくせに情けないと思うのだが、どうしてもそうなる」

「……隼人先生」

「うむ」

「本当に、いじめてないよ」

「そうか」

「宙をみんなで囲んでたのはさ……聞いてたんだ、アザのこと……。着替えの時、宙の背中にアザがあったって聞いて。あたし、気になって。けど宙は、なんでもない、ちょっとぶつけただけとか言ってたけど、そんなん、ぜったいウソだし。宙がウソつく時の顔、あたしわかるもん。あいつ弱っちいから、ずっとあたしが守ってきたんだし……! だから、今度も宙のこといじめてるヤツいたら、絶対許さないって思って!」

4
ミルク

涙目で訴える。それが本当ならば、輝は宙の騎士《ナイト》だったわけだ。

「そんで、しつこく聞いてたら、あいつうるさいとか言い出して、ちょっとあたしもムカッときて……」

手ぬぐいで顔をゴシゴシ拭き、もう一度しっかり隼人を見て「だってさ、心配じゃん？」と言った。

隼人は無言で頷く。そして座卓の上にあった手つかずのミルクをゴクゴクと飲んでしまい、空いたグラスを持って一度客間から出ていった。すぐに戻ってきたが、今度は冷やした緑茶の入ったグラスを手にしている。それを輝の前に置くと、彼女はすぐに飲み始めた。

「あたし、乳製品アレルギーなんだ」

だいぶ落ち着いた輝が、私に向かって言う。

「……言ってくれれば、ほかのものを出したのに」

「ん。なんか言いにくかったんだよね。外国の人だし」

「私も発言に配慮が足りなかったと思います。泣かせてしまい、申しわけなかったです」

「いいよ、もう。けど……あたしが泣いたことは言わないで。誰にも」

「わかりました」

「マジでだよ。泣くなんて、カッコ悪いし」

そんなことはない……、などとここで説教することもまた、恰好悪い気がした。私は頷き、「約束します」と答える。

「それがしも約束いたす。輝、アンソニー殿は本当に悪気があったわけではなく……」

「そうなのです。すみませんでした」

「いや、だから、もういいから。ホントいいから……あのさあ、大人にまじめに謝られるのって、すごく変な感じすんだよ……ほどほどにしてくんないかなあ……こっちはまだ子供なんだから、どう対応したらいいかわかんなくなっちゃうじゃん」

「左様か。では自重いたす」

隼人の言葉に、輝が私を見て「隼人先生って変わってるよね？」と聞いた。

私は静かに大きくひとつ頷く。

「まあ、アンソニーさんもかなり変わってる系だけど」

「そうですか？」

「ほら、そもそも小五にそういう丁寧語で話す大人、あんまいないし」

「日本語の学習が不十分なので、状況に応じた使いわけが困難でして」

「日本語が下手ってこと？　……そういうのとはちがう気も……まあ、いいや。アンソニーさんも、もうあたしがいじめたとか、思ってないんだよね？」

「思っていません」

男の子だとは思っていたけれど——というのは口にしない。

「私が目にした状況からだと、そういう推察も可能だと話しただけなのです。実際にどうだったのかは、アキラさんやソラくんについて、ほとんど知らない私にわかるはずもありません。ただ……」

「ただ？」

まだなんかあるの、という顔で輝が私を見た。

「ただひとつ気になったのは、今の話からすると、ソラくんは親友のきみにすら、痣の原因を話していない、ということですよね」

「うん」

輝は頷き、腹痛を堪えるような顔になる。

それから私と隼人を交互に見て、いくらかためらいがちに「あのさ」と口を開いた。さらに、もう空になったグラスを見て、触るだけ触ってすぐに手を引っ込め、

「言わないほうがいいのかな、と思ってたんだけど……」

と今度は俯く。

だが、やがて意を決したように、顔を上げて言った。

「やってるの——家の人じゃないかな」

5
HARAKIRI

「イギリスの国の花って、なんすか？」

　その質問を投げかけた後、頼孝は「やっぱり、それぞれあんのかな？」とつけ足した。

　それぞれ、とはUnited Kingdomの構成要素である、イングランド、ウェールズ、スコットランド、北アイルランドをさしているのだろう。

「イングランドではテューダーローズですね」

「あー、薔薇《ばら》戦争の」

「そう。赤薔薇と白薔薇が合わさったデザインで、ヘンリー七世が採用したとか。スコットランドはアザミ《thistle》で、北アイルランドはクローバー《shamrock》、ウェールズは……スイセン《daffodil》だったかな……日本は菊ですか？　パスポートに模様がありますね」

「パスポートはそうっすねー。でも菊はどっちかっつーと、皇室のイメージかな。やっぱ日本の花っつーと…………あ、ほら」

　ひら、ひらり。

　薄紅の花びらが数枚、伊能家の庭に舞い込んできた。この庭に桜はないのだが、近所の公園から風に運ばれたのだろう。頼孝はそれを眺めつつ「散り盛りだよねー」と言った。

「チリザカリ……初めて聞きます。花盛り、はわかりますが」

「うん。『盛り』は『勢いがある』っていう意味なんで、『散る』にくっつけるのは、もしかしたら間違ってるかも。けど、桜って、散る時もワーッて感じっしょ？　ワーッと咲いて、ワーッて散るよねー」

　なるほど、散り盛りのニュアンスが私にも伝わってきた。

　染井吉野も終わろうという頃である。ここ数日、花冷《chilly spring weather》えが続いたが、昨日からだいぶ春らしい陽気が戻った。長閑《のどか》な昼下がり、私と頼孝は日当たりのよい縁側に腰掛けている。頼孝は隼人を訪ねてきたのだが、タイミング悪く留守だったのだ。そこで、今日は講義もない私が応対しているわけである。

「しっかし、アンソニーの日本語力、どんどん進化してるっすよね！　もとからペラペラではあったけど。叔母さんが日本人なんでしたっけ？」

「そうです。叔母がロンドンに来た頃、彼女はまだ英語がそれほど得意ではなくて。子供だった私と、お互いに教え合ったり……一緒に日本の映画やドラマもよく観ましたよ」

「へー。どんなのを？」

「叔母はミステリが好きでしたね。ほら、あれです、スケ……スケ……」

「スケスケ？」

「ナントカの一族……湖から脚が出てる……」

「あっ、スケキヨか！　『犬神《いぬがみ》家の一族』ね！　叔母さん、なかなか乙な趣味！」

　頼孝が顔をくしゃりとさせて笑う。

5

HARAKIRI

「今回の来日が決まってからは、最近のコンテンツもチェックしました」

マグカップを持って私は言った。頼孝は客なので、カップ&ソーサーで出してはいるが、中身は同じティーバッグの紅茶だ。

「そういうとこ、マジメっつーか、やっぱ先生っぽいっすねー。いやー、しかし、ここの庭はいつ来てもいいなあ……なんか落ち着きすぎて……眠たくな……」

言葉の途中で大あくびをする頼孝の髪が、日に透けて光る。金髪だからだ。金髪だけれど、着物に袴。そして傍らに置かれた刀は竹光。隼人がいつも折り目正しく張り詰めているのに対し、頼孝は自由闊達《かったつ》でリラックスしている。頼孝風に言えばふたりは『ブシダチ』だそうだが、隼人のほうは「そのような言葉はござらぬ」と否定していた。

「ふぁ……あっ、猫ちゃん発見……にゃ〜、にゃ〜お〜、おいでにゃ〜」

頼孝はさかんに猫を呼ぶが、チャコールグレーのそれはこちらをひと睨《にら》みしたきり、サッと物陰に隠れてしまった。私も何度か見かけているのだが、寄ってきたことはない。

「ああ……行っちゃった……」

「ハヤトにしか慣れていないようです」

「あいつ、動物に好かれるんすよね〜。あと子供とお年寄りも、だいたい隼人のこと大好きなんだよなー」

語りながら、頼孝は、綺麗な手つきでカップ&ソーサーを持つ。彼を見ていて思うのだが、口調はともかく、動作はとても洗練されている。隼人のように体軸の強い武術家的な動きではなく、育ちの良さが感じられる柔和で優雅な雰囲気だ。

「……ソラくんの件は、ご存じですよね？」

本当は最初に話したかったことを、私はやっと口にした。デリケートな問題だけに部外者である私が口を挟んでいいものかと迷ったが、やはり無視することは難しい。

「聞きましたよー」

頼孝はいつもと同じ調子で答えた。

「実のとこ、今日もその件が気になって寄ってみたわけで」

「やはりそうでしたか。ハヤトがいなくて残念です」

「交番留守役は、急に入るからしょうがないっすよ」

現代武士たちは、地域の交番に協力している。地元で事件が発生した折、交番がなるべく無人にならないよう、留守番役を務めるのだ。今日は管轄内で交通事故と空き巣事件がほぼ同時に発生し、警察官がその現場に駆り出されたので、隼人に応援要請が入ったわけである。

「宙のことで、輝がここに来たんすよね？」

「はい。ソラくんをとても心配していました」

「あのふたりは仲がいいからなあ。お互い、子供の頃から家を行き来してるし……。今まで俺が聞いてきた限り、宙んちは暴力がありそうな感じはないんですけどね。共働きで、父親は会社員、母親はフリーの編集者。確か去年まではＰＴＡの役員もやってたはず。剣道教室にも二、三回来たことあるけど、頭の回転が速そうで、仕事もできそうなお母さんでした。もちろん、子供を虐待するようには見えなかったけど……」

5

HARAKIRI

僅かに頼孝の眉が寄る。そう見えないからといって、虐待していないとは限らない――言葉にはしなかったが、そんなニュアンスが伝わってきた。

「父親は？」

「名古屋に単身赴任中で、時々帰ってくるみたいなこと聞いたなあ。つまり、平日は母子ふたり暮らしっすね。……輝は、なんで家の人がやったんだと思ったんでしょう？」

「ソラくんが、暴力を振るった相手をかばっているから、だそうです」

「そっか。親友の輝にも言わないってことは、そういうことになるのか……」

「ソラくんはこのあと、どうなるのでしょうか」

「今は、学校が色々調べてるところだと思います」

頼孝が袴の膝を軽く払って言った。桜の花びらがついていたのだ。

「必要があれば、児童相談所に連絡がいくはずです。児相の職員が家庭訪問をしたり、子供が危険だと判断されれば、一時的に保護される場合もあるそうすけど……現場もね、マンパワーが足りてないらしくて」

「そうですか……」

「ほんと、ヤなもんすよね……子供が撲《ぶ》たれるってのは」

それきり、頼孝は黙ってしまう。私も次の言葉が浮かばなかった。

風に乗ってまた桜が舞い込む。

人は不思議だ。咲く花に心を躍らせるのも、散る花に哀れみを感じるのも、弱い者を残酷に扱えるのも……すべて人のなせる業だ。

私を含めほとんどの人たちは、身近なか弱い者を守ろうとする。時には命をかけてそうする。だが同時に、身近ではない弱い者、窮している者、遠い外国で路頭に迷う子供たち――そういった存在は無視できる。ほんのつかのま、可哀想と思い、同情し、けれどすぐ忘れる。心を寄せ、慈しむ範囲はある程度限定されるのだ。サルが自分の群れだけを守ろうとするようなものだろうか。しょせん、我々は多少賢いサルにすぎないということか。

私だって、遠い国の子供は守れない。せいぜいボランティア団体に寄付することで、善人ぶることができる程度だ。

今回の件にしても、たまたま来日し、たまたま伊能家に寝起きし、たまたま宙に出会い、たまたま彼がつらい状況にあると知っただけの……つまるところ他人事《ひとごと》である。ほとんど無関係と言えるだろう。

それでも気になってしまう。だってもうここは、遠い国ではないのだから。

「……あいつも」

ぽつり、と頼孝が言う。

けれど言葉はすぐ止まってしまい、私は隣に座っている彼を見た。頼孝は笑ったまま困っているような顔をして「隼人もね」と続ける。

「昔は痣作ってました。顔には滅多になかったけど、腕とか脚はちょいちょいあった。じいちゃん、厳しかったからなあ。……一度、アバラにヒビ入ってたこともあって。ここ、肋骨《リブ》っすね。十六くらいの時かな。それこそ、稽古の時に竹刀でやられたみたいで」

私は驚き、目を瞠る。

5

HARAKIRI

「それは、問題にならなかったのですか？」

「うーん……当時、学校での体罰はかなり減ってましたけど、家庭での体罰は『躾《しつけ》』ってことで、今みたいに通報されたりっていうのはあんまりなかったような……それに、武家はちょっと別扱いってカンジがあって」

武家の子なら厳しく躾けられて当たり前、多少の体罰もあるだろう——そんな風潮があったのだという。

「侍の子なら、痛くてもつらくても我慢しろと。そうすれば強くなれる、と。意味不明な精神論すよね。けど『武士と忍耐』って、なんかセットになってる感覚で。極端に言えば、精神を鍛えるためにあえて暴力を振るう、みたいな」

「暴力とは、身体への脅迫です」

馬鹿げてる《That's ridiculous》、と口走りそうな自分を抑えて、私は言った。

「脅迫で人は強くなれるものでしょうか？　心が歪《ゆが》んでいくだけだと思いますが」

「ん。俺もそう思いますよ」

すんなりと頼孝は同意する。

「だから今、なんであの頃、言わなかったのかなって後悔してます。それは躾でも鍛錬でもなく、暴力だから逃げろって……言えばよかった。隼人に。けど、俺は隼人の痣を見るたびに『やべえな』って笑うだけで。隼人はいつも『たいしたことない』って答えて……例の、なんにも感じてないみたいな顔で」

なんにも感じてないみたいな顔。

隼人はほとんど笑わない。嘆いたり、怒りを露《あら》わにしたりもしない。感情表現が控えめなのは日本人の特徴であろうし、英国人もその傾向がある。無論、感情のコントロールはある程度必要だ。けれど、隼人の場合は行きすぎの感がある。彼の中に芽生える様々な感情……人として当然あるはずの心の波を、どう抑えているのか。

「俺らは小四からのつきあいで、武士登録した十六からはほぼ毎週会ってました。隼人は痩せてたけど、ちょっと見ただけで『あ、こいつ強いな』ってわかる筋肉がもうついてて。実際、剣道めちゃうまかったし。で、あいつのじいちゃんは七十過ぎてて、だから油断したのかも、俺」

「油断？」

「隼人のほうが強いんだから、体罰がほんとにイヤだったらなんとかすんだろ、って」

なるほど、高校生と七十過ぎの高齢者ならば、そう考えるのも道理だ。しかし……。

「でも、そうじゃなかった」

私が感じた懸念を、頼孝も理解しているようだった。

「その時に始まったことじゃない。ずっと以前から……隼人が子供の頃から、たぶんそんな感じだったはずです。そりゃ手加減はしてただろうけど、かなり厳しく鍛えられてたんじゃないかな。考えてみりゃ、小学生の頃だって痣作ってたもん、あいつ。たぶん隼人はもう麻痺《まひ》してた。疑問を感じなくなってた。武士の子なら我慢すべきだって。そういうもんだって」

私は思い出す。ここに輝が訪ねてきて、涙を流した時のことだ。

隼人は言っていた。輝が泣くと、自分も悲しくなってしまうのだと。口先だけではなかった。眉を歪ませ、本当に困った顔で言っていたのだ。

――武士のくせに情けないと思うのだが、どうしてもそうなる。

その時は聞き流したこの言葉も、よく考えれば奇妙だ。私から見れば、これは隼人の持つ優れた共感力、すなわち美点なのだが、隼人自身はそれを『情けない』と否定した。

「武士とは、そこまで感情を殺さなければならないのですか？」

「いやあ、そんなことも……」

「というか」

私は身体を捻《ひね》って頼孝に向き、やや前のめりに「それが日本男子の理想なのですか？」と詰め寄るように聞いた。

「あー、それ、隼人のじいちゃんのお得意っすね。武士は日本男子の理想……」

「強さが大事だとハヤトは言ってましたが、強さといっても、色々でしょう。肉体的な強さ、精神的な強さ……そもそも武士の強さとは、どう定義されるのですか？　子供に体罰で教え込む『強さ』がそうだというのならば、私は納得しかねます。我慢強さは大切でしょうが、程度というものがあるでしょう。ハヤトのおじいさんを悪く言うつもりはありませんが……ああ、なんだかモフモフする……！」

「モヤモヤ、っすね」

「え？」

「モフモフはこう、犬猫とか、アルパカとか……ファーが気持ちいい感じの擬態語です。

心の中が定まらず、スッキリしないなら、モヤモヤ」

「……それです。モヤモヤ」

いくらか恥ずかしい気持ちをやり過ごし、私は「モヤモヤしてしまうのです」と言い直した。日本の擬態語は豊富すぎて時に混乱する。

「武士の強さ……うーん……そもそも、『武士』自体を定義するのが、難しいんすよー」

「定義されていないものについて考えるのは、もっと難しいのです」

「ごもっとも……。でも実際、武士つっても時代によって結構違うからなー。平安、鎌倉、戦国時代に江戸時代……どの頃の武士についての定義なのか、という」

「……そんなに違うのですか？」

「違うんすよ〜。わかりやすいところで言えば、日本中で武士が領地争いをしてた戦国時代と、徳川幕府が仕切ってた江戸時代では、だーいぶ違いますね。主従関係にしても、戦国時代なら強い殿様に仕えたほうが絶対お得でしょ。だから主を替えることも、裏切ったり寝返ったりもべつに珍しくはなかった。裏切りそうなヤツを嗅ぎ分けるのも、戦国武将には大切なスキルだったと思うんすよ。けど、徳川時代がきます。二百六十年以上続いた、いわば長期安定政権っすよね。幕府に忠誠を誓わせるための、新しいルールも色々できました。礼節を重んじ、幕府に献身しろと。今にたとえて言えば、会社を裏切る社員は許さないって感じ？　そんなことしたらクビです。……あ、日本では強制的に会社を辞めさせられることをクビっていうんすけど、もしかしたら『打ち首』からきてるのかなー。ひゃー、マジおっかない〜」

5

HARAKIRI

「つまり、裏切り者は殺すというのですか？」

「あり得ます。当時は武家諸法度《ぶけしょはっと》ってルールがあって、大名は一年おきに江戸に転勤だぞ、奥さんと長男は江戸に置いとけよ、勝手に城を造るな、服装ルールマジ守れ、とか……めっちゃ厳しいわけです。で、これ、罰則規定がないんすよ。このルール違反には、この罰ね、って決まってない。要するに幕府側が気分次第で……っていうか、自分らに都合のいいように決められるわけです。軽ければ謹慎……家に閉じこめておく、だとか」

「重ければハラキリ……？」

「そうそう、切腹。でも、あれって最悪じゃないんすよ」

「いや、最悪でしょう」

私が言うと、頼孝は「俺もそう思うんすけど」と笑う。

「自分の意思で死ねるからまだマシってことすね。打ち首のほうが重い罰です」

「……自分で自分の腹を切るほうが、ずっと嫌じゃないですか？」

私は絶対に無理である。頼孝も激しく頷き同意していた。

「ムリムリムリ。けど、当時の武士は違ったってことなんじゃないのかなあ……。その気持ち、ちょっと理解できないけど。いくら介錯《かいしゃく》がいるとはいえ……」

「カイシャク？」

「あー、ハラキリアシスタント？　切腹する人の後ろで待ってるんすよ。お腹《なか》切っただけじゃ、すぐ死なないんで、長く苦しまないように、後ろから首をね。スパンと」

頼孝が、自分の首に手刀を入れながら説明してくれる。

私は混乱した。説明を聞けば聞くほど、切腹というのは理解が難しい。

「なんにしても無理ゲーっすよ。だから、江戸の中期にはかなり形式的になってて、刀の代わりに扇子《せんす》になったとか」

「扇子？　この、あおぐ扇子ですか？」

「そうそう。もちろん、扇子じゃ腹は切れないわけで……。つまり、切腹する人が扇子を手にしたのを合図に、介錯人がすぐさま首を落とす、という流れみたいっす。扇腹《おうぎばら》っていう、形式だけの切腹ね。そりゃそうなるわなー。いくら武士だって、自分の腹切る勇気なんかそうそうないっすよ。わかりみ深すぎる。……あれ、なんの話でしたっけ……」

「武士の定義です」

「それそれ」

頼孝は「かくも武士の定義は難しいわけですが」と腕組みをして、少し顎を上げた。

「でもたぶん、隼人の中にあるイメージは江戸時代の武士なんじゃないかな。本人から聞いたわけじゃないすけど、隼人のじいちゃんは『葉隠《はがくれ》』を愛読してたし。江戸中期に書かれた本で、簡単に言えば武士のマナーと心構えの本、かな？」

「ちょっと待ってください。記録します」

私は立ち上がり、一度自分の部屋に行ってノートを取って戻った。

「ハガクレ、を漢字で書いてくれますか。先ほどのオウギバラも」

「はいはい。えーと、扇腹……。葉隠は、こう。わー、このノートすっげえ……アンソニー、超勉強してますね……」

5

HARAKIRI

「私にとって、勉強は趣味みたいなものなのです。……で、武士の心得とは、どんなことが書いてあるのでしょうか。やはり、強さを追求していくような？」

「あ、すんません、実は読んだことなくて」

頼孝はヘラッと笑った。口では謝ったが、少しも悪いと思っていない顔だ。

「でもすごく有名な一節があって、さすがにそれは知ってます。武士じゃなくても、日本人なら結構知ってるんじゃないかな。武士道とは死ぬことと見つけたり、ってやつです」

「死？　武士の道とは、死ぬことだと発見した……と？」

ずいぶん物騒な意見に思えるが、頼孝は「うん。そんな感じ」と軽やかに肯定する。

「あ、いや、ちょっと違うのかも？　ほら、なにしろ俺読んでないんで、文脈わかんなくて。けど、その一文だけなら、そういう意味になるっすね。武士道、すなわち死」

「それは、死を身近なものとすることで、死への恐れをなくすということですか？」

「あっ、それいいっすね！　その説明いいわ！　今後使わせてもらいます！」

「いいえ、私は質問しているのですが……」

「あははー、ですよねー。でも何度も言いますけど、俺読んでなくて。読んでない日本人を代表して言わせてもらうと、アンソニーの今の説明はしっくりきますね。名誉を失うよりは死を選ぶ、みたいなノリが武士にはあるので。あ、昔の武士ね。俺はぜんぜんナッシング！」

それは信仰を失うより死を選ぶ、殉教のような心境なのだろうか。いや宗教と並列して考えるのは違う気もする。

「隼人が子供の頃からじいちゃんに言われてたのは、『義、礼、忍』だったそうっす。ジャスティス、マナー、ペイシェンスっすね。それを大事にしろと。まあ、フツーに真っ当でしょ？　コリン・ファースも言ってたもんね、マナーが紳士を作るって。武士にもマナーが必須なんすね。ただ、じいちゃんの場合、その教育方法が極端だったのかなって。子供なんて色々間違えるし、わがままも言うし、たまには剣道だってサボりたいわけですよ。だけど隼人は許されなかった。サボったら庭で何時間も正座させられたり……」

「それは虐待です」

「同感す。でも、じいちゃんも縁側で……たぶんまさしくこのへんで、正座したままずっと隼人のこと見てたらしいんすよ。厳しかったけど、愛情がなかったわけじゃない。いや、たぶんすごくあったはず。俺も何度か会ってますけど、絵に描いたような頑固ジジイでね。けど、剣道の大会で隼人が勝つと、そりゃもう大喜びで……。隼人がインフルエンザで寝込んだ時は、徹夜で看病して、結局自分にインフルがうつって入院したりね。隼人を本当に大事にしてた。隼人もそれはわかってて……だからじいちゃんに逆らえなかったんじゃないかな」

「ほかのご家族は、なにも言わなかったのでしょうか」

「んー……ばあちゃんはじいちゃんに従う、って感じでしたね。じいちゃんよりも先に、亡くなっちゃってます。隼人の父親は、もっと若いうちに亡くなったみたいです。その後、母親も家を出てったらしくて……両親のことは、俺もあんまり聞いてません。聞かれたくなさそうだったから」

ならば、誰が子供だった隼人を守ったのだ？

私は重苦しい気分になった。確かに、隼人の祖父は隼人を愛していたのだろう。隼人もまた、祖父を愛していたのだと思う。だからといって、子供が庭で何時間も正座させられたり、痣ができるような体罰があっていいはずはない。愛があるぶん厄介だ。子供はますますそこから逃げられなくなる。

「……おじいさんは、しばらく前に亡くなったんですよね？」

「三年前かな。その何年か前から寝たり起きたりで……隼人が献身的に面倒をみてました。この家、ひとつだけ洋室があるでしょ？」

「ええ」

「そこ、じいちゃんの部屋だったんすよ。膝を悪くしてから、ベッドのほうがラクだってことでリフォームして。介護する側も、和室は大変だしね」

今は使われていない一室には、そんな経緯があったのだ。道理で、あの一角だけ雰囲気が違うわけだ。

「じいちゃんが病気になってからも、俺は時々顔を見に行ってました。頑固ぶりは健在で、金髪頭を散々叱られたなあ。信長公がお嘆きになる、とかね。そういうこと本気で言う人で……」

小さく笑った頼孝が、「根はすごく優しかった」と続けた。

頑固で、昔気質《かたぎ》で、孫が武士になることにこだわり、厳しい教育をした……そんな祖父が亡くなってしまった時、隼人はどれほどの孤独に襲われただろう。

「なんだかんだで、じいちゃん子だったんすよ、あいつ。じいちゃんの教育法には問題があったと思うけど……結果だけ見たら、成功と言えるのかなあ？　あいつ、時代錯誤なほどのザ・武士になりましたもん。武士仲間の中には、隼人の生真面目さを笑うようなヤツもいますけど……俺は隼人のこと、好きなんで」

　はっきりとした最後の言葉に、私の重い気持ちがいくらか回復する。隼人はよい友人を持っているし、慕ってくれる子供たちもたくさんいるのだ。ご近所の人々だって、隼人にとてもよくしてくれるではないか。

「ええ。彼はとてもよい人間です」

　そして、私もまた、隼人のことが好きだ。

「そっすよね」

「そっす」

「んー、アンソニーは普通に喋ったほうがいいっすよ」

　にこやかに指摘されてしまい、「はい」と答えるしかなかった。ちょっとスラングも使ってみたかったのに……。

　紅茶のおかわりを勧めた私だが、頼孝は夕方から所用があるとのことで帰っていった。ほとんどすれ違いで隼人が戻ってきて、頼孝のことを告げると、

「それがしに代わってお相手いただき、ご苦労をおかけいたした」

　と丁寧に礼を言われた。

　電話があったのはその晩のことだ。

5

HARAKIRI

森田宙の担任、田中先生からだった。

「本当に行くのですか？」

「はい」

隼人の返答はいつも短い。

端的でよいと言えばよいのだが、正直なところ情報不足でもある。なにをするために行くのか、それは有効なのか、むしろ悪い結果が導かれたりはしないのか……私のそういった懸念はちっとも解決されない。

隼人が行こうとしているのは、森田宙の自宅だ。

昨日の夜、田中先生が電話をくれた。先生は宙の母親に連絡を取り、学校で面談をしたそうだ。母親は忙しい中、すぐに駆けつけた。そして、宙の身体に痣があると聞いて驚き、ずいぶん自分を責めていたそうだ。

――私が最初に気がつくべきでした。

厳しい表情でそう話していたという。

――このところ仕事が忙しく、……でもそんなことは言い訳になりませんね。母親が子供の痣に気がつかないなんて……。宙は、おとなしいけれどしっかりした子に育ってくれました。私はそんな息子に甘えていたんだと思います。

田中先生は母親を慰めながら、心あたりはないか聞いた。

——お恥ずかしいことですが、わかりません。学校のお友達とは仲良くやっていると思っていました。輝ちゃんや、ほかのみんなとも……。

最近行き始めた塾も、本人が行くのを嫌がってる様子はないという。母親が仕事で遅くなる日も多く、宙は子供用の携帯電話を持たされており、メッセージのやりとりはまめに行っているとのことだ。

「ソラくんのお母さんは言ってたそうですね、しばらくは夜の打ち合わせなどは控え、なるべく息子と一緒にいるようにすると」

「はい」

「タナカ先生も、引き続きソラくんを注意深く見守り、現時点では児童相談所への報告はしないでおくと」

「はい」

「ハヤトは、その判断に問題があると考えているわけですか？」

私の問いに隼人は「左様なことはござりませぬ」と返す。

「田中先生の判断に異を唱えるつもりはなく……ただ、それがしは自分の目で確認しておきたいだけです」

「なにを確認すると？」

「それは……宙が……いや、宙の、暮らす環境……」

言葉は続かない。どうやら自分の中でも、考えがまとまっていないらしい。

5

HARAKIRI

「しばらくしたら、タナカ先生が家庭訪問する予定だと話してましたよね」

「いかにも」

「それを待っていられないということですか？　ハヤトが心配する気持ちはわかります。しかし、突然訪問されたらソラくんのお母さんはびっくりするのでは。予告なしに行けば、まるで疑っているかのように思われるかもしれません」

「ならば、きちんとご理解いただけるよう、説明いたしまする」

「どんなふうに？」

「それは」

隼人は私に説明を試みようとしたらしいが、やはり言葉は続かなかった。視線が彷徨《さまよ》い、彼の中の戸惑いが透けて見える。宙の痣が竹刀の痕と考えられることから、隼人が強い責任を感じているのはわかる。彼としては、いてもたってもいられないのだろう。一刻も早く原因を突き止め、解決したい、その気持ちも理解できる。しかし……。

「……私も同行していいですか？」

思いきって、言ってみた。

「アンソニー殿？」

「ソラくんのご家族が嫌がったならば、私だけ帰ります。ですが、もし許してもらえたら……ハヤトの通訳として、一緒にいたいのです」

隼人は「通訳？」と語尾を上げた。

「それがし……英語を使うつもりはござらぬが……」

「もちろん日本語で話すでしょうね」

「ならば通訳とは？」

「私が思うに、きみはしばしば、言葉が少なすぎるのです」

隼人が気分を害する可能性もあったが、ここはどうしても説明する必要がある。この家に来て以来、それはずっと感じていたことだった。

「もちろん、それが悪いわけではありません。よく考えて発言し、言葉を無駄にしないという考えからなのでしょう。あるいは、武士はお喋りではいけないというルールがあるのか……ヨリを見ているとそうは感じないのですが……とにかく、たくさん喋ればいいものではない。けれど、ハヤトはちょっと少なすぎます。そもそも、自分の考えていることを説明するのが、得意ではないのでは？」

「……いかにも」

ほら、こんな時の返答すら最低限だ。ほかに言いたいこともあるだろうにそれをいつも飲み込んでしまう。

「ですから、私が通訳というか、補足するのです。ハヤトが言い足りていない部分をつけ足し、聞き足りていないところを聞きます」

珍しく隼人の顔にわかりやすい表情が浮かんだ。明らかに怪訝な顔をしている。

「異なことを……アンソニー殿は、それがしの考えが読めるというのですか」

「まさか。人の考えていることはわかりません」

「では、どのようになさると」

「ハヤトが心の奥でなにを考えているかは、さっぱりわかりません。それでも、ある決まった状況で、目的がわかっているのなら、きみの言いたいことは予測が可能です。今回ならば、ソラくんが誰かに暴力を振るわれているらしい、という状況。きみはソラくんを心配していて、なんとかその暴力から助けたい、というのが目的。違いますか？」

「……ご明察です」

「ありがとう。ちなみに私は、人になにかを説明したり、理解させたりすることに、それなりのスキルを持っています。一応大学講師ですので。無論、たかだか居候の私が、こんな提案をするのは図々しいのでしょう。余計なお世話、というやつかもしれません。なんでこんなことを言い出したのか、自分でも少し驚いています。いや、少しではないかな。だいぶ……とても……チョー？　Any way, it's very unlike me!」

思わず、母語も出るというものだ。

英国にいる頃の私ならば、こんな提案はあり得なかった。無口で説明や説得が苦手なタイプは、英国にだってたくさんいる。そういう知人を積極的にサポートしようと思ったことはないし、むしろそれはおせっかい、あるいはおこがましい行為だと思っていた。今も思っている。思っているのに、やろうとしている。

「ですが……私も、その、心配なのです」

焦り、臆する自分を強引に無視した。

「ソラくんのことが」

つぶらな瞳の少年。宙は私に教えてくれた。武道において、力以上に大切なのは礼だと。

「左様にござりましたか」

隼人が纏っていた怪訝な空気はもう消えていた。

「宙を気に掛けていただき、感謝いたしまする。しからば、ご同行くだされ。あの日、アンソニー殿も体育館にいらしたのですから、まったく無関係でもないかと」

私は頷いた。隼人の対話スキルも気掛かり、という理由もあるわけだが、そこはわざわざ言葉にしなくていいだろう。

かくして、隼人と私は宙の家へ向かうことになったのだ。


武士は非常に忍耐強い。

いや、隼人がとりわけ忍耐強いのか……いずれにしても、私はその忍耐強さをまさに実感しているところである。

森田宙の一家が住まうのは、比較的最近建築されたと思われる集合住宅だった。一階の共用エントランスにはオートロックの操作盤が設置されている。部屋番号を入力し、相手の応答を待って、自動ドアのロックを解除してもらうわけだ。

隼人は森田家の部屋番号を入力したのだが返答はなかった。

しばらく待って二回目を押す。やはり返答はない。

平日なので宙は学校に行っているだろうし……そういえば、母親も働いているのだ。

5

HARAKIRI

ここに来るまで思い出さなかった私もだいぶ迂闊《うかつ》だが、三回目の入力をしている隼人も、それを考えなかったのだろうか。

「あのー」

遠慮がちな声に振り向くと、宅配便の業者が荷物を積んだカートの脇に立っている。

隼人が「御無礼」とすぐに操作盤の前から退いた。宅配業者は会釈をしつつも隼人を見て（わあ、武士だ）という顔をし、その後私のほうもチラリと見て（なぜ外国人と？）という顔になる。そして汗を拭いつつ、部屋番号を次々に押していった。今日はかなり暖かいのだ。それぞれに荷物を届けに行く旨を伝えると、宅配業者は「ありがとうございました」と頭を下げ、先に居住区域に入っていく。

「ハヤト、今なら入れます」

「なりませぬ。それではこの警備システムが意味をなさぬゆえ」

隼人の言うことはもっともだが、私たちはべつに怪しい者ではなく……などと思っている間に扉は閉まってしまう。

四回目も応答はなし。

五回目のあと、私が「留守なのでは？」と言うと、隼人は「そうかもしれません」と頷いた。しかしすぐに「今一度」と、苛つく様子もなく、淡々と、同じテンポで数字を押す。忍耐強いを通り越し、そろそろ諦めが悪いになりつつあった。無理を言ってついてきたのだし、気の済むまでつきあおうと私は黙って待つ。住人らしい母子連れが出てきて、不思議そうな顔をされたが、気がつかないふりをした。

もう何回目のピンポンか、わからなくなった時である。

絶対留守だ、という私の確信を裏切るように『うるさい！』と苛烈な応答があった。怒号と言っていいだろう。私は驚き、反射的に一歩退いてしまったほどである。

『うるさいうるさい！　昼寝もできないだろうが！』

少し嗄《か》れた、男性の声だ。

「幾度にも亘《わた》る呼び出し、平にご容赦」

隼人が答え、カメラのレンズに向かって一礼した。私も慌てて真似するが、撮影範囲の外にいたかもしれない。

『まったくだ！　しつこいんだよ！　うるさいったらない！　なんのセールスかしらんが、開けるつもりは…………うん？』

そこまで怒らなくても……という激しい声のトーンが、最後にやや落ちる。

『その恰好……あんた、侍か？』

「いかにも」

『本物か？　こすぷれい、とかいうやつじゃないだろうな』

「それがし、宙に剣道を指南している者にて、伊能長左衛門隼人と申しまする」

『おお、宙の師匠か！』

声の調子はすっかり変わり、自動ドアが低く唸《うな》って開いた。

どうやら我々は受け入れられたらしい。エレベータを経由し、目的の部屋へと向かう。

部屋のベルを鳴らすより早く扉が開き、高齢の男性が顔を見せる。

5

HARAKIRI

「なるほど、侍！」

もちろん、隼人を見ての言葉だ。笑顔には歓迎の意が溢れていた。だが次に私を見てやや警戒するように眉を寄せる。

「こちらの御仁はアンソニー・ハワード殿でござりまする。大学の先生として来日され、それがしの家に滞在しておられます」

隼人が紹介してくれたので「はじめまして」と挨拶をした。

私が日本語を喋れることに安心したのか、表情が少し和らいで頷いた。骨っぽく痩せた老人だが、血色はよく、声もしっかりしていた。厚みのある、キルティングに似た生地の上着を着ている。

「率爾ながら、本日は宙についてお伺いしたきことあり……」

「まあまあ、ふたりとも、入りなさい。宙もしばらくしたら帰ってくるだろう」

「されば、お邪魔いたしまする」

私たちは好意的に部屋に通された。最初の反応から考えれば、奇跡のような展開だ。この老人は宙の祖父……あるいは曾祖父とも考えられる。父親は単身赴任中で、母親とふたり暮らしだと聞いていたのだが、最近状況が変わったのかもしれない。

「いやあ、本当に、ちゃんと侍なのだなあ」

リビングルームに通され、隼人はしげしげと観察されていた。老人の声がとても大きいのは、耳が遠いせいだろう。

「うん、よいものだなあ。花は桜木、人は武士！」

興味深いフレーズは、どこかで聞いた気もする。

「月代《さかやき》は剃らないのかね」

「剃ってもよいのですが、存外手入れが大変なのです」

「そうかそうか、まめにカミソリを当てなきゃいかんもんなあ。うん、やはり侍はいい。まず姿勢がいい。姿勢が真っ直ぐならば、心根も真っ直ぐというものだ。宙にもいつもそう言い聞かせている。ああ、今お茶を。おい、おい、母さん」

キッチンに向かって彼は誰かを呼んだ。

この場合の『母さん』は誰を示すのだろうか。彼自身の母親ではないだろうから、妻か、あるいは宙の母親か。このように日本では家族を名前で呼ばない場合が多く、私はしばしば混乱する。

キッチンはしんとして、返事はない。

「おっと、母さんはいないんだったか」

彼は小さく呟いて、自ら立ち上がる。膝が悪いのか、立った瞬間よろけたが、すぐにシャンと持ち直した。シンクで小振りなティーポットを使い、私たちに日本茶の用意をしてくれる。

「姿勢が真っ直ぐならば、心根も真っ直ぐだ。うん」

さっきと同じことを言い、さらに「剣の道も真っ直ぐに進まねば」と隼人を見る。

「自己紹介せんとな。森田是典《よしのり》、宙の祖父だ。孫は一生懸命やってますかな」

「宙は熱心に稽古しております」

5

HARAKIRI

隼人の返事に、彼は満足そうに頷く。

「そうだろう。あの子はいい子でな。何事も真剣に取り組む。母親が甘やかすせいか、ちょっとばかり気の弱いところがあるが……まあ、それも時代なんだろう。だからな、俺がここに来てからは、稽古をつけてやっとるんだ」

「御前《ごぜん》が、稽古を」

「実はこの爺《じい》、有段者でな。ははは。昔取った杵柄《きねづか》とはいえ、孫に教えるぐらいならばまだまだ。ちぃと膝が痛むが、そこは精神力よ」

「なにとぞご無理をなされぬよう」

「なに、我慢は慣れておる。我々ぐらいの年代は、剣道か柔道の心得は皆あってな。しかも荒っぽい稽古をつけられたもんだ。それを乗り越えて、剣も心も強くなったわけよ。……とはいえ、孫は可愛くてな。そう厳しくは教えられん。ははは」

彼はご機嫌な様子で笑い、隼人は無言で頷く。

「宙はな、待望の初孫だったんだ。うちは上の息子が早くに死んでしまってな……下のが、つまり宙の父親だが、これがなかなか結婚しなくて。やっと見つけてきた嫁さんは結構いい歳だったから、ここだけの話、孫を持つのは諦めかけとったんだよ。宙が生まれた時は嬉しくてなあ。家内と一緒に飛び跳ねたもんだ。なあ、母さん？」

彼はまた誰もいない方向に向かって声をかけた。そしてすぐに「あ、いないんだ。つい忘れちまう」と照れ笑いを見せる。

「いつからこちらにお住まいなんですか」

私はそう質問してみた。

「うん、ついこのあいだでね。地元を離れるのは嫌だったんだが……知り合いもみんな向こうだしな。だが、ぜひ来てくれと請われてな。宙に剣道を教えてやってくれと」

「奥様もご一緒に？」

「いや、家内は去年死んだんだよ。……おととしだったかな？　なのに、いまだにいるような気になる時がある。とにかく先に逝っちまって。俺はなんでもひとりでできるから不便はないんだが、寂しくないと言ったら嘘になるかねえ。だから孫につられてここに来たわけだ」

「そうですか。ソラくんとは毎日剣道のレッスンを？」

「だいたいな。俺ももう八十を越してるからな、なかなか骨だよ」

「……ホネ？」

「おっと、わからないか。骨だ、ってのは疲れる、って意味でね。骨が折れる、なんて言い方もある。ほんとに骨折するわけじゃなくて、するくらい大変だってことだね」

なるほどbackbreakingのような言い回しだろう。

「しかしあんた、日本語上手だねえ」

「ありがとうございます」

「アメリカの人かい？」

「英国です。……私もこのあいだ、剣道教室を見学し、ソラくんに会ったのです。とても礼儀正しいお子さんですね」

5
HARAKIRI

「礼儀、うん、礼儀は大切だといつも教えている」

彼は腕組みをし、ウンウンと深く頷いた。

隼人は彼から視線を外し、菓子の散らかったダイニングテーブルを見つめていた。そこに立てかけた古い竹刀がある。サイズからして、宙のものではなさそうだ。

「私はその後会ってないのですが……ソラくんは元気にしていますか？」

「元気だとも」

ためらいなく、即答だった。

そんなはずはないのだが……この祖父は、孫になにが起きたかを知らないのだろうか。あるいは、宙が無理をして元気に振る舞っているのか。

「子供は元気なのが一番だ。宙もなあ、もう少しわんぱくなぐらいでいいんだが。母親が甘やかすから、おとなしすぎるところがある。まあ、優しくもあるが」

「優しいことは素晴らしい長所です。ハヤトもそう思うでしょう？」

私の言葉にひとつ頷き、隼人は「……宙との稽古はいかような？」と質問した。

「うむ。基本がなにより大事と考えている」

老人はそう答えた。頬が少し赤らんでいるのは、暑いからかもしれない。

「素振りをよくさせるよ。あの子は軸がまだ弱くてグラつくことが多いから、そこを鍛えんといかん。最近の子は昔のように外で走り回って遊ばんからなあ。私が子供の時分は、それこそずっと走り回ってたもんだ。あれがいけないんだ。ゲームな。ゲームとスマホ、か。あれが日本人をどんどんダメにしてる」

しばらく彼は、今の日本がいかにだめか、昔はどれほどましだったか、孫のこと、息子のこと、剣道のこと——それらを熱心に語った。話の内容はしばしば前後し、繰り返しも多い。けれど生き生きと嬉しそうでもあり、とても口など挟めない勢いだった。

「それでな、息子は剣道をやめると言い出して…………おっと、お茶がすっかり冷めてるな。おい、母さん……」

「いえ——いいえ、もう」

隼人は暇《いとま》を言い出そうとしていたようだが、途中で言葉が詰まった。彼に代わり、私は意識的に明るい調子で「ああ、そろそろ行かないと」と笑みを作る。

「残念ですが、このあと用事があるのです」

「そうなのかい？」

隼人が黙って頷く。

「残念だな。またぜひ来てくれ。母さん、お客が帰るそうだぞ、おい……」

奥の部屋に、誰かを呼びに行こうとする。私は慌てて「大丈夫ですから、もう、行きますので」とそれを止めた。隼人は無言のまま、深く頭を下げる。

また来てくれ、きっとまた——老人は繰り返し私たちに言った。

マンションを出た私たちは、しばらく無言で歩いていた。

恐らく、隼人は私と同じことを考えているはずだ。けれど、それは口に出していいものだろうか。私は迷う。他人が口を出すには、あまりにデリケートな問題だったからだ。

日が落ちようとしている。

5

HARAKIRI

空はオレンジの光に満ちて美しく、けれど私の心は重かった。その光の中を走りながら近づく小さな姿が見える。逆光で最初はわからなかったのだが、走っているのは宙だった。先に私たちを見つけたのだろう。

息を弾ませ、隼人の前で止まる。その瞳は真っ直ぐに隼人を見上げていた。

「うちに、行ったんですか？」

宙の質問に、隼人は頷いた。

「じゃあ……おじいちゃんに会いましたよね……」

隼人はまた頷き、宙は俯く。その反応は、残念なことに私の懸念を裏付けていた。

隼人がゆっくり屈《かが》み込み、目の高さを宙と合わせる。

けれど宙は下を向いたままだ。隼人は声をかけなかった。恐らく、宙のほうから話したくなるのを待っているのだと思う。私も立ったまま待った。犬の散歩をしている人がチラリと我々を見る。俯いたきりの子供と、屈んでいる武士、手持ち無沙汰の外国人という取り合わせなので、気になるのも無理はない。

相変わらず、隼人は黙している。忍耐強く。

それは武士の美点かもしれないが、今の状況ではどうだろうか。宙はまだ子供で、自分の思いを言葉にする能力が高くない。大人でもそれを得意としないタイプの人間は珍しくなく、まず間違いなく隼人もその類《たぐい》であり……そうするとふたりでずっと黙り続けていることになってしまう。

子供に、語りたくないことを語らせるのは忍びない。

けれど、この子の心身に危機が迫っている可能性があるのだとしたら、そうも言っていられなかった。宙が現状を自ら訴える時を待っていたら、手遅れになるかもしれないのだ。

「ソラくん」

だから私が口を開いた。宙はおずおずと私を見る。

「夕焼け、綺麗ですね」

「……うん」

宙が空を見る。オレンジ色はさっきよりだいぶ赤みを増していた。

「きみが今見ているのはSORA。そしてきみの名前もSORA。私は漢字について調べてみたのですが、きみの『宙』はこの『空』よりさらに大きい……宇宙、という意味なのですね。とてもいい名前です」

「……ありがとう、アンソニーさん」

「誰がつけてくれたのですか？」

「お父さんとお母さんが……最初はふつうの『空』にするはずで……でも、おじいちゃんが、もっとおっきいのがいいって……だから……」

「そうでしたか」

宙の影が長い。私の影も長い。

「……おじいさんに、撲たれたんですね？」

できる限り静かな声で、私は聞いた。宙は強い子だった。私から目を逸らすことなく頷いて、その瞳に涙の膜を作りながら「でもね」と上擦る声を出す。

5

HARAKIRI

「病気なんだ。おじいちゃんは、歳を取って……だからそういう病気になっちゃった。普段は平気なんだ。いつもの優しいおじいちゃんだよ。でも、たまに……本当に、すごくたまに違う人みたいになっちゃって……」

感情が暴走し、怒りのコントロールが難しくなるのだろう。

「剣道を教えてもらってる時は、撲ったりしないよ。おじいちゃんも剣士だったんだ。だからそんなこと絶対にしない。でも、このあいだ、学校から帰ったら……」

きっかけは、宙にもわからないそうだ。

祖父はとても興奮していて、怒鳴って竹刀を振り回し、部屋の中をめちゃめちゃにしていたという。祖母の遺影を覆うガラスフレームが割れ、裸足の祖父が踏みそうになっていた。宙は驚きながらも、必死に止めようとした。その時に、竹刀が身体に当たったのだ。

「わざとじゃないんだ」

涙声で説明しながら、宙は祖父をかばった。聞いているこちらの胸が痛くなる。竹刀を当ててしまった祖父のほうも動揺したらしく、そのままどこかへ行ってしまい、戻ってきた時にはもう普通だった——宙はそう教えてくれた。

「その一度だけなんだ、ほんとなんだ……だから……ぼくが言わなければ……なにもなかったことになるから……」

涙が柔らかな頰を伝う。

インターフォンに出た時、宙の祖父は激高していた。

初夏を思わせるほど暖かい日だというのに、厚着をしていた。

髪や髭の手入れはされておらず、部屋の中に散らばっていた脱ぎっぱなしの服は、女性のものでも、子供のものでもなかった。死んでしまった妻を何度も呼び……出してくれた茶は冷たく、味は薄すぎた。蛇口から水をティーポットに入れているところを、私は見た。

「そう。病気のせいです」

亡くなった祖母を思い出しながら、宙に言った。

晩年、祖母の認知症は進み、孫の私が見舞うたび「はじめまして《How do you do?》」と古めかしく言ったものだ。そして私は主治医の指示どおり、なにも否定せず「はじめまして」と返した。

「病気なのだから、お医者さんに話さなくては」

「……でも、治らない病気なんでしょ」

「完全に治す薬はありませんが、助けになってくれるはずです」

「おじいちゃん、病院には絶対行かないって。お母さん、それですごく困ってて……毎日溜息ばっかりになっちゃって……お父さんはいないし……」

「困りましたね。とても難しい問題だ。だからこそ、誰かに相談しないと」

「相談……」

宙の声が不安げに揺れ、いまだ屈んでいる隼人を見る。

隼人は眉根を寄せた怖い顔で頷いた。それから両腕を宙に向かって広げる。宙はちょっと戸惑い、だがおずおずと隼人により近づいた。

がばり、と隼人が宙を抱きしめる。

わ、と小さな驚きの声がした。

隼人は怒ったような顔のまま膝を地につけ、ほかにできることなどなにもないかのように、腕に力を込める。宙はいきなりのことに戸惑っていたようだが、やがて気恥ずかしそうに、それでも隼人の背中に腕を回した。

怒りのせいか、あるいは悲しみからなのか、隼人の身体がひどく強《こわ》ばっているのが私にもわかる。

「……だいじょうぶ」

小さなふたつの手が、広い背中を摩《さす》る。

「だいじょうぶだから」

言ったのは、隼人ではなく宙のほうだった。

6 Black Bento

深夜、その連絡は入った。

隼人は早寝早起きだし、私もそろそろ眠ろうと思っていた頃だった。布団を敷き、栄子が洗濯しておいてくれた、気持ちのいいシーツを張る。隅の皺を指先でシュッと伸ばしていた時、電話が鳴る。隼人はスマホを持ってはいるが、しばしばどこかに置き忘れるため、伊能家では固定電話がまだよく使われているのだ。この電話は廊下に設置されており、私は出ても出なくてもいい。

この時は出た。夜十一時を過ぎての電話ならば、急用だろうと思ったからだ。実際、緊急の連絡であり、田中先生の声はとても硬かった。

——宙くんのおじいさんが、いなくなってしまって。

受話器を握ったまま、私は緊張した。

——アンソニーさん、今日、隼人先生と一緒に宙くんの家に行かれましたよね？　その時の様子はどうでしたか？

気づくと、背後に隼人が立っていた。髪を下ろした浴衣《ゆかた》姿の顔が強ばっている。私は「タナカ先生からです」と受話器を渡した。

「もしもし。伊能にござりまする。……いえ、どうぞ、なんなりと。……はい、確かに伺いました。……その折は、多少記憶の混乱は見られたものの、ご健勝なご様子で……はい、宙の話などを。帰り道で宙に会い…………そうです。聞きました」

情報を共有すべきと思ったのだろう、隼人は途中からスピーカー機能を使った。田中先生の話では、今日の夜、宙は母親に痣の原因を話したそうだ。そして宙が寝た後で、母親は義父にその件を尋ねたという。

——問い詰めるようなことはしていないそうです。むしろ遠回しに聞いたと。おじいさんの認知機能の低下については、お母さんも気がついていたそうで、専門医に診《み》せるべきだと考えていたようですが……。

先生は言葉を濁した。宙が話していたように、本人が強く拒んだのだろう。

——おじいさんは、痣のことなど知らないと。嘘をついている様子はなく、本気で驚き、誰が宙にそんなことをしたんだと、憤っていらしたと。

しばらくすると落ち着き、そのあとはいつもどおりに床に入ったはずなのに、気がついた時には姿が消えていた。それが十時半くらいだったという。すでに警察には連絡し、親しくしているご近所と、田中先生、宙の母親で捜しているそうだ。

私と隼人も合流することにした。

隼人は、ざんばらだった髪を簡単に後ろで括り、支度の時間すら惜しんで、浴衣のまま外に出た。私はパジャマのままというわけにはいかず、急いで着替えて隼人を追う。あのご老体は膝が悪いのだから、そう遠くには行っていないはずだ。

6

Black Bento

「駅」

　隼人が言った。

「駅のほうを捜しまする。以前の家に、帰ろうとしているのやも」

「しかし、もう遠距離の電車は……」

　私は途中で言葉を止めた。認知症ならば、そういった論理的な判断は期待できないのだ。まず最初に駅まで急ぎ、構内を捜す。だが、それらしき人はいなかった。駅員に事情を話し、荷物を持たない高齢の男性がいたら声をかけてほしいとお願いしておく。とはいえ、夜遅くでもある程度の乗客が行き来する駅だ。必ず見つけられるとは限らない。

　駅を出た後は、宙の自宅と駅を結ぶ経路を捜すことにした。

　線路沿いの一部は桜並木になっている。花はいよいよ終わりで、街の淡い闇の中、音もなく散り続けていた。昼の朗らかさは消え、どこか不穏な夜の姿へ……桜は大きくその印象を変えてしまう。もちろん桜そのものが変わるはずもなく、私たちの心の持ちようが変わるのだ。

　小走りを続けているので、息が上がり、苦しい。

　走りながらあらゆる方向に気を配り、宙の祖父を捜す。私は隼人より十三も上で、完全なインドア派で本の虫である。当然、どんどん距離が開いてしまう。

「森田殿！　いずれか！」

　桜が降る。

　浴衣の裾を乱し、隼人は走る。

周囲が暗いせいか、臑《すね》の白さが妙に目立っていた。着物と草履《ぞうり》でよくあれほど走れるものだ。

線路沿いを抜け、私たちは大通りへ出た。

片側二車線の幹線道路は、深夜でも交通量が結構あり、輸送業のトラックなども目立つ。ヘッドライトがいくつも行き過ぎる中、さすがの隼人も、いくらかスピードが落ちてきたようだ。

——厳しかったけど、愛情がなかったわけじゃない。いや、たぶんすごくあったはず。

頼孝の言葉が思い出される。

——なんだかんだで、じいちゃん子だったんすよね、あいつ。

隼人は、宙の祖父に自分の祖父を重ねているのだろうか。

必死、ともいえる彼を見ると、そう思えてならない。宙の祖父も武士贔屓であり、なかなか頑固そうだった。隼人の祖父と似ている部分があったのかも………。

急に隼人が立ち止まった。

顔を横に向け、ある一点をほんの二秒ばかり見つめたかと思うと——弾かれたように、再び駆け出す。というより、飛び出す。

道路へ。

信号を無視して。

それはあまりにあっというまのことで、私は声すら出なかった。

驚いた時、日本語では『心臓が止まりそう』と言い、英語にも同じような表現がある。

6

Black Bento

私の鼓動もまた、瞬間停止したように思えた。それくらいびっくりした。頭の中が真っ白になって……あるいは真っ黒に？

とにかく思考は完全に停止し、身体は凍った。

心を裂くようなブレーキ音に続き、後続車輌がけたたましくクラクションを鳴らす。

その音に、ようやく私は我に返った。二台のバンと一台の軽自動車が停まり、歩行者や、目の前の飲み屋から出てきた人々で騒然としている。私は何人かにぶつかりながら、道路へと走り出る。隼人の名を呼びたかったが、情けないことに声がうまく出ない。

隼人はアスファルトの上に倒れていた。

センターラインよりはだいぶずれた位置で、俯《うつぶ》せている。私が声の出し方を思い出すより早く、隼人の頭が動いた。ゆるゆると顔を上げ、周囲を確認する。額から血が少し流れ、私はその赤に動揺した。

やや離れた位置に、宙の祖父がへたりこんでいた。

薄青いパジャマを着たご老体は「いたい、いたい」と憐《あわ》れな声を出していたが、少なくとも命に別状はなさそうだ。

隼人は彼を見つけると、脱力し、再び頭を落とす。

けれど駆け寄った私がすぐ横に膝をつくと、再び顔を上げてこちらを見た。

「……大事ござらぬ」

ボソリと言った。

そしてゆっくりと動き出し、立った。ちゃんと、立てた。

隼人たちを轢《ひ》きかけたバンの運転手も出てきていた。隼人とご老体を見て、「カンベンしてくれよ、もう……」とすっかりうろたえた様子だ。

「あ、あのおじいちゃんがふらふら道路に出てきたんだよ……こっち、信号、青だったもん、そりゃ走ってるよ、せ、制限速度内だったと思うよ？　俺、もう、ブレーキめいっぱい……でもじいちゃん、立ち止まってこっち見てて、うわあって……そしたら、このサムライが……」

反対側の歩道から、宙の祖父に体当たりして突き飛ばしたのだ。

「ひ、ひ、轢いたかと思ったじゃんかよぅ～」

彼はへなへなとその場に座り込んでしまった。

ひとりの女性が「わたし看護師です～」と歩み出てくる。頬がほんのり赤くなっているところを見ると、すぐそこの飲み屋から出てきたのかもしれない。

「車に接触はしてないんですよね？　頭は打ってませんか？　うん、お名前教えてくださいますか～？　はい、森田さんね、呼吸、苦しくないです？」

ふわふわと喋る人だがそれはもともとらしく、さほど酔ってはいないようだ。的確に質問しながら、脈拍を確認している。

「ほかに痛いところは？　……ああ、ここは転んだ時に擦っちゃったんですねえ、ちゃんと手当しましょうね～。じゃあとりあえず歩道まで移動しましょうか。はい、あなた、手を貸してあげて。あと警察と救急手配ね」

宙の祖父は運転手に支えられ、よろよろと移動する。

「さて、こっちは武士の人。あー、まだ立たないでほしかったなー。……おっと、オデコ擦り剝《む》いてるね。お名前は？」

「……伊能隼人と申しま……っ……」

さすがに背中の丸かった隼人は胸を張ろうとしたが、途中で息を詰めて固まる。

「ん？　肩、痛い？」

「……たいしたことは…………」

「ほんと？」

「……いッ！」

肩を軽く押され、隼人が呻く。

ほろ酔い看護師は「脱臼かなー」と小首を傾《かし》げた。


結論から言えば、宙の祖父は擦り傷と軽い打撲のみだったが、血圧が高く、脱水症状も起こしていたため、念のために入院することとなった。

隼人は何カ所かの擦り傷と、肩の脱臼。手術が必要なものではなく、整形外科医に整復してもらったらしい。警察が病院まで話を聞きに来て、隼人は「反対側の歩道から道路にフラフラと出てきた森田さんを見つけ、保護しようと咄嗟に自分も飛び出した」と語った。一部始終を見ていた私も聴取を受け、隼人の言葉に間違いはないと証言した。

「なるほどね。いやー、若さんの献身ぶりには感心するけど、びっくりしたよ。ほんと無事でよかった」

隼人と顔なじみらしい若い警察官……鹿島《かしま》という巡査は、苦笑ながらに言った。

「献身……」

病院の待合室、長椅子にぐったりと座って私は呟いた。確か、devotionとかaltruisticとか……そんな意味合いだったはずだ。なるほど、隼人の行為は他者に傾倒し、他者の命を優先するものだった。

「Nonsense」

その発言がその場に適切かどうか考えるより先に、口に出してしまっていた。言ってしまってから、不穏当だったと気づいたがもう遅い。英語で口走ったものの、恐らくその単語は容易に聞き取れたはずだ。隣に座っている隼人は無表情なままだったが、私たちの前に立っていた鹿島巡査は、はっきりと戸惑う顔を見せた。

「アンソニーさん？」

「失礼。タテマエではなくホンネがこぼれてしまいました。ですが、私から見ればハヤトの行動はナンセンスです。献身だとしても行きすぎてます。タイミングが少し違っただけで、ふたりとも大怪我をしていたかあるいは」

死んでいたかもしれないのだ。

そんな不吉な言葉は口にしたくなかったので、私はそのまま黙り込んだ。鹿島巡査は「おっしゃるとおりです」とまた苦笑いを見せる。

6

Black Bento

「ですが、まあ、今回はふたりとも無事でしたし」

「たまたまです」

「ええ、まあ……。若さんは、ほら、武士ですから。身を挺《てい》して人を守るのに、ためらいがないんでしょう」

「仮にそうだとして、それが正しいというのですか？　武士ならば、自分を犠牲にするべきだと？　命に関わっても？」

私の問いに、鹿島巡査は「正しいかどうかは……その……」と困惑している。隼人がちらりとこちらを見る。いつもと変わらない顔だったが、なんとなく責められている感触があり、私は深呼吸をひとつした。自分でも心の乱れを感じていたので、「すみません」と詫びる。

「失礼な言い方でした。私は動揺しているようです」

「無理もありません。本当にもう少しで大きな事故になるところでしたから」

気のよさそうな鹿島巡査はそう返し、さらに隼人を見て「若さん、ほんと気をつけてね」と言い添える。隼人は「かたじけない」と小さく頭を下げた。

田中先生も病院まで駆けつけ、帰りは先生の車で送ってもらった。

先生は宙の祖父が無事だったことを喜び、隼人の怪我を心配してくれたが、今回の、いわば英雄的無謀については触れなかった。

車の中、私と隼人の会話は皆無だった。帰宅してからも同じである。「おやすみ」の挨拶すらなく、お互い押し黙ってそれぞれの部屋に行き、床についた。

翌朝私はいつもより遅く起きて、朝食の時間をずらした。

隼人になにを言えばいいのか、自分の中で整理がついていなかったからだ。だからといって、昨日の気まずい雰囲気などなかったかのように振る舞う器用さは持ち合わせていない。昼からは大学の講義があり、その夜はほかの講師たちと居酒屋に赴き、枝豆ばかり食べて、帰宅したのは十一時過ぎだった。隼人はもう休んでいたようだ。

さらにその翌日——つまり今朝は、二日酔いで寝過ごした。

酔っ払って判断力や自制力を低下させ、実生活に影響を及ぼすなどあり得ない……と、普段から考えている私としては珍しいことである。口当たりのいい日本酒は、私の予想より強く作用したようだ。飲んでいる間に我を忘れるようなことはなかったものの……。

「翌朝ガツンときたわけね」

「…………はい」

額に冷却ジェルシートを貼ったまま、テーブルに肘までついただらしない姿勢で私は答えた。栄子が「ポン酒は結構くるからねー」と笑う。

「……頭痛が……痛い……日本にKool'n' Sootheがあってよかった……」

「いや、熱さまシートはもともと日本だよ。小林製薬だもん。ほら、スポドリ薄めたから飲んで。ちょっとずつね」

「あ……りが……ござ、ます……」

ひどい倦怠感《けんたい》と頭痛の中で礼を言う。ああそうか、こうして『ありがとうございます』が『あざまーす』になっていくのだなと、またひとつ日本語への理解が深まった。

6

Black Bento

昼過ぎ、ようやく起きられるようになった私は、栄子に一昨日の顚末《てんまつ》とその後を話した。どう見ても二日酔いの私と、いつもよりさらに口数が少なかった隼人を見て、栄子はなにかあったと察したらしい。「さ、吐きなさい」と詰め寄られれば白状するしかない。

「いかにも、隼人さんっぽいよね」

自分のランチであるおにぎりにかぶりつき、栄子は言う。さっき作ったばかりなので、齧り口から湯気がふわぁと立ちのぼった。私もおにぎりは好きだが、まだ固形物の摂取は無理だ。

「あんなことをしていたら……命が……いくらでも必要……？」

「いくつあっても足りない」

「それです。誰かを助けることと、自分を乱暴に扱うことは違います……」

「あたしもそう思うよ」

「でもハヤトは……イタタ……」

誰にだって、人を助けたいという気持ちはある。

特別な善人ではなくとも、人間は基本、他者を助けようとするものだ。可愛げのない見方をすれば、それはホモ・サピエンスの戦略だ。集団社会を作り、助け合うことで生存率を上げ、進化してきたわけである。それにしたって、隼人は度を越している。

「そもそも……ああいう場面では……足が竦んでしまうと思うのです。でも隼人は、私の見る限り、まったく迷いなく飛び出して……」

私はなによりも、それが怖かった。

あのためらいのなさ、迷いのなさ、いっそ軽やかと言いたくなるほどの走り出し。

「武士は、死を恐れないのでしょうか……？」

「んー、『武士道とは死ぬことと見つけたり』みたいな？」

「葉隠、ですね」

「うわ、なんで知ってるの？　アンソニー、武士オタクとかじゃなかったよね？」

「ヨリから聞いたんです。英語版も見つけましたがまだ読めていないので、その言葉の意味がわからず、モフ……モヤモヤしたままです」

栄子は指先についた米粒を舐《な》め取りながら、「ヨリちゃんはなんて？」と聞いた。

「読んでいないからよくわからないと」

「あー、あの子らしい。あたしは一応読んだけど……」

「読んだのですか？」

「うん。読んでみた。まあ、歴女もちょっと嗜《たしな》んでるし」

「レキジョ？」

「話長くなるから、今度説明します。とにかく、読んではみたけど、やっぱりよくわからなかったのよねー。長いから途中離脱しちゃったし……」

その言葉に私はやや落胆した。日本人であり、賢明《smart》な栄子に理解できないのだとしたら、外国人である私にはもっと無理なのではないだろうか。

「ただ、予想してたような、勇ましい意味じゃなかったような……。島津《しまづ》の捨て奸《がまり》みたいなのとは違ってた」

6

Black Bento

「ステガマリ?」

「戦場で退却する時、鉄砲隊が少しずつ切り離されて、追っ手を迎え撃つのね。そのあいだに残りの味方が逃げる戦法。もちろん鉄砲隊はみんな犠牲になる」

それは果たして功を奏したのだろうか。気にはなったが質問が続くと話が進まないので、あとで調べるためにメモだけしておく。SUTEGAMARI。

「葉隠が書かれた頃って、戦国時代じゃないもんね。江戸中期くらいかな。だから、主君に徹底して忠を尽くすとか、武士として恥ずかしくない生き方とか、そういう内容だったような。いつ死んでもいいような気持ちで、日々仕事に励みなさい、的な」

「つまり、本当に死ぬとかではなく、心構えの問題?」

「そうね。とはいえ、当時はまだ切腹とかあったからねー。昨今の『死ぬ気でやれ』みたいな精神論とはまた違うんだろうけど……なんか……とにかく、生きるか死ぬかという時、武士なら当然死を選べ、みたいな……」

「なぜです? 生を選ぶべきなのでは?」

「死を選ぶ『覚悟』をしておけ、って感じ……? ごめーん、あたしもちゃんとわかってるわけじゃなくて」

「ハヤトは、わかっているのでしょうか」

だからためらいなく道路に飛び出せたのだろうか。覚悟とやらが、できているから?

武士道とは死ぬことと見つけたり、だから?

わからない。正直、さっぱりわからない。

私が外国人だからわからないのか。あるいは私が武士ではないからわからないのか。いや、もはや個の問題なのか。つまり私が伊能隼人ではないから？　だとしたら一生理解するなど、不可能ではないか。

「……他人のことを、簡単に理解できるとは思っていませんし……」

自分の中に湧き起こっている感覚《モヤモヤ》の名前を探しながら、私は栄子に言った。

「理解しなければならない、とも思っていません。それは、むしろ傲慢な考えなのでしょうし。けれど、今回のハヤトの件についてはどうにも納得がいかないのです」

あれはまるで、自殺だ。

口にこそ出さなかったが私はそう思っていた。

そんな行為をした隼人に落胆したのかもしれない。短い期間とはいえ、一緒に暮らす中で、私は隼人という若者をある程度わかったつもりでいた。感情に振り回されることなく、自分をきちんと律し、他者を思いやることを知っている……まだ若いのに立派なものだと思っていた。その彼が、あんなにも無謀な行為に及んだことに驚き、がっかりした。もちろん、隼人が私の思ったとおりの人間でいなければならない、などということはなく、私が勝手に彼を理想化していたのかもしれず、だとしたら愚かなのは私のほうということになり………。

だめだ。

いくら考えても、モヤモヤがグルグルに変わるだけである。

「二日酔いの頭で考えても、無駄じゃん？」

6

Black Bento

栄子が私に真実を突きつける。

「聞けばいいんじゃない？　本人に。なんであんな無茶したのかって。危ないだろって」

「それは聞くというより、叱っているのでは……」

「そっかな？　だとしても、いいんじゃない？　アンソニーは隼人さんよりずっと年長なんだし。聞くついでに叱ったらいいのよ。おまえ、なんであんな無茶しやがるんだ、見てるこっちがビビりすぎて心臓止まりかけただろうが、自己犠牲にもほどがあるだろ、救世主にでもなったつもりか、いいかげんにしやがれ、このクレイジーステューピッドサムライが！　って」

「いや、いくらなんでもcrazy stupid SAMURAIなどとは……」

「ちょっと言いすぎた。でもFワードは我慢しといたよ？」

確かに、と私は少し笑い、同時にあることに気がついた。

「もしかして、エイコも怒っているのですか？」

栄子はにっこり笑い、「あったりー」と答えた。

「もしあたしがその場にいたら、隼人さんの無事を確認したあとで、二、三発平手打ちを食らわせてたね。こう、パンパァーン、って」

「……なんとなく目に浮かびます」

「まったくもー、ヒヤヒヤさせせんなっつーの。ねえ」

「はい」

私は深々と頷く。

「でも今回は、その場にいたアンソニーに叱ってもらうから、あたしは黙っておきます。……そうだ、いいものを用意してあげるから、夜までに二日酔いを治してね」

二個目のおにぎりを摑みながら栄子は言い、悪戯《いたずら》っぽく笑った。


私は俯いている。

隼人も俯いている。

桜はすっかり散ってしまい、夜桜見物をする人の姿もない、静かな夜の公園だ。私と隼人は黙ったまま歩き、公園に辿り着き、そして今も黙ったまま俯いている。

俯いている理由はもちろん、お互い相変わらず気まずいからではあるが……ほかにも理由があった。散った桜が美しいピンクのカーペットを作っているのだ。

「綺麗ですね」

私が言った。ものすごく久しぶりに隼人に話しかけたような気がする。

「いかにも」

隼人が答える。淡々と静かな声だ。

その手にはバスケットがあり、中には栄子が作ってくれた花見弁当が入っている。

――桜はもう散っちゃったけど、地面にはまだ残ってるからさ。上を見なくてすむのは首が疲れなくていいでしょ。ちゃんとお花見しながら、ふたりで食べといで！

6

Black Bento

時にひどく頑固な隼人だが、栄子には逆らえない傾向がある。

いくらか物言いたげな顔を見せたものの、結局はバスケットを受け取った。私のほうは元気潑剌とはいかなかったが、二日酔いもだいぶ治ってきて、空腹も感じ始めていた。

「このへんにしましょうか。敷物を持ってきました」

「アンソニー殿は、ベンチのほうが楽なのでは」

「せっかくですから、桜のカーペットの上に座りましょう」

「承知」

ビニールシートを敷き、その上にラグを重ねて座り心地を良くする。

中央にバスケットが置かれ、私たちは向かい合って座る。隼人は肩がまだ痛むのか、普段より少し姿勢が悪い。

「…………」

「…………」

会話は続かない。間がもたない。

栄子が私のために、隼人とじっくり話せる場をしつらえてくれたのはわかっているし、確かに言いたいことはあるのだが……なかなか難しい。下手な言葉を使って、隼人との関係がさらにぎこちなくなるのは避けたい。

「……いただきましょう」

「そうですね」

私は頷き、バスケットを引き寄せた。

隼人にしてみればほとんど義務感でここに来ているのだろう。さっさと食べ終わって帰りたいのかもしれない。

「……ん?」

バスケットの上にかかっていた手ぬぐいをどけて、私は小さく声を立てた。

中にはランチボックス……弁当箱がふたつ入っていて、それぞれにHayato, Anthonyとネームタグが貼りつけられていたのだ。ということは、中身が違っているのだろうか。私たちはそれぞれの弁当を手にする。

開けてみて、思わず頰が緩んだ。

素晴らしい《Lovely!》。綺麗な三角のおにぎりが三つ。さらに、キューブに切った卵焼き、ウインナー、プチトマトが串に刺さったもの、ブロッコリーのおかか和え、ささみのフリッターという内容だった。それらが箱の中で実に美しく、かつ多少の振動では崩れない工夫で配置されている。素晴らしき、私の初弁当。この小さな箱の中には、美味と配慮と愛情が詰まっていた。思わずスマホを出し、写真を何枚も撮った。せっかくだからと、散った桜のカーペットの上に弁当箱を置いて撮影したら、なんともBrilliantな一枚になった。あとで叔母に画像を送信して自慢しよう。恩師に送ることもちょっと考えたが、妬《ねた》まれそうなのでやめておいたほうがいい。

「見てくださいハヤト、この芸術的なオベントウを」

気分もだいぶ持ち直し、自然に話しかけることができた。

「ささみのフリッターの衣がほんのり緑色なのがまた美しい。これはマッチャの色かな。

6

Black Bento

いや、焼きそばを食べた時にかかっていたアオノリかもしれない。そういえばアオノリはどう見てもグリーンなのに、なぜ日本では青と言うのでしょう。正しくはミドリノリになるかと思……」

言いながら隼人のベントウを見て、私は言葉を失った。

黒い。真っ黒だ。ダークマター…………。

彼が手にしている弁当箱の中は漆黒だったのである。

「それは……いったい……」

「……栄子殿はそれがしにお怒りのようです」

隼人が力なく答えた。

「怒りと呪いのベントウなのですか?」

「いえ、これは海苔《のり》弁と申すもので、食すになんら問題ござりませぬ。我が国では人気のある弁当のひとつです」

そう聞いてほっとする。なるほど海苔がご飯を覆い尽くしているわけか。

「それでは、なぜノリベンだとエイコが怒っていると?」

「通常の海苔弁は、ご飯に海苔は敷かれているものの、ほかにもちゃんとおかずがあるのです。ちくわのフライだとか、焼き鮭《ざけ》だとか、きんぴらごぼうだとか。されどこれは、おかずが一切ない暗黒弁当……恐らく海苔の下は……」

隼人が箸で、海苔の端を少しめくる。まだらに茶色いご飯が見えた。

「やはり……ただの醤油《しょうゆ》メシのみ…………おかかすらなし…………」

この弁当を、隼人は今までにも経験しているという。

一度目は栄子が通い始めてほどなく、つまりかなり昔だ。栄子が何度も隼人に好物やリクエストを聞いているのに、隼人はずっと「なんでもよろしゅうござる」と答え続けていた頃があったそうで、挙げ句、『なんでもいいは、どうでもいいと同義！』というメモとともにこの弁当が置かれていたとか。

「そして二度目は……それがしが連絡もせず、数日家を空けたことがござりまして」

戻ってきた時、栄子はものすごく怒っていて、三日間暗黒海苔弁が続いたそうだ。

「はあ。それは……きっと心配したのでしょう」

「いかにも。反省いたしました」

「今回も、エイコは心配したんだと思います。その、私から、一昨日の話を聞いて……。勝手に話したことは、悪かったと思っています」

「構いませぬ」

隼人は弁当から視線を上げ、もう花のほとんどない桜を見上げた。

「いずれ、耳に入るのでしょうから。栄子殿に隠し事などできませぬしな」

「ハヤト」

私は一度ランチボックスを置き、隼人に向き直った。

「あの夜、ナンセンスなどと言ったのは失礼でした。きみは人の命を救ったというのに」

「……いかに思うかは、貴殿の自由です」

隼人は静かに答えたが、まだ私を見ようとはしない。

6

Black Bento

「そうですね。思うのは自由です。けれどあえて口に出したのは、きっと私が苛ついていたからでしょう。ハヤトの英雄的な、しかしとても危険なあの行いに対してです。私にとって、納得できるものではありませんでした」

「…………」

「今日も二日酔いの頭で考えていました。こういった問題に正解などなく、いくら考えたところで無駄なのかもしれませんが、それでも考えてしまうのです。自分がハヤトだったら、あの時、どうしただろうか。車の多い道路に、自分のよく知る子供の祖父がふらふら出ていくのを、目撃したなら……。ためらわずに飛び出せば、助けられるかもしれないというタイミングでね。たぶん……いえ、間違いなく、私はハヤトのようには動けない。助けたいと思うでしょうが、絶対に足が動かない。そのうちに事故が起きるか、奇跡的にブレーキが間に合うか……。運次第、ですね。私には意気地がないのでしょう。でも、それが普通だと思うのです。竦んでしまうのが当然です。なのに……」

　隼人はようやくこちらを見た。

　私の言葉を止めようとはせず、黙っている。

「きみはためらわなかった。すぐに走り出しました」

　誰かを助けるために、自分が死ぬ羽目になるかもしれないその瞬間を——まるで、待っていたかのように。

「そのことに、私は大きな違和感があったのです。まるで自殺じゃないかと。なんであんなことができるのかと。武士だから？　私たちが初めて会った日、きみは言いましたね。

武士は強くなければならないと。ならばあれが、武士の強さなのですか？」

隼人は私から視線を逸らさない。けれど、いくら黒い瞳を見つめても、その胸の内はわからなかった。

「ハヤトはあの時、死んでもいいと思っていたのですか？　だから迷いなく走り出したのですか？　武士道とは死ぬことと見つけたりとは、そういうことなのですか？」

隼人は少し目を細める。

まだ枝に残っていた花びらがゆらゆらと降ってきて、絆創膏の貼ってある隼人の額にふわりと降りる。隼人はそれに気がついていないようで、薄いピンクの花弁をくっつけたまま「しばしご猶予を」と視線を外した。考える時間がほしいということなのだろう。

私は頷いた。待つのは苦手ではない。

「……順番に、お答え申す」

やがて、隼人の考えがまとまったようだ。

「まず、それがしはあの時……車道に出ようとしている森田翁《おう》を見つけた時、死んでもいいと考えてはおりませなんだ。迷いがなかったというより、なにかを考える余裕すらなかったのです。普通は動けないと貴殿は申されましたが、そうなのだとしたら……それがしは普通ではないのでしょう。武士だから普通ではないのか……あるいは別の理由からなのかは……」

一度言葉が止まり、隼人は考えこんでいる。饒舌《じょうぜつ》とは言いがたい彼が、真摯に言葉を手繰《たぐ》り寄せているのがわかった。

「――武士道と云《い》うは、死ぬ事と見付《みつけ》たり。二つ二つの場にて、早く死方《しぬかた》に片付《かたづく》ばかり也《なり》。別に仔細《しさい》なし。胸すわつて進む也」

隼人は静かにそう言った。

「亡き祖父の愛読書だった『葉隠』にござります。アンソニー殿はもうご存じでしょうが、武士の心得について、鍋島《なべしま》藩の藩士がまとめたものです。『武士道と云は、死ぬ事と見付たり』の部分だけが独り歩きしている感がござりますが……別段、死を勧めているわけにはあらず。簡略して申せば、『いつでも死ねるほどの覚悟を持って主君に奉公せよ』というところでしょうか。祖父はとくに『胸すわつて進むなり』が大事だと申しておりました。胸がすわるというのは、覚悟をするという意味にござります。……覚悟、の意味はおわかりか？」

「強い気持ちでなにかを決める、あるいは受け入れる、という意味と教わりましたが」

日本語のカクゴにぴったりフィットする英単語はない。文脈に応じて使う語を変えることになる。

「いかにも。なにかを決め、受け入れ、その後は揺らがないという意味です。どんな状況になろうと心を変えない、そして心を乱さない……そのような強さなのです。この揺らがぬ強さを確立するには、土台が必要です」

「覚悟の、土台ですか」

「はい。理由、と言い換えてもよいかもしれませぬ。かつては主君への忠が、あるいは戦に勝利することが、その理由になったのでござろう。されど、今の世にそれらはござらぬ。

それがしは祖父が理想としていた『覚悟を持った武士』を目指しているものの……まったく至っておりませぬ。武士として、揺らがぬ覚悟を決めるための、その理由がいまだ見つからず、土台がぐらついたままなのです」

「ハヤトは充分、現代の武士として、役割を果たしているでしょう？　地域のみなさんにも好かれ、子供たちにも慕われ……」

「役割とは最低限の義務。覚悟とは違うものです。覚悟がなければ、武士とは言えませぬ。それがしなどは見てくればかりの……いわば偽物にござる」

そんなことを言ったら、金髪武士の頼孝などどうなってしまうのか。彼はああ見えて、実は覚悟を持った武士なのか？　いや、恐らく隼人にとって他の武士がどうであるかなど問題ではないのだ。彼の中の、武士のあるべき姿、そこに届いていないことが耐えがたいのだろう。なんとも……理想が高い……いや、理想が時代錯誤を起こしている……？

「つまるところ、偽者の焦りにござろう」

「……は？」

「ためらいなく、森田翁を助けた理由にござります。偽者が、偽者ではないと証《あかし》を立てたく、いわば功名心がそうさせたのです」

「いや」

「厚顔も甚《はなは》だしい、偽善にござります」

「いやいやいや、それは考えすぎです」

「貴殿に問われたゆえ、それがしなりに考え、出した結論なのですが」

「そ……もちろん、真剣に考えてくれたことはありがたいのですが、そこまで自分に否定的になる必要は……」

「最も厳しく見つめるべきは、己です」

隼人は言い切る。

「此度《こたび》のことで、それがしは覚悟が足りぬことを知り申した。己の土台が、脆弱だということもです。ならば鍛え続けなければなりませぬ。幾度失敗しても、間違えても、立ち止まることなく、強き武士に――祖父の理想とした武士に、なれるよう励むのみです」

なんとまあ、厳然かつ頑固な武士であろうか。

私も若い頃はあれこれと思い悩むたちだったし、今もその傾向は強いが、ここまで自分に厳しくはなかった。悩みの種が尽きないのは、自分の問題というより、自分と世界の相性のせいだと捉え――つらい時には、逃げもした。学問や研究は私の好奇心を満たし、同時に逃げ場も与えてくれたのだ。ずいぶん遠く、チベットまで逃げたほどである。

だが、隼人はどうだろうか。

恐らく、彼は逃げたりはしないだろう。武士なのだから。

隼人の目を見る。黒く、澄んでいる。本気で強く思っているのだ。自分は偽者だと。偽善者だと。強い覚悟を携えた武士にはなれていないと。

そんなことはないと、私が千回言っても無駄だ。

しょせんは知り合ったばかりの、間借りしている外国人だ。他人になにがわかると言われればそれまでである。

事実、私は隼人のことなどさして知らない。栄子は隼人を叱ってくれと言っていたが、私にそんな資格があるはずもない。だとしたら、私がさっき投げかけた質問は、この若い日本人を追い詰めて、自己否定させただけではないか。

そんなことをしたかったわけではない。

私は、私はただ……。

ふと、海苔弁が視界に入る。

ふたりとも弁当には手をつけていないので、ダークマターもそのままだ。真っ黒だ。栄子が怒っている時の、意思表示。

——まったくもー、ヒヤヒヤさせんなっつーの。ねえ。

彼女はそう言っていた。

その言葉になんのひっかかりもなく、私はすぐに頷いた。たぶん、何度かコクコクと頷いた。とても納得できたからである。

私は隼人をよく知らない。だから隼人に「きみはおかしい」だとか「変わるべきだ」などとは言えない。けれど私は、自分のことならばわかっている。

そして自分の意見なら、臆せずに口に出していいはずだ。

「武士の覚悟について、正直私はよくわかりませんが——」

素直になっていいのだ。

「怖かったのです」

だから言った。

隼人が、虚を衝《つ》かれたような顔になった。そんな顔をされると、言葉を間違ったのかと不安になる。怖かった、で正しいはずなのだが……。


「怖かった、と？」

「はい」

「なにゆえ」

怪訝そうに聞かれ、私は多少気分を害する。聞かなくてもわかりそうなものだ。

「それは、ハヤトが轢かれたのではないかと思ったからです」

「……では、怖かったではなく、驚いた、では？」

「違います。言っておきますが、ぜんぜん違います。あれはハッキリと恐怖でした。息が止まりそうになって、私の若くはない心臓に負荷がかかりました。べつにそれについて責任を取れとは言いませんが、原因は間違いなくきみにありますよね。違いますか？」

「……貴殿はそれをお怒りか？」

「は？　怒ってはいません」

「お怒りのように見えまするる」

「怒ってません」

「ですが……」

「怒ってない！」

思わず声が大きくなってしまい、自分で（しまった、怒ってしまった）と気がつく。

隼人は目を見開き、少し肩が揺れた。驚いたようだ。

「………失礼。あのですね、つまり、あれです。怒ったというか、心配したということです。まあ、余計な心配と言われればそれまでですが……私だって、好きで心配しているわけではないし、心配というのは自分で止めようとしても難しいし……。そして心配は楽しいものではありません。ハラハラ、ソワソワ、ウロウロ……擬態語《onomatopoeia》、あってますかね？　とにかく、落ち着かない。ジュミョーがチヂミです。ですから私はお願いしたいと思います。強制はできないので、お願いです。聞くだけ聞いていただけますか？　聞いてもらえるなら、ささみのフリッターをわけてあげてもいい」

いつのまにか捲し立てていた私に、やや気圧《けお》されたように隼人が頷く。私も頷き返し、今度は短く、冷静に要望を伝える。

「もうしないでください」

そうなのだ。

つきつめれば、それだけだ。

隼人が真の武士なのか、偽の武士なのか、武士の覚悟とはなんぞや、『葉隠』に正解はあるのか、『武士道』に書いてあるのか、でなければ『五輪書《ごりんのしょ》』なのか。その答を私は知らない。外国人である私に、容易にわかるものではないだろう。

けれど、武士であろうがなかろうが、

「車の前に、飛び出してはいけません」

なぜなら危ないから。痛いから。

下手をしたら死ぬから。

「ハヤトが覚悟を持ち、人を助けようとしているのはわかります。けれど、それでハヤトになにかあったら……たとえば、ソラくんのおじいさんのためにハヤトが死んでいたら、ソラくんはどう思うでしょう？」

隼人は私に顔を向けたまま、視線だけが少し落ちる。

「ソラくんだけではありません。きみがいなくなったら、悲しむ人が大勢います。だからあんなことはしてはいけない。エイコのノリベンは、そういう意味だと思います」

そして、私が腹を立てたのもそういうことなのだろう。

「──悲しい、という漢字の、成り立ちを知っていますか」

私の問いに、隼人は「いいえ」と低く答えた。

「このあいだ知ったばかりですが……上の部分は、左右に分かれることを意味する形。下はそのまま、心、心臓です。まるで引き裂かれた心臓みたいではありませんか。そんな思いをするのは誰だって……私だって、いやです。つらいです。怖いのです」

はらり、と桜の花びらが落ちる。

隼人の額からだ。落ちてやっと、それに気づいた隼人が額に軽く触れる。

私たちはしばらく黙って、敷き詰められた散り花を眺めていた。どんなに美しい花だろうと、散り落ち、踏まれ、土に還る。花も死ぬのだ。私たちは少しばかり賢いだけのサルだが、このサルは自分がいつか死ぬことを知っている。その恐怖を打ち消すため、時に人は『死』を美化したがるのかもしれない。

「……承知いたしました。二度と、あのようなことはいたしませせぬ」

やがて、隼人は答えた。

小さな声だったが、ちゃんと聞き取れた。思えば、隼人は自分には厳しいけれど、人の頼みを断ることはほとんどない。

「ありがとう」

私はそう返す。どんな顔をしたらいいのかわからなかったので、たぶんつまらなそうな顔になったと思う。だがまあ、隼人のほうも似たような顔なので、お互いさまである。

花は桜木、人は武士。

宙の祖父が言っていた言葉だ。私は今日の昼間、検索して調べてみた。

『桜がパッと咲いてすぐ散るように、武士の死に様もまた潔い』などという解釈もあったが、これは後づけ、こじつけの類かもしれない。もともとは一休宗純《いっきゅうそうじゅん》という僧の『花は桜木 人は武士 柱は檜《ひのき》 魚は鯛《たい》 小袖はもみじ 花はみよしの』からきているそうだ。各分野で最も優れているものをあげていった文章とされている。

人の中で武士が一番というのは、その僧が生きていた時代の感覚であろうから、いいも悪いもない。現代も、日本において武士とは、なにか特別なアイコンとして作用しているようだ。洋の東西を問わず、命をかけて戦う者たちに、人は憧憬《しょうけい》を寄せるものである。とはいえ、武士のイメージにも個人差があるようで、一概に……………。

グゥ。

私の思考を、胃の音が遮る。朝からほとんど食べていないのだから無理もない。

隼人がこちらを見た。私は軽く咳払いをしたのち「食べましょう」と言った。

隼人も「左様ですな」と箸を取る。

「ソラくんのおじいさんは、どうなるのでしょう」

三角おにぎりの角から食べつつ、聞いてみる。あっ……ウメボシ…………食べられないわけではないが、サーモンだともっと嬉しかった……。

「入院先で、認知症の検査を受けることになったと、宙のご母堂が連絡をくださりました。諸々の手続きなども進めており、家族や親戚で今後のことを話し合うと」

宙の母親はひとりで悩んでいたそうだ。

義父の様子が変だと気づきつつも、夫は単身赴任中で話し合う機会が持てず、電話で訴えても「歳のせいだろ」と言われるばかり。義父は頑なに検査を嫌がり、自分の仕事も忙しく——すべてが後手後手になってしまったと。そのせいで息子が傷つき、自分も傷ついた。田中先生と面談した時点では彼女自身の混乱がひどく、義父について切り出せなかったらしい。無理もないことだ。とてもひとりで背負える問題ではない。

「ソラくんの様子は？」

「田中先生いわく、落ち着いているそうです。翁を心配し、見舞いに行ったと」

これは私の勝手な想像なのだが——宙の祖父は、自分が孫に暴力を振るったことを思い出したのではないか。

その自責の念で、家を飛び出した可能性はあると思う。ならば、車道に出た理由は？　単に横断したかったのか、あるいは別の意図があったのか……私にはわかるはずもなく、今後の症状が落ち着くことを祈るしかできない。

「病気が治ったら、また一緒に暮らしたいと……宙は言ったそうです」

海苔弁を端から几帳面に食べながら、隼人が教えてくれる。宙はやはりおじいちゃんが大好きなのだ。優しくて、強い子だ。真っ直ぐな目をして、賢く、礼儀正しく……けれど少し、甘えるのが下手。似たようなタイプが、ここにもいる。黙々と海苔弁を食べ、時々チラリとこちらの華やいだ弁当を気にしている。

私は約束どおり、ささみのフリッターをひとつ提供した。

7 継承《ヘレディタリー》

日本、東京、江東区。

私がこの都市で生活を始め、四か月余りが経とうとしている。

花粉が飛び、桜が舞い、躑躅《つつじ》が咲き乱れ、梅雨《つゆ》は本当に雨が多く——そして夏がやってきた。死者すら出るという、ヒートアイランド東京の過酷な夏である。

英国も近年はヒートウェーブに襲われ、その暑さに人々はかなり参っている。もともと、さほど暑くならないはずのロンドンでは、公共交通機関の冷房率が日本ほど高くない。東京の地下鉄車輌《しゃりょう》の冷暖房率は恐らく一〇〇%だと思うが、ロンドンの地下鉄《tube》で冷房が効いている車輌は多くないはずだ。ロンドナーの多くが利用しているCitymapperという地図アプリがあり、これは鉄道やバスの経路案内、さらにはロンドンでは珍しくないストライキによる遅延にも対応している。このCitymapperに、冷房の効いた地下鉄で移動できる経路を探す、というサービスが導入されたそうだ。つまりそれくらいロンドンも暑くなっているわけである。

だが、東京はさらに容赦《ようしゃ》なく、暑かった。

日中はもちろん、日が暮れても気温がさほど下がらない。

高い湿度のせいとわかっているが、わかっていたところで暑いものは暑い。

私も英国紳士の端くれ、暑いからといって緩んだ恰好は慎もうと、講義の時にはネクタイ着用で頑張っていたのだが——保《も》たなかった。

突然の頭痛に襲われて、医務室に駆け込む事態になってしまったのだ。しばらく休んだら回復したが、どうやら熱中症だったらしい。もっと楽な服装で、かつ適切に水分を取るべきだったのである。以来、開衿《かいきん》のシャツを愛用している。

もちろん、冷房も適切に使っている。

伊能家は古い日本家屋だが、ほとんどの部屋にエアコンディショナーが取り付けられていて、私の部屋にも新しい型のものがある。当初、趣深い和室の土壁に無機質な白物家電《white goods》を見つけた時は、なんと無粋《ぶすい》と落胆したものだが……、

「本当にすまなかったと思っています。今となっては、エアコンディショナーに謝罪したい気持ちです」

私が言うと、「うん、エアコン様に土下座すべきっすよ」と頼孝が返す。もちろんジョークなのはわかっているので、「それでは足りません。かくなる上はハラカッサバイテお詫びを」と冗談で返した。

すると、三人の武士の顔が固まった。

しまった。冗談が過ぎただろうか。やはり武士を相手に切腹ネタはまずかったか……と、たちまち後悔した私が謝ろうとする直前で、

「ああ！　腹、掻っ捌《さば》いて、か！」

7

継承

と頼孝が笑い出す。

その隣に座っていた宇都宮誠《うつのみやまこと》も「なるほど、切腹ジョーク！」と破顔し、私の隣の隼人もほんの少しだけだが、頬を緩めていた。よかった……セーフだったらしい。

「アンソニーがあんまスラスラ喋るから、ハラカッサバイテが人名みたいに聞こえちゃって。ハラカッサ・バイテ……うん、なんかいそうっすよね？ 昔の宣教師みたいな？」

「失礼しました。覚えたばかりの日本語を使いたがる外国人なので、大目に見てください」

「いやあ、アンソニーさんは本当に日本語がお上手ですよ。俺の道場にもよく外国人の体験者がいらっしゃいますが、ここまで喋れる方は滅多にいません」

「ありがとうございます。ウツノミヤさんも剣道を教えているのですね？」

宇都宮は「どうぞ誠と呼んでください」と微笑んだ後、

「小さな道場を構えて十年になります」

そう教えてくれた。

「誠さん、強ェんっすよー。動きがチョッパヤで、しかも目がいい。最初に手合わせした時の面返し胴、いまだに忘れられないもん。なんかもう速すぎて、なにが起きたのかわかんなくて。えっ、俺負けたの？ みたいな」

「おお、懐かしいなあ。ヨリがまだ高校生で、俺が二十七くらいの時か。あれはヨリが油断してたからだぞ。自分より小柄だと思って、舐めてただろ？」

「いやいやいや、そんな、思ってなかったっすよ。小せえし、リーチ短いし、ついでに脚も短いから楽勝だろとか、ぜんぜん思ってなかった！」

「貴様」

誠が笑いながら頼孝の脇を小突き、頼孝はさらに笑う。ふたりの親しさが伝わってくる、微笑ましい様子だ。

七月下旬、適切に冷房が効いた伊能家の客間である。

今この部屋には三人の武士がいる。

座卓を挟み、私の向かいにいるのが津田頼孝。

今日も金髪に染めた髪をポニーテールよろしくルーズに括り、くっきりとしたストライプ柄の着流しを纏っている。二十七歳、かの織田信長の血筋だという。カジュアルな口調でよく喋る頼孝だが、恐らくそれは彼なりの処世術なのだろう。しばらくつきあうと、芯はしっかりした聡明な若者だとわかってくる。本当に浮ついただけの人物ならば、この家の主が親しくするはずはないのだ。

その頼孝が連れて来たのが、宇都宮誠だ。

私とは初対面である。先ほどの会話からすると、年齢は三十六、七あたり。上背はないがよく鍛えられた身体つきで、肩のあたりは着物の上からでも筋肉がわかった。顎だけの髭は短めに手入れされ、髷もきっちりと結い上げられている。明るいグレーの色無地に、モダンな幾何学模様の角帯と、着物のセンスもいい。身体は引き締まっているが、頬のあたりには柔らかさがあって、その笑顔は人に安心感を与えてくれる。頼孝らの、頼れる兄貴分というところか。

「誠殿。改めまして、このたびはおめでとうございまする」

7
継承

そして、丁重かつ真摯に祝いを述べたこの男——私の横に座しているのが、伊能隼人だ。藍染めの着流しを纏い、マスタードイエローの博多帯を締め、凛と姿勢がよい。

「うん、いやあ、ありがとう。照れるなあ」

「過日、頼孝が写真を見せてくれました。婚約者殿、実に可愛らしく」

「いやいやいや、うん、そうだろ？　可愛いだろ？　可愛いんだこれが。むははははは」

「誠さん、武士の風上にも置けない顔になってますよー」

頼孝に揶揄《やゆ》されても、誠は「妬《や》くな妬くな」とご機嫌なままである。

そう、彼はめでたいことに、結婚を控えているそうだ。今日はその件に関する相談で伊能家を訪れたのである。私も祝いの言葉を述べると、「ありがとうございます」と軽く自分の頬を叩いて、顔を引き締めようとした。あまり効果はなかったようだが。

「やはり、式は神社で？」

それがトラディショナルなスタイルだったはず、と思いながら私が聞くと、誠は「いえ、もともと、そういった形式張ったことはしないつもりでいたんです」と答える。

「一応、白無垢《しろむく》と紋付き袴くらいは着て、身内で会食して、記念写真を撮って……という程度のつもりでいたのですが……誰がリークしたのか、事務局にばれてましてな」

事務局とは、現代武士制度を統括している連盟を指すそうだ。頼孝いわく、小うるさいジジイが多くて面倒くさいとこ、だそうである。

「そうしますと、『式はいつだ、予定は空けておくぞ』だとか、『わしに嫁さんを見せない気か』だとか言い出す御仁が次々と……さらに、この人を呼ぶならこの人も呼ばないと、ではこっちも声をかけないと後々揉《も》めそう、とか……もう、きりがないのですよ。こうなったらまとめて招待したほうが面倒がないのでは、となったわけですが……約束が違うと、ハニーは怒り出すし……」

「……ハニー？」

一瞬耳を疑った私に、頼孝が「誠さん、彼女のことハニーって呼ぶんすよ～。こんなヒゲヅラのくせに～」と教えてくれる。いや、ヒゲは関係ないと思うし、愛情を込めた呼び方は大切だし、欧米圏では珍しいことではないのだが……さすがに武士が口にすると、なかなかレア感がある。

「誠さんち、藤原北家《ふじわらほっけ》まで遡れる名門だもんね～。しかも面倒見がよくて、事務局のジイサンたちの信頼も篤《あつ》いから、みんな来たがるんす」

「ありがたいことだが、正直参ったよ。かなり絞ったつもりだけど、それでも結構な数になったもんなあ。予定を変更して、会場はホテルの宴会場を押さえて……ええと、今のところ百人ちょいか。しかも、半分くらいが武士なわけで」

「それは壮観でしょうねえ！」

バンケットホールにずらりと並ぶ武士たちを想像しながら、私は言った。

「壮観というか、コスプレ会場に近くなりますなあ。ほぼ爺さんコスプレイヤーですが。そうだ、ご迷惑でなければ、アンソニーさんもいらっしゃいませんか？　隼人の隣に席を設けさせていただきます」

「しかし、ご迷惑では……」

7

継承

「なんのなんの。英国紳士がいてくだされば、場の雰囲気も華やぎますし、マイハニーも喜びます」

そう言われ、私はありがたく招待を受けることにした。日本の、しかも武士の結婚披露宴に出席できる機会はそうそうないだろう。これは楽しみだ。宗教的な儀式はせず、披露宴の場で、指輪を交換するセレモニーがあるそうだ。人前式、というらしい。恐らく、神前、仏前に呼応するものとして生まれた言葉だろう。

「マコトさん、ひとつ伺っていいですか」

私は手にしていたお茶を置き、居住まいを正した。誠は「はい。なんなりと」とおおらかな笑みを見せてくれる。

「私は日本に来て、ハヤトという武士に会って以来ずっと考えているのですが……武士とは、あるいは武士道とはどのように定義すればよいものでしょう」

「おっ、来たぞ来たぞー」

茶化し気味に言ったのは頼孝だ。

「ちなみに俺も聞かれて、ぜんぜんうまく答えられませんでした！」

「そう、ヨリにも聞いたのですが、武士といっても時代によって色々なので、そもそも定義が難しいと」

「まあ、確かに定義は難しいですなあ」

誠は顎髭を撫でながら、やや上を見て言った。

「時代もありますし、それ以上に、人それぞれの考え方もあるでしょう」

「はい。そこなのです。人それぞれならば、みなさん個々の定義はあるはずですよね。定義と言うと硬いですが、武士として心に持っている、核《コア》のようなもの……ハヤトの場合は、『強くあること』のようですが」

隼人をチラリと見ると、無言のまま頷いた。

「心に持ってる核かぁー。どっちにしろ、むずいっすよー」

頼孝はそう言ったが、誠は「そうか？」と首を傾げる。

「そう聞かれれば、難しくはないだろ。俺の場合は『守ること』ですね」

前半は頼孝を、後半は私を見て、誠はそう答えてくれた。

「守る……」

「はい。己を真摯に見つめ、己にとって大切なものを見極め、それを守る」

「それはかつての武士が、城や領主を守っていたような？」

私の問いに、誠は「いやいや」と快活に笑う。

「そういった封建制的なものとは違ってて。俺の場合、守るべきは身近な人たちですよ。家族や友人、地域の人たち……」

頼孝が「あとハニーね」とからかい、誠は「もちろんだ」と動じない。

「普通でしょう？」

笑みとともに問われ、私は「いえ、そんなことは」と答えたものの、顔には少し落胆が滲んでしまったかもしれない。実のところ、まさしく（普通だ……）と思っていたのである。身近な人を守りたいという望みは、真っ当であり、同時にあまりに普遍的なものだ。

武士でなくとも、多くの人が口にするだろう。もっと武士っぽく独創的な返答があるはず……どうやら私は、無意識のうちにそんな期待をしていたらしい。

「あと、自分もね。まず自分を守れないと、誰も守れません」

「自分、ですか」

ふいに、あの夜を思い出した。

ヘッドライトの明かりとブレーキ音が、脳裏に蘇る。ふらふらと車道に出た宙の祖父を助けようと、走る車の前に飛び出した隼人……。彼は驚くほどに躊躇《ちゅうちょ》なく、自分より他者の命を優先させたのだ。

「俺は自分を守るためにも、強くなりたいのです。そう考えると、俺にとって武士の定義は隼人同様、『強くあること』ともいえますね。とくにメンタル。今や戦場《いくさば》はSNS上だったりしますから。信念が違うというだけで、こちらを傷つけようとする者は多い」

今度はなかなか興味深い答だ。多様性の寛容にも繋がるように思う。その具体例を尋ねようとした私より早く、

「それは、アレっすね？　同じアイドルグループのファンなのに、推しが違うだけで炎上になっちゃう案件みたいな？」

と頼孝が割り込んできた。意味がよくわからない。

「まあ、当たらずといえどもだが……おまえが言うと、すべてが軽くなるな……」

「根深い問題っすよ。ハコ推しなら問題ないんだけどねー。まあ、人間同士とはいえ、わかりあえないことは多くて、ホント悲しくなっちゃう。……ってことで、コレね！」

バサッ。

頼孝が大きな紙を座卓に出した。

「こっちもね、わかりあえない人たちの問題なわけっすよ。わかりあえない彼らを、どう配置するかという問題。はいはい、ちょっと場所作ってくださーい」

頼孝が言い、それぞれの前にあった麦茶のグラスが遠ざけられ、座卓の上にスペースができる。広げられたのは、結婚パーティの座席表だった。

「いやもう、武士婚、マジ難儀。マジめんどい。……誠さん、ここまで膨れた人数、最終的にはハニーさんも納得してくれたんすよね？」

「納得というか、開き直ってたな。こうなったらいっそ、でかい花火をあげたろか、って言ってた」

「そりゃオトコマエだ。ほんでこれが、誠さんの考えた席次案、と」

「うむ。どうだ？　大丈夫そうか？」

「ぜんぜんダメ！　話になんないっす！」

明るく、かつキッパリ、頼孝がダメ出しをした。

誠は「むぅ」と唸り、今まで静かだった隼人も「そうなのか？」と席次表を覗き込む。私もつられて見たが、当然わかるはずもない。

「ダメか……。どこまで配慮したらいいのか、迷ってしまってな。伺候席《しこうせき》を参考にしようかとも思ったんだが、それもあからさまだろ？　かといって、家格をまったく無視するのも……いや、あれか、もしかして関ヶ原《せきがはら》か？　治部少輔《じぶのしょう》関係の位置取りが難しくてな……。

7

継承

あっ、ちょっと小早川《こばやかわ》家と近すぎたか？　確か今の小早川家は明治維新後に復興したんだし、そんなに気にしなくていいかなと……」

「いやいや、なんで関ヶ原。どこまで遡るんすか」

頼孝は呆《あき》れたように言い、私を見て「関ヶ原の戦いは一六〇〇年っす」と教えてくれた。

なるほど、昔だ。我が国だと……ステュアート朝あたりか。

「誠殿は、歴史的背景に配慮されているのです」

隼人が私にそう教えてくれる。

「かつての日本は地方ごとでまとまっており、戦の折にはそれぞれ、時に味方に、時に敵にとなり申した。ゆえに、遺恨が残されている場合もあり……」

「なるほど、祖先が敵同士だったりするのですね」

「いやいや待って。それはそうなんだけど、今回のは違うんすよ。歴史的遺恨とか、そういうのじゃなく」

頼孝がトンと席次表の一カ所を指さした。

「俺が言いたいのはですね、たとえばここのテーブル」

「ここは、普段から仲のいい若手を一緒にしたんだが……」

誠は眉間に皺を寄せていた。

「やはり西軍と東軍はわけるべきだったか……」

「だからあ！　関ヶ原はもう忘れてくださいよ。キリがないっちゅーの！　気にすべきポイントは別なんです。確かにこいつら、仲いいです。よくつるんでます。で、去年の秋頃、ファッション誌で、『読モとサムライがお江戸でデート♡』みたいな特集があったらしくて、こいつらがピックアップされたんす。なんで俺を呼ばないんだよこちとら織田家ブランドなんだぞチクショウ……って話はおいといて、そこで会ったある読モちゃんが可愛くて、みんなメロメロになっちまった、と。でも、つきあえるのはひとりだけなわけっすよ。そしてだいたいイケメンが選ばれるわけっすよ。こん中でいうと、こいつね！」

つんつんつんっ、と一カ所をいささか強くつつきながら頼孝は言う。

「え、そういうアレなのか？」

「そうっすよ～。過去の関ヶ原より今のラブっしょ～。以来険悪なんすけど、かといってモテたひとりだけ別テーブルも不自然なので、全体的に分散させましょう。ふたりずつ、三組とかって感じで。……あと、こっち。ここの薩長《さっちょう》ね」

さっちょう……。小首を傾げた私に、隼人が「薩摩《さつま》藩と長州《ちょうしゅう》藩です」と囁《ささや》く。ウンウンと頷いたが、もちろん両藩の関係についてはなにも知らない。

「本人同士は問題ないすけど、両方奥さん連れで招待してますよね？」

「ああ、そうしてる」

「奥さん同士は仲悪いから、違うテーブルが無難です」

「え？　だがこのあいだ会食した時は、仲よく話してたぞ？　お互いのファッションを褒めあったのち、ダイエットとスイーツの話題で盛り上がってた」

「あのね、ホントに仲がよかったら、ダイエットとスイーツ以外の話しますって。それに、俺んとこにくるＬＩＮＥでは、お互いを遠回しにディスってます」

「……怖いな……っていうか、頼孝、あの奥さんらともLINEしてんのか」

「俺は戦国大メジャーの血筋っすよ。如才《じょさい》ないし、チャラいわりにしっかり者だし、顔は広いんす」

ふたりの会話を聞きながら、私はだいたいのところを把握した。要するに、頼孝は現代武士たちの社交事情に詳しい情報通として、席次のアドバイスを求められているのだ。

「とにかくね、戦国時代の確執はあんま気にしなくていいから、もっとこうコンテンポラリーな人間関係を………あっ！」

頼孝がまた別のテーブルを示して、

「とは言え、戊辰《ぼしん》戦争は配慮して！」

と声を張った。ボシン戦争……私が目を泳がせていると、隼人が「明治維新の頃の、新政府軍と旧幕府軍の戦いでござる」と再び教えてくれた。

「ほら、ここ、会津《あいづ》と長州はもっと遠くに！　ふたりとも高齢だから、絶対ダメ。酒入るととくに危険。ここんちなんか、泣血氈《きゅうけつせん》が家宝なんすよ！」

「そ、そうだった。うっかりしてた……！」

誠は慌て気味に赤ペンで色々と書き入れている。隼人が小声で「これはまさに、歴史的な遺恨でござるな」と呟いた。なるほど、明治維新は百五十年ほど前だから、高齢者にとってはいまだ拭いきれぬ思いはあるのだろう。

そして私は心を決めた。今がいい機会なので、聞いてみよう。

「ハヤト。あの、伊能家のご先祖について……教えてくれますか？」

私の質問に隼人は軽く目を見開く。

だが「ちょっ！」と声を出したのは、頼孝が先だった。

「なに、隼人、伊能家の由来話してないんかい！　遠路遥々来てくれたアンソニーに！」

「これは……申しわけござらぬ。うっかりしておりました」

手をついて詫びようとする隼人に「いえいえ」と私のほうも慌てる。

「私も今まで聞きませんでしたし……もしや、聞くのはマナー違反なのだろうか、などと考えてしまい……」

「え、なんでそう思ったんすか？」

「なんというか……武士社会は階級制度《hierarchy》だったのですよね。その位置づけを聞くのに近いので、無礼なのかなと」

「あー、なるほどねー……。けど、あんま気にしなくて平気っすよ。まあ、武士同士で初対面だと、わりと探り合いっぽくなることもあるかなー。へえ、おたく陪臣？　フーン、ウチ直参《じきさん》、みたいな空気……。けど時代によって栄枯盛衰諸行無常で色々だしさあ！　俺はべつに気にしないけど。オッス、オラ織田家！　またの名を第六天魔王！　ウチの七つの家紋を集めれば、天下布武の夢が叶うぜ！」

「そのノリはおまえだけだよ、ヨリ……。隼人の家は、宇和島《うわじま》藩に仕えてたんですよ」

さらりと誠が教えてくれる。私が隼人を見ると、静かにひとつ頷いた。

「それがしの先祖は、宇和島伊達《だて》家の家臣でございました」

「宇和島……」

7

継承

「今の、四国は愛媛県ですな。家老として仕え、江戸にいることが多かったと聞いておりまする」

「隼人のご先祖がお仕えした殿様は、幕末にとても活躍されたのです。海外事情に通じていらしたので、明治新政府にも重用されたそうです」

誠がそう説明してくれた。

「立派な方だったのですね」

私が言うと、隼人は「はい」と姿勢を正す。

さらに質問を重ねようとしたところで、頼孝が「あっ、ここ超まずい！」と声を立ててがばりと席次表を見た。

「えっ、なんだ、どこ？　島津家もっと上座にすべきか？」

「いや、そうじゃなくて」

頼孝は席次表の一カ所を示し、「なんてこった」と珍しく動揺した声を出し、頭を抱えて俯いてしまう。いったい何事だろうか。私と隼人は顔を見合わせ、誠は緊張の面持ちで、頼孝の次の言葉を待っている。

やがて、頼孝は顔を上げると、これ以上なく深刻な顔で言った。

「このテーブル、ダブル不倫っす」

その晩の夕食は賑やかだった。

私と武士三人に、栄子も加わっての五人でテーブルを……もとい、座卓を囲んだのだ。

献立はソウメンと呼ばれるとても細いヌードルで茹でた後、冷水で冷やしてある。それを冷たいツユにつけて食べるのだが……これが恐ろしいほどツルツルと胃に収まってしまうのだ。

以前ソバを食べた時、「あまり噛まないで食べるのが流儀」と聞き、そんな無茶な、と思ったことがある。麺類とはいえ、ある程度は噛まなければ食べられないだろう。そして実際、私はソバを咀嚼《そしゃく》して食べた。

しかしソウメンときたら！　こちらが噛もうとしているのに、勝手に喉を通過していく勢いだ。その感覚がまた心地よく、かつ美味しく、いくらでも食べられそうである。

「ちょっと！　武士ズ&ジェントルマン！　もっとゆっくり食べなさいってば！　素麺は飲み物じゃないんだよ！」

栄子にそう叱られ、頼孝が「いいや、飲み物っす！」とソウメンから目を離さないまま反論した。実は私も、もう飲み物でいいのではないかと思ってしまいそうである。隼人は無口さに磨きを掛けてソウメンに集中しているし、誠はひと口で、子供のこぶし大くらいのソウメンを食べてしまう。私も負けてはいられない。

ソウメン自体はあっさりした味わいなのだが、一緒に出されている天ぷらはサックリ揚がりつつ適度にオイリーで、ソウメン↓天ぷら↓ソウメン↓天ぷら……という無限ループに陥ってしまう。

7

継承

しかも、なんだこれは。このコーンの天ぷらと、ちくわのイソベアゲとやらは美味しすぎる。日本のコーンはなんでこんなに甘いのか。そしてちくわを考えだした人は天才だ。なぜ穴を開けたのかはあとでググろう。さらに、これほど上手に揚げる栄子には、勲章を授与すべきだ。

「……あっ！　野郎ども＆ジェントルマン、いったん箸を置け！」

突然、誠が言った。先輩武士の号令に、隼人と頼孝はピタリと動きを止め、私もイソベアゲを咥えたまま固まった。

「俺たちが食うのが早すぎて、栄子さんがぜんぜん食べれていない」

「マジでっ？　すんませんっ」

「それは失敬いたした」

「もごご……」

喋れない私も、頭は下げる。反省の意を示した一同を見て、栄子が「まあ、銘々皿にしなかったあたしも悪いんだけどさ」と呆れながら笑う。

「とりあえず、アンソニーはその磯辺揚げ食べちゃいなよ」

「もご……」

「じゃあ栄子さんが食べてるあいだ、俺、おかわり茹でてくるっすよ」

「ありがと、ヨリ。あ、薬味が冷蔵庫にあるから、それも持ってきて」

「ガッテン承知の助！」

頼孝が謎の日本語を口にし、キッチンへと消えていった。

栄子がやっとちゅるちゅるとソウメンを食べ始め、私は天ぷらを咀嚼し、隼人と誠はそれを見守る。

「ごめん、栄子さん。どうも素麺は早食いになっていかんなあ」

「まこっちゃんが気づいてくれなかったら、あたし素麺食べ損ねたかもしんないねー」

「す、すみませぬ……」

「すみません……」

がっついた恥ずかしさに小さくなる隼人と私に、栄子が「冗談だよ」と笑う。

「気にしないで。美味しそうに食べてくれるのはなにより嬉しいんだから。それに、素麺はまだたくさんあるから大丈夫」

優しい栄子はそう言ってくれたが、紳士としてあるまじき配慮不足だった。恐るべし、ソウメンの魅力……。

「先週、まこっちゃんのパーティ用にワンピース買っちゃった〜」

「おお、ぜひ着飾っていらしてください。楽しみです！」

誠と栄子は数年来のつきあいで、とても仲がいいと聞いている。今回の結婚パーティのコーディネーターも、栄子が紹介してくれたそうだ。

「まこっちゃんはなに着るの？　武士は洋装ダメなんだっけ？　花嫁がドレス着たいと困っちゃうよねえ」

「ダメという決まりはありませんが、通常は大紋《だいもん》ですなあ。ゲストは裃《かみしも》が推奨されるので、区別もつきやすいですし。二十年ぐらい前は、鎧兜《よろいかぶと》で来るゲストもいたそうですよ」

「あはは、それ戦じゃない」

「深読みすると間違ってないような気もするところが、また……」

「結婚すなわち戦なり？　確かに……。そういや、ダブル不倫のテーブルは解決した？」

「頼孝が絶妙な配置にしてくれました」

その答えに、栄子は「さすが」と笑う。

ちなみに私はつい先ほど、栄子からダブル不倫の意味をじっくり教わったところだ。さらに言えば、このスキャンダルはすでに武家界隈《かいわい》では周知の事実であり、みな見て見ない振りだそうだ。社交界あるあると言えよう。

「俺は知らなかったんですよねえ……びっくりした……」

「まこっちゃん、ゴシップネタに興味ないもんね。隼人もだけど」

「確かに、俺も隼人もそのへんは疎いですなあ……。ああ、そうだ。隼人に頼みたいことがあるんだ」

誠が思い出したように言うと、隼人がやや身構えた。

「面目なきことに、それがし、晴れがましい場の挨拶が不得手でござりまして……」

「いやいや、違う。スピーチじゃない」

その返答に、隼人はやや肩の力を抜く。

「実はな、研《と》ぎ師を紹介してほしいんだ。大きな声じゃ言えないが、俺は刀にそれほどのこだわりがなくてな……このあいだ久しぶりに抜いてみたら……その……」

「……錆びて？」

隼人がツッと眉間に皺を寄せて問う。誠は「ちょっとだけだぞ？」と慌てて言い足した。

「ほんとにちょっとだ。たぶん、アレだ。鞘《さや》当たりなんじゃないかと思うんだ。でなきゃ、丁字油《ちょうじ》がちゃんと塗れていないところがあったのか……自分でサビを削っちゃおうかなー、とも思ったんだが」

「なりませぬ」

いつになく、隼人が硬い声でビシリと言った。栄子が素麵を啜りながら「まさしく一刀両断だねえ」と笑う。

「イットウリョウダン？」

「刀をひと振りして、なにかを真っ二つにするって意味ね。辞書的にはためらわず決断することのたとえなんだけど、今みたいにバッサリ否定される時もよく使われる言葉」

「なるほど」

私はいつもの手帳を開き、栄子にその漢字を書いてもらう。一方、誠は難しい顔の隼人を「わかってるって、大丈夫」と宥《なだ》めていた。

「自分で削ったりしない。やっぱりプロに頼まないとな。で、問題はそこなんだよ。今まで頼んでた研ぎ師さんが高齢でな、引退してしまったんだ。弟子も取ってなくてなあ……。今後、誰に頼めばいいものかと……」

「承りました。後ほど、当家が代々懇意にしている研ぎ師の連絡先をお渡しいたします。こちらからも一報入れておきましょう」

「ありがとう、助かる」

7

継承

「しかし誠殿、武士たるもの、刀の手入れはもっと……」

「うんうん、そうだな！　もっとまめにな！　刀は武士の魂だもんな！　おっ、頼孝が素麺を持ってきたぞ！」

話を変えたかった誠としては、よいタイミングだ。ソウメンを盛った木の桶《おけ》を抱え、頼孝が戻ってきた。今度は栄子のぶんを予《あらかじ》めとりわけ、そこからは再びソウメン争奪合戦だ。頼孝が「アンソニーのぶんも取り分けよっか？」と聞いてくれたのだが、そのままでいいと答えた。忙《せわ》しないのは嫌いな性分なのだが……不思議とこの合戦には、楽しさを感じている。親しく信頼できる人々と、和気藹々《わきあいあい》で食べているからなのだろう。食事の美味しさの八割は、誰と食べるかによると私は思う。

武士たちにより大量のソウメンが消え、伊能家に静けさが戻ったのは夜九時過ぎだった。私は明らかに食べ過ぎで、しばらく食休みが必要だった。正直なところ、横になりたいほどの満腹で、自室に戻っていたのだ。小一時間して、やっと台所へと向かうと、すでにきれいに片付いている。隼人と栄子がやってくれたのだろう。

手伝えなかった詫びを一言……、と隼人の部屋に行ったのだが姿がない。先ほどまで皆でソウメンを食べていた六畳間にもいない。

この六畳間の襖の向こうには、八畳間があり、襖を外すことで広い空間を作れるようになっている。日本家屋の優れた融通性だ。そして八畳間には立派な床の間があり、最も格式が高い部屋とされている。

床の間には美しい日本刀がある。

専用の掛台……『刀掛け』と呼ぶのだと栄子に教わったのだが、そこに繊細な螺鈿《らでん》模様の日本刀が飾られているのだ。

以前から手に取ってじっくり鑑賞したいと思っていたのだが、なにしろ日本刀は武士の魂と聞いているので、眺めるだけで我慢してきた。

八畳間の襖をそっと開けると、隼人の姿があった。

畳の上に赤い敷物を広げ、いくつかの道具を並べている。白いクロス、和紙、先端に丸いものがついている棒、小さなガラス瓶などだ。

「ハヤト?」

呼びかけると「はい」と振り返る。

「皿洗いを手伝えなくてすみませんでした。ようやく胃が落ち着きました……」

「それはなによりです。素麺はつい食べ過ぎてしまうもの、お気になさらず」

「ありがとう。……あの、なにをしているのですか?」

「刀の手入れをいたそうかと。誠殿の話を聞きまして……己もそろそろ、と思い出したのです」

「定期的にメンテナンスが必要なのですね」

「はい。刀に会わねば」

刀に会う。面白い表現だ。日本文化にしばしば見られる擬人化である。この国ではごく自然に、モノに魂が宿る。

「私が見ていたら、お邪魔ですか?」

7

継承

「いいえ。ご興味が？」

「勿論！　日本刀は優れた東洋美術ですからね。実は、この刀のことが以前からずっと気になっていました」

「左様でしたか」

隼人はスッと片膝を上げると身体の向きを変え、件《くだん》の刀をなんの衒《てら》いもなく手に取り、私の前に置いて「どうぞ、お手に」と言ってくれた。

もちろんそれなりに丁寧な扱いではあったが、私の予想よりはカジュアルというか……もっとこう、恐る恐る畏《かしこ》まって扱うのかと思っていた。とはいえ、日本刀をこの手にとって鑑賞できるのは大変ありがたい。鞘部分の螺鈿細工を汚さないように注意を払いながら、間近に見る。

「サヤとツカくらいはわかるのですが……この丸い部分は何と言うんでしたっけ。ここだけコレクションしてる人もいますよね」

「鐔《つば》でございますな。唐草の象嵌《ぞうがん》が施されております」

「美しいですねえ……」

「祖父もこの拵《こしらえ》は気に入っていたようです」

「コシラエ？」

「……ルックス、でござろうか、この場合……」

「ああ、なるほど。そうですね、これはあくまで刀を覆っている飾りですものね」

「はい」

そのほかにもいくつか質問をし、じっくり鑑賞できた私はいたく満足した。

隼人に礼を言うと「いつでもご自由にどうぞ」と言いながら元の場所に戻す。

「……あれ、これから手入れをするのではないのですか？」

私がそう聞くと、隼人は敷物の上を示し、「手入れするのはこちらの刀です」と答えた。

そこには紫色の長い布袋に包まれたものがあり、言われてみれば日本刀の長さである。

「というか、今ご覧になった拵の中に刀身は入っておりませぬ」

「えっ。入ってないんですか？」

コクリと隼人が頷く。ほんの僅か、微笑んだ気もした。

「日本刀は大変錆びやすいので、拵の中に入れたままにしておくのは良くないのです。普段はこのような白鞘に収め、刀簞笥《だんす》にしまっております」

説明しながら隼人が袋の口から、刀を出して見せてくれる。なるほど、シンプルな木の鞘だ。飾っておくのは拵だけなのか……。言われてみればもっともである。錆びの問題もさることながら、日本刀は武器でもあるのだから、誰でも手に取れる場所に置いたままにしておくのは危険だ。

「刀専用のタンスがあるのですね」

「はい。それがしの部屋に。湿気に強い桐《きり》でできております」

「なるほど。錆びやすく、繊細なものなのですね」

「錆びた場合は研磨……研いで磨きますが、そのぶん減りますゆえ」

そう、研げば鋭く切れ、磨けば燦然《さんぜん》と輝く。

7
継承

けれど研いだもの、磨いたものは必ず元の大きさより小さくなる。僅かとはいえ、削るのだから当然であり、研ぎ続け、磨き続けたものはいつしか消えてしまう運命にある。

ふいに思った。人はどうなのだろう、と。

研いで、磨いて、輝こうとした時——削れてしまう部分はあるのだろうか。

「最初にお断りしておかなければならぬのですが……」

そんなことを考えていた私に、隼人が幾らか申しわけなさそうに言った。

「これより手入れいたすは、当家の家宝ともいえる備州《びしゅう》長船《おさふね》忠光《ただみつ》なる一口《ひとふり》。ゆえに、手入れの間、それがしは喋ることができませぬ。唾液が刀身につくのを避けるためです」

「わかりました。私もその間は黙っているようにしますね」

「ご配慮かたじけのうございます。質問があれば、後ほどお伺いいたします」

先に言ってくれてよかったと思った。このことを知らなければ、私は前のめりで質問をいくつもし、家宝の刀に唾を飛ばしていたかもしれない。

「されば」

隼人が言い、毛氈の上で居住まいを正し、頭を下げた。

刀に向かって、礼をしたのだ。

そこから私が見たものを——どう表現したらいいだろう。

それは手入れ《maintenance》ではなく、儀式《ceremony》だった。

まだ英国にいた頃、叔母の知人に招かれて茶会に出たことがある。私はその時の雰囲気を思い出していた。

静寂の中、亭主が茶を点《た》てる一連の動き。ひとつひとつの動きの意味を、門外漢である私は知らない。その空間には合理性と美意識が拮抗《きっこう》し、絶妙なバランスを生み出していた。もちろんとても美しく、だが多少窮屈すぎるようにも思えた。正座で足が痺《しび》れていたからかもしれないが。

隼人の動きもまた、儀式めいた緊張感に満ちていた。

切れ味鋭い日本刀を扱っているのだから、当然ともいえる。あとから聞いた説明によると、作業そのものは、刀身を保護している油を拭い、打ち粉をはたいてそれを拭い、刀を鑑賞し、また打ち粉をして拭い、さらに油を塗って白鞘に戻す――という流れだ。

あいだに入る鑑賞とは、刃の角度を変えながら、その様子を見ることを言う。とくに刃文という、焼き入れによって生じた模様が鑑賞ポイントらしい。

もちろん刀はこの上なく美しく……否、正直に言おう。

私はあまり刀を見ていなかった。刀より、隼人に注目し続けていたのだ。

刀に会う、という隼人の言葉が印象的だったからだろう。刀に会って、隼人はなにを思うのか。どんな表情を見せるのか。心の内で、刀とどんな会話をするのか。いわば、私の関心は刀そのものより、刀と隼人の関係にあったのかもしれない。

日本刀のコレクターがどれくらいいるのか知らないが、少なくはないはずだ。

だが隼人はコレクターではない。武士である。コレクションとして集めているのではなく、武家に生まれた者として、古の武器を守り続けているわけだ。

……今、私は無意識のうちに奇妙な表現をした。

7
継承

武器を守る？　普通は逆だ。武士にとって、刀は身を守るためのものである。本来、刀が隼人を守るはずなのに、現状では隼人が刀を守っている。祖父から、いや、もっと昔の先祖から受け継がれた刀を……守っている。

誠の言葉を思い出す。あのおおらかな武士は、身近な存在を守りたいと言っていた。そして守る対象には自分自身も含まれていた。

——まず自分を守れないと、誰も守れません。

その言葉を、私の脳は幾度も再生する。そして、こんな疑問が浮かんでしまうのだ。隼人は自分を守れているのだろうか。

あの美しい刀は、継承されてきた精神は……彼を守ってくれているのだろうか。

8
雨に叫べば

時々忘れそうになるのだが、隼人はまだ二十七歳である。

もちろんつるりとした顔だちは年相応、いや、外国人である私から見ると、実年齢よりさらに若く見えるのだが、それに反し、立ち居振る舞いはあまりに落ち着いている。自制心が強く、感情を顔に出すことも少なく、いつでも他者を優先し、とくに子供と高齢者に親切だ。頼孝などは「好青年すぎて、若干キモいっすよ」などと言っていたが、これは親しい仲だからこその発言だろう。

その隼人が、初めてあからさまに顔を歪め、不快を露わにした。

私はいささか驚き、ホウキを持ったままフリーズしてしまった。なぜホウキかといえば、伊能家前の掃き掃除をしていたからだ。今朝は燃えるゴミの日だったので、隼人がゴミ袋を手に出てきて、私がダストパンに集めておいたゴミもまとめようとしていたところに——その人物は現れたわけである。

「あれ？　また外人さんいんの？」

ガイジンさん。この表現を差別的と捉えるか否かは、人によって分かれるだろう。私の場合、少なくとも、「さん」がついている場合は許容範囲だ。

が、その時はなにかひっかかった。恐らく、言葉そのものよりも口調の問題だ。いてほしくないのに、いた。そんなニュアンスが感じられたのである。

「律儀だねえ。ジイサンも死んだんだし、もう受け入れやめりゃいいのに。面倒だし金だってかかるんだからさあ」

ニコニコと笑いながら、男は言った。私に日本語がわからないと思っているのだろう。棘《とげ》のある言葉に反して、うわべだけは愛想がいい。ノーネクタイに、だいぶ着込んだ紺のスーツ。痩せ型で、頬骨が高く、四十代後半に見える。

「……ご無沙汰しております」

隼人が儀礼的な声を出した。

「ウンウン、久しぶりなー。相変わらず愛想ないねえ、おまえ」

「本日はいかなる用件にて、お越しでしょう」

「ははは、なんか怖い顔だなあ。用事ないと来ちゃいけないわけ？　俺の実家なんだけども、ここ」

「二度と来ないと仰せになったのは、叔父上です」

おじ。なるほど。

伊能家を「実家」と言うなら、隼人の父親の兄弟ということだろう。かつ、「二度と来ない」と言ったならば、家族とよい関係にはなかったと予想される。血縁ゆえのトラブルは、万国共通だ。こちらから挨拶すべきかどうか迷ったのだが、隼人が明らかに歓迎しない雰囲気を醸《かも》し出していたので、しばらく成り行きを見守ることにした。

8

雨に叫べば

「誰だって若い頃は、そんなふうにいきがるもんなのよ。まあでも、もう天敵はいないわけだし。久しぶりにこっちに出てきてさ、甥《おい》っ子は元気にしてるかな〜と」

「おかげさまで恙《つつが》なく」

「そ？　よかったよかった。なら、二、三日泊まってくわ」

「それはご勘弁願います」

「おいおい、隼人」

「ご勘弁願います」

「冷たい甥っ子だなあ。言うの二度目だけど、ここ、俺の実家。ね？　そもそも、ほんとなら俺が相続するはずだった家だぜ？」

「その話はとうに落着したかと」

「そうだったか？」

「叔父上は家屋敷の代わりに、現金を相続なさいました」

「んー、でも、ここの家と土地を金にしたほうがずっとお得だったんだよねぇ」

「何度も申し上げておりますが」

ゴミ袋を置き、隼人がズイと一歩前に出た。

「それがしの目が黒いうちは、この家屋敷は決して手放しませぬ」

隼人は揺らがぬ声で言ったが、相手は「はいはい、大丈夫〜」とへらへら返す。

「今のは言葉の綾《あや》ってやつだよ〜。俺はただ泊めてほしいだけ。な、ほんと二、三日だから。新しい仕事始めようと思っててさ、金貯めたいのよ。ホテル代とか節約したいわけ。

おまえは優しい奴だから、わかってくれるだろ？　だめなら、俺は近くの公園のベンチで寝ちゃうかもな～。ご近所さん、なんて言うかなあ。俺の顔覚えてる人もいるよな～」

隼人は黙し、しばし相手を見つめた後、結局視線を落とした。そしてくるりと踵《きびす》を返し、門の内に入ってしまったのだ。運ぶはずのゴミ袋は置き去りだ。

「まったく……すんなり入れりゃいいのによ～」

隼人のおじは独り言のあと、苦々しく言った。かと思うと、満面の笑みを浮かべ、私に向かって右手を差し出す。

「ハーイ、ナイストゥーミー……」

「はじめましてアンソニー・ハワードです。イギリスから参りました。三月からこちらでご厄介になっています。よろしくお願いいたします」

わざと早口に言うと、相手はポカンとする。

握手はしなかった。私は右手にホウキ、左手にちりとりを持っていたので仕方ない。それらを置けばいいだけの話だが、隼人が歓迎していないゲストにそこまでする必要を感じなかった。というか、したくなかった。

「なに、日本語わか……」

「お手数ですが、そのゴミ、出しておいてください」

私は無礼にも相手の言葉を遮り、そう頼むと、さっさと背中を向ける。数日とはいえここに寝泊まりするなら、ゴミ出しくらいして然るべきだ。ええ～、と不服そうな声が聞こえたが無視する。

8

雨に叫べば

中に入ると、隼人は庭にいた。

肩が大きく上下したのは、深呼吸だろう。感情のコントロールを試みているのだ。私に気がつくと、まず「失礼いたしました」と謝る。

「あれは私の叔父……亡くなった父の弟で、伊能信夫《しのぶ》といいます。どうやら手元不如意《ふにょい》の様子、数日間だけ、部屋を提供したいと思うのですが、お許しいただけますか」

「ハヤトがそうしたいならば、もちろん。ここはきみの家です」

「かたじけない」

「率直に聞きますが、ハヤトは叔父さんが苦手なのですか?」

「率直にお答えいたしまする。非常に苦手です」

隼人にしては珍しく、溜息交じりに答える。

「叔父はなんと言いますか……自由な人でして」

「そのようですね」

「祖父と折り合いが悪く、若い頃にこの家を出たのです。金に困ると顔を出し、祖母が存命の頃はそのたびに都合していたようです。居所が定まらず、三度離縁し、職も転々とし、酒好きで、性格的にもそれがしとは合いませぬ。さりながら、親類縁者とあれば、無下に追い返すも不人情。ご迷惑をおかけするやもしれませぬが、数日ご辛抱くだされ。……それから」

隼人は一瞬ためらい、声をやや低くする。

「念のためですが、所持品にご注意ください」

私は軽く目を見開いてしまった。

「身内の恥ですが、申しておかねば。祖父亡きあと、叔父が滞在するたび、我が家から骨《こっ》董《とう》の類が消えるのです。アンソニー殿の金品に手をつけることはないと思いますが、絶対とは申せませせぬゆえ」

「それは…………はい、わかりました」

隼人に同情しつつ、ほかに返事のしようもなかった。

もっとも私は日々の買い物はカード派だし、持ち物にさほど高価なものもない。唯一、父から譲り受けた腕時計が好事家《こうずか》にはかなりの値になるらしいが、パッと見は地味で古いだけの代物だ。目に留まることはないだろう。

「我が家も、もはや金になるような骨董など残っておりませぬ。蔵も数年前に取り壊してしまいましたし……まあ、好きに探させます。めぼしいものがなければ、叔父も諦めて帰るでしょう」

そんなことを話していると、玄関の引き戸を開ける音がした。どうやら隼人の叔父が……信夫が、勝手に入ったようだ。隼人が慌てて「では」と庭から玄関に回る。ほどなく、

「叔父上、そちらではありません。客間をお使いください」

といくぶん早口の声が聞こえてくる。

隼人にも、苦手な人間がいる。当然なことではあるが、意外な気もしていた。

もちろん、少し聞いただけで問題のある人物だとわかる。三度の離婚はともかくとして、実家とはいえすでに甥っ子が当主となっている伊能家から、勝手に貴重品を持ち出せば、

8

雨に叫べば

それはすなわち犯罪だ。身内なので訴えられずにすんでいるだけである。誰に言わせても、『縁を切りたい困った親戚』だろう。

けれど、あの時の隼人の顔……。

信夫を見つけた瞬間の顔は……不快は不快なのだが、困惑というより、嫌悪というより、もっとこう………怯《おび》え？　たぶん、それが一番近いような気がする。時に無謀とすらいえる勇気と、自己犠牲精神を持つ隼人が、たかだか困った親戚ひとりに、なぜ怯える必要があるのか？

無論、私がそういう印象を持っただけの話だ。勝手な勘違いなのかもしれない。いずれにしても、隼人が叔父の信夫を敬遠していることは明らかである。性格的に合わないというのも事実だろう。隼人の性格のうち、物静かで几帳面という部分は私と共通している。ということは、私と信夫の相性もよくなさそうだ。

その予感は、すぐに裏づけが取れた。

信夫が滞在し始めた二日後には、私はしみじみと実感していたのだ。

合わない。これはもう、まったくもって、合わない。

「……シノブさん」

その朝、洗面所の前ですれ違った信夫を私は呼び止めた。

「ん～？　おはよ～、アンソニ～」

襟ぐりがすっかり伸びたTシャツに、ハーフパンツという姿で信夫は言った。髪を濡れた手ぐしで整えたのだろう、毛先からポツリと水が滴る。

「おはようございます。もう昼近いので早くはありませんが」

「俺的には早朝なんだよね～。ふあぁ……」

あくびで届く息が酒くさくて、一歩退く。

「お願いがあるのですが。洗面台をもう少しきれいに使っていただけませんか」

「ん～？」

「シノブさんのあとはいつも水浸しなのです。髪の毛もたくさん落ちています」

「それよ、それ。悲しいことに、最近結構抜けるんだよ」

「抜けるのは仕方ないことです。洗面台に落ちた髪は拾って捨て、周囲を拭いておけば、次に使う人が気持ちよいかと」

「あー、大丈夫、俺、多少汚れてても気にしないからー」

笑いながら返され、私も負けじと微笑みつつ「私は気にします」と返した。信夫のこのもの言いは、いわゆるテンネンというやつではない。アゲアシトリ、のほうだ。

「洗面台は共有スペースですから、マナーを心がけるべきかと」

「アンソニーは真面目だなあ。俺はさあ、マナーとかルールってのが、子供の頃から苦手でね。だからジイサンにも散々殴られたよ。ああ、俺の親父ね」

「そうですか。厳しい方だったのですね。私は殴りませんが、お願いはします。きれいに使ってください」

「ウン、お願いなら聞くよ」

やっと理解してくれたかと、私は安堵《あんど》し「ありがとうございます」と言った。が、

8

雨に叫べば

「聞くけど、すぐ忘れたらゴメンね〜」

へらっ、と笑ったその顔には「マナーを守る気はない」と書いてあった。

これ以上は無駄だろうと、その場をあとにした私だが——とにかく、一事が万事、この調子なのである。

玄関の靴は揃えない。

飲食したら食器は出しっぱなし。

もちろん服も脱ぎっぱなしで、脱衣所に向かう廊下に、パンツと靴下が点々と落ちていたりする始末。なんでそうなるのか、もはや理解不能だ。酔っ払って、脱ぎながら風呂に向かったということなのだろうか。信夫は私たちと食卓をともにすることはなく、コンビニのサンドイッチだの袋菓子だのを食べながら移動するので、家のあちこちにパン屑やクリスプのかけらが落ちることになる。隼人は黙って掃除機をかけるだけなのは、恐らく今まで散々注意したが効果なしだったのだろう。のらりくらりと躱《かわ》される様子は容易に目に浮かぶ。

「そうそう。暖簾《のれん》に腕押しなのよねー」

栄子も口を尖《とが》らせてそう言った。

今日のティータイムは、私と栄子のふたりだけだ。信夫がここに来てもう四日目、だいたい昼前まで寝ていて、日中はあまり姿を見ない。逆に、私と隼人が外出していると、冷房を強く効かせてのらくら過ごしているようだ。要するに、なるべく顔を合わせたくないのだろう。

「ノレンというのは、居酒屋の入り口にかかってる布のあれですか」

「そうそう。あの暖簾を腕でいくら強く押したところで、手応《てごた》えないでしょ？　やっても無駄って感じ」

私は深く頷いた。まさしく手応えなしで、こちらのイライラが募るだけなのである。

「この数日、ハヤトはかなりのストレスを感じていると思います。口には出しませんが」

「信夫さんが来るたびそんな感じなの。今日は隼人さん、剣道の稽古だっけ？」

「そうです」

「隼人さんも家にいたくないのかもなー。しかもあの人、手癖悪いのよね。金目のモノすぐに持ち出しちゃう」

「ご存じでしたか」

「古伊万里《こいまり》のお皿があれだけ減ったら、そりゃ気づくよ」

「ああ……」

「ほんと、困った人。……しかし、今日も暑いね」

「暑いですね」

このところ連続の真夏日だというのに、私たちは冷房の効いた屋内ではなく、庭の濡れ縁に並んで座っている。もちろん、理由があるのだ。

「暑いから、美味しいのよね」

「そのとおりだと思います」

「アンソニー、練乳追加する？」

8

雨に叫べば

「ぜひ」

そう、おやつはかき氷なのだ。

だから暑くても問題ない。むしろ暑くなくてはいけない。

半分まで減った私のストロベリー味の氷に、栄子が白い練乳をたらたらかけてくれる。

この夏らしいスイーツは英国ではほとんど見かけないが、日本では一般的なものらしい。なんと伊能家にはかき氷を作るマシンまである。手動なのでちょっとした力仕事だが、すぐに冷たいかき氷が食べられると思えば、シャコシャコする甲斐もあるというものだ。私ははりきって、栄子のぶんもシャコシャコした。さすがにシャコシャコは屋内で行った。

縁側では、削るそばから溶けてしまう。

「信夫さんってさー、なんか指摘しても、ぜんぜん悪びれないで『あ、ダメだった？』っていう感じだもんね……。まあ、根っからの悪人ってわけじゃないと思うんだけど。隼人さんが子供の頃は、時々遊んでもらってたみたいだし」

「そうなのですか？」

「うん。遊園地に連れて行ったり……先代は、そういうことしないタイプだったから」

なんだか想像がつかないが、微笑ましい過去もあったということか。

「決定的にダメになったのは、遺産相続以降かなあ。あの時は揉めたしね……。結局、隼人さんがこの家屋敷を相続したわけだけど、その負い目がちょっとあるのかも」

「オイメ……」

「借りがある、みたいな感じかな」

「シノブさんも、遺産を現金で受け取ったと聞きましたが」

「そう。それなりの額をもらって、納得したはずなのよ。当時あった借金も、それで清算できたらしいし」

でも、と栄子は説明してくれた。東京は地価が高い。この家も土地も手放して現金化し、それを信夫と隼人で二分割したならば、信夫はもっと多額を得られたわけだ。

だが隼人の祖父は、隼人にこの家屋敷を相続させるという遺言状を遺していた。

「当然だよね。先代が寝こんでからだって、お世話してたのは隼人さんなんだし。まだ学生の頃からだよ。今でいうヤングケアラーで、しかも隼人さん、他人に頼るの苦手だからせっかく入った大学も辞めることに……」

ふいに栄子の言葉が止まる。

どうしたのかとその顔を見ると「ごめんなさい」と小さな声で謝った。

「今の話、なし。隼人さんはあの頃のことは忘れたいみたいだから」

次第に溶け、重い質感になっていくかき氷を食べながら、そんなふうに言う。いつになく真剣な面持ちに、私は頷くしかなかった。隼人にとっては、それほど思い出すのがつらい時期だったのだろう。日本の福祉制度のことはわからないが、隼人が他人を頼るのが苦手、というのは理解できる。多くのことを、ひとりで負いすぎてしまったのではないか。

「どっちにしろ、隼人さんがこの家に住んでるんだから簡単には売れないし、ここの和風建築は保存武家認定受けてるからね。手放すのもなかなか面倒なのよ」

「保存武家認定とは？」

「こういう伝統的な日本建築を所有している武家は、相続税を安くしてあげるよ、っていう制度があるの。そのかわり、相続してから十二年は売却したり、建て替えたりしないでね、と。もしするなら、減税分返してもらうからね、と」

「なるほど、古い日本家屋を保存しようという策のひとつですね」

「そうそう。この手の日本家屋って気密性が低いから冷暖房効きにくいし、障子や襖も定期的に張り替えなきゃいけないし、瓦のふき替えなんてものすごく高いし、キープしていくのなかなか大変なのよね〜」

「わかります。私の実家も古いので、修繕費がとても………うっ……」

「あ、キーンってきた？」

突然鋭い頭痛に襲われ、こめかみを押さえた私に、栄子は「ほらほら、お茶飲んで」と湯呑みを差し出す。なるほど、こういう時のためのホットティーだったのか……。

「かき氷のキーンも、夏の風物詩だよ。とにかく、ここを手放すのは現実的じゃなかったわけ。でも信夫さんはなにかにつけ、『隼人はいいよな、この家があるし』『おまえはこの家が大好きだもんな』『ジイサンとの思い出の家だもんな』みたいに言うんだよね……。自分はこの家が嫌で、さっさと逃げたくせにねえ」

「シノブはハヤトのおじいさんと……つまり、自分の父親と対立していたのですか？」

「らしいね。まあ、それは無理もない部分もあったというか……この家に生まれて、でも武士になりたくないって状況はきっついよ。あたしでも逃げるかも」

栄子はそう言ってお茶を啜る。

ふたりともかき氷は食べ終わり、綺麗なカッティングのガラスの底に、シロップのピンク色が少し残っていた。

「シノブが逃げていなくなり、この家にはハヤトの父親だけが残り、武士になり、でも若くして亡くなり……」

「いや、隼人さんのお父さんは武士じゃなかったよ」

「え、そうなのですか？」

「うん。会社勤めしてた」

武士ではなく、会社員……隼人は両親の話をしないので、私はそれを初めて知った。ということは、先代はふたりの息子を持ちながら、両方武士にはできなかったことになる。

「孫のハヤトが武士になることで、先代はようやく念願を叶えたということですね。だからこそ、ハヤトを立派な武士にしようと、厳しく鍛え……」

「あれは洗脳だよ」

ザリザリと、サンダルを引き摺《ず》りながら歩く音とともに、そんな声がした。

いつから庭にいたのだろうか、信夫である。今日もルーズな恰好をし、手にはコンビニの袋を提げ、ブラブラと揺らしている。

「あー、暑いねえ……知ってた？　今日の東京は那覇《なは》より暑いんだって。あり得ないよ、もう……お、栄子さん、ご無沙汰。まだ隼人の子守してくれてんだ、ありがとうねえ」

夏空の下、庭は明るい。のらくらと喋る信夫の短く強い影ができていた。

「洗脳とはどういう意味ですか？」

私が聞くと「えーと、ブレイン……」と小首を傾げる。その芝居がかった仕草にイラッときたが、抑える。

「言葉の意味は知っています。ハヤトが洗脳されていた、と言いたいのでしょうか？」

「さすが、アンソニー先生。そうそう、そういう意味。隼人はさあ、あの時代錯誤なジイサンに洗脳されちゃったんだよ。うわー、なんかここにいると溶けそう」

「それはハヤトにも先代にも、失礼なのでは」

「なにが？　あ、洗脳？　言い過ぎ？　じゃあ脅迫？　でなきゃ呪いかな。ウン、呪いがしっくりくるかもねえ。さしずめ、ジイサンは悪い魔法使いだ。そいつに隼人は呪いをかけられちゃったんだよ。あれぇ、もしかしてかき氷食べてた？　いいなあ。あのシャカシャカするやつ、まだあんだ？　だがしかーし、俺はこれ！」

信夫が袋から缶ビールを取り出した。プルトップを上げると、プシッと炭酸の爆ぜる音と同時に、泡が溢れ出す。

「おおっと」

シャツが濡れたのも構わず、信夫はうまそうにビールを飲む。仰《の》け反った喉が筋張っている。ポッポポツと、庭石にビールの水滴が落ちて模様を作った。それを見ながら、私は苦々しい気分になっていた。

「確かに、先代はハヤトが武士になることを強く望んだでしょうが……孫の将来を期待し、夢を託したからと言って、悪いとは限りません。それは一般的なことです」

「一般的？　そうかなあ？」

手にもかかったビールをピッピッと払いのけ、信夫は眩しげに目を細くした。

「あいつの父親、つまり俺の兄貴ね。これがまあ、礼儀正しい優等生でねえ。ジイサン自慢の息子だったんだよ。なー、栄子さん？」

この問いかけに、栄子は答えなかった。親戚である彼女は、当然隼人の両親について知っているのだ。知っているが、私には語らなかった。それはもちろん、隼人のプライバシーに関することだからだろう。

「ハヤトの家族のことは、ハヤトから聞きますので」

だからあんたは黙ってろ……と言いたかったわけだが、信夫は「やだな〜、俺は俺の兄貴の話をしてるだけだぜ〜？」と面白がるように私を見る。

「それがいかんってことはないだろ？　兄貴は頭がよくて、性格もよくて、でも身体は丈夫じゃなかった。生まれつきのもんで、根本的な治療法はなくて、そう簡単に死ぬようなことはないけど、無理のない生活をしましょうね……みたいな感じだな。成人したらよくなるかも、って医者は言ってたらしい。でもジイサンのために、兄貴は頑張ってた。無理して剣道もやってたんだぜ。健気《けなげ》だよねえ。ところが高校ン時の試合中、発作で倒れてさ。さすがにジイサンも剣道はやめていいって言ったんだけど、武士のほうは諦めきれなかったんだな。焦らなくていい、いつか身体が丈夫になったら、武士登録をすればいい……兄貴がぐったりして、点滴受けてる横でだぜ？　俺はまだガキだったけど、よく覚えてる。ははは、あの時の、兄貴の顔ときたら……」

ふと、信夫は言葉を止める。陽光の下で見ると、この人は痩せすぎだし、顔色も悪い。

「まあ、その後は大きな発作もなくてさ！　兄貴はずーっと頭がよかったから、地方の国立大学に入学した。東京の大学も受けたけど、そっちは落ちちゃってね。身体の調子も悪くはなかったし、学生寮に入ることになって、ここを出ていった。で！」

信夫がビールを掲げる。ゴクゴク飲んだあと、派手なげっぷをして「失礼」と笑い、

「連絡が取れなくなった。つまり、逃げた」

そう続けた。

「……逃げた？」

「手紙も来ない。電話にも出ない。心配したジイサンが学生寮まで行ったけど、なんとそこにも住んでない。大学も辞めてた。忽然《こつぜん》と消えたわけ」

「なぜそんな……」

「あはは、なぜって、そりゃあ決まってんだろ」

信夫はふらつきながら、軒下の日陰までやってきた。腰掛けている私のすぐ前まで辿り着くと、こちらを見下ろし、笑う。

「いやだったんだよ、この家が」

信夫が笑っているのは、口元だけだった。

「逃げずにはいられないほど、いやだったんだ」

その目からはほとんど感情が読み取れず、本心が見えなくて——ああ、そうだ。なんてことだ。隼人と似ている。

「東京の大学にはわざと落ちたんだろうなあ。ぜんぶ、計画してたんだと思う。親戚に、

兄貴の味方がひとりだけいてね。手を貸してくれたはずだ。兄貴はこの家と縁を切ったわけだよ。俺たちは兄貴が結婚したことも、息子が生まれたことも知らなかった。……身体を壊して、ここに帰ってくるまではな」

私は信夫を見上げていた。

栄子はなにも喋らず、まるでいないかのように静かだった。

「なんと十二年ぶりに、妻子を連れてのご帰還だ！　もちろんジイサンは怒った。そりゃもう、カンカンだよ～。自分を裏切った息子を許せるはずがないよなあ。兄貴を信じていただけに、反動がすごいわけよ。とはいえ、兄貴はずいぶん痩せて、見るからに具合が悪そうなわけ。おまけに孫を連れていた。俺は当時、もうほとんど家に寄りつかなかったから、その場で見たわけじゃないけど……言ったかもな？　兄貴は言ったんじゃないかと思うのよ。『きっとこの子が武士になってくれます』ってね。この時、隼人は二歳」

指で二を示す形を作り、突き出す。

「結局、ジイサンは兄貴たちを受け入れた」

信夫のピースサインが、私の目の前でゆらゆらと振られる。

「そりゃもう隼人を可愛がり、熱心に育てた。二歳から武士英才教育のスタートだ。六年後、兄貴は死んだ。さらに三年くらいして、母親が出ていった。無理もねえ。あの人にとって、ここの居心地は最悪だったんだと思うぜ。隼人は、えーと、十歳か。ここに残されて、ジイサンバアサンと暮らすことになる。ジイサンは毎日言う。立派な武士になれ、父親にはできなかったが、おまえにはできる。母親はおまえを置いていったが、問題ない。

8

雨に叫べば

武士はそんなことでは泣かない。なあ、こういうの、呪いって言わないか?」

私は答えることができなかった。そうかもしれないと、思ってしまったからだ。

「この家にさあ、呪いがかかってんだよ」

信夫は飲みきったビール缶を濡れ縁にコンッと置くと、くるりと踵を返し、奇妙なステップで陽光の庭に戻る。

「武士になれない男はいらん、っていう呪い! 憐れな隼人は、二歳で呪いにかかったまま、いまだに解放されてない! ひゃほう! マジ暑いな! 地球温暖化!」

日向《ひなた》の真ん中で、信夫はコンビニ袋から新しいビール缶を出す。

私は混乱していた。

突然知らされた隼人の過去を、どう受け取っていいのかわからない。信夫の言葉を鵜呑《うの》みにするべきではないにしろ、父の死や、母が出ていったことは事実なのだろう。この家に両親の写真が一切ないことが、それを裏付けて………。

「よーし、二本目、いきまー……うわッ!」

プルトップに指を掛けた信夫が、突然小さく跳躍した。

きらきらと、小さな粒が……水に反射した陽光が輝く。

信夫はそれを避けようと跳ねながら「なんだよっ、おいっ、やめろっ、冷たいってば!」と叫ぶ。庭の隅には水道が設置されており、そこに隼人が立っていた。剣道着姿で、いつもどおりの無表情で、ホースを手にして、かなりの水圧で。

「隼人ッ! やめなさいって!」

「叔父上、本日も暑うございますな」

「いいかげんに……うわぷっ！」

怒鳴ろうとしたところで、顔に水がもろにかかった。

「こう暑いと、まめに水撒《ま》きをいたしませぬと」

「隼人さーん。ミニトマトのあたりもよろしくねー」

押し黙っていた栄子が、ようやく声を上げる。隼人は「承った」と真面目に答える。いちいち真面目すぎて、むしろふざけているのではないかと思うほどだ。

水はいまだ信夫を狙ったままで、今度は焦点を缶ビールに絞った。見事に命中し、信夫は缶ビールを取り落とし「ああっ」と情けない声を上げた。コンビニ袋も水圧で飛び、中から柿の種のパッケージが飛び出す。

「あ。見て、アンソニー」

栄子が指をさす。

伊能家の庭に、小さな虹が現れていた。


突然現れた男は、消えるのも突然だった。

今朝まで信夫はいたはずだ。彼の寝泊まりしている客間から、冷房を必要以上に効かせた冷たい空気が漏れ出ていたし、気配もあった。

8

雨に叫べば

私は所用で九時過ぎに伊能家を出て、夕方に戻った。その時には、相変わらず設定温度の低すぎるエアコンをかけたまま、しかも襖は開け放たれ、廊下までよく冷やして――信夫の姿は消えていた。荷物とともに。

ほかにも、消えていたものがある。

「……ハヤト。これは……」

「…………」

隼人は黙ったまま、じっと刀簞笥を見ていた。日本刀を保管する専用の桐簞笥で、鍵もついていた。だが解錠され、鍵は簞笥の上に載っていた。信夫がわざとそこに置いたのだろう、まるで嘲笑《あざわら》うかのように。

「……鍵の在処《ありか》を見つけられてしまったようです」

「納戸の金庫にしまってあったのでは？」

「叔父は金庫の番号を知っていますゆえ、別の場所に隠したのですが……どうやらこの数日、我々が留守のあいだに探しまくっていたようですな」

「どこに隠していたのです？」

「糠床《ぬかどこ》です」

あそこか！

日本のピクルスを作るための、独特のにおいを放つ、不思議な土のような……いや、土ではなくライスブランなのだが、とにかくその中である。

「叔父は糠漬けが嫌いなので、よい場所かと思ったのですが……敵も然《さ》る者……」

「もしかして感心してますか？　そんな場合じゃないでしょう。ここにあった刀は、伊能家の家宝だというのに……警察に届けたほうがいいのでは」

いいえ、と隼人は答えた。そして畳に膝をつけ、開けっぱなしだった四段の引き出しを、丁寧に一段ずつ閉めながら、「叔父は戻ってくると思いまする」と言う。

その声はあまりに落ち着いていて、なぜと問うことがためらわれた。

叔父と甥の関係は、私が考えている以上に複雑なのかもしれない。いや、血縁のあいだにあるものは、血縁であるがゆえに、いつだって複雑に決まっている。

その午後から、強い雨となった。

日本では夏から秋にかけて、台風が多いそうだ。日本家屋にはアマドと呼ばれるスライド式のシャッターがあり、強い風雨の時にはこれを閉める。さらに、普段は外に出ている自転車、鉢植え、庭道具など、強風で飛ばされそうなものは、玄関内など安全な所に移動させておく。また、水が流れ入ってくる可能性がある場所……たとえば半地下になっている駐車スペースなど、そういうところには土嚢《sand bags》を積んでおく必要もあるようだ。

栄子が来るはずの日だったが、休みになった。彼女はスクーターを使っているので、この天候では危険だ。

夕刻、雨足はいっそうの強さになっていた。

隼人は地域の高齢者宅を回り、注意喚起をしたり、必要ならば土嚢を配ったりと、一日駆け回っていた。強い雨なので、さすがに和装ではなく、スポーツウェアの上にレインコートを着ての活動だ。

8

雨に叫べば

私も買い出しを頼まれた。台風による強風は、しばしば停電を引き起こす。伊能家はあまりインスタント食品を置いていないので、二日分ほどの簡易な食べ物を買っておいた。この時とばかり、気になっていたカップ麺を買いこむ。日本のカップ麺のクオリティとバラエティは素晴らしい。懐中電灯《torch》用のバッテリーも購入しておく。

スーパーからの帰り道、風雨はかなり暴力的になっており、私は何度もレインコートのフードを飛ばされた。

隼人が戻ったのは、夜九時前だ。

幸い、この地域に停電はなかったが、嵐はやんでいない。全身水に浸かったようになっていた隼人は、さすがに疲労を見せ、風呂から上がると、茶の間に座り込んでしまった。まだ髪は湿っていて、ドライヤーを使う気力もなかったらしい。それでも、私が作ったカップ麺を食べる前には、ちゃんと手を合わせて「いただきます」と言った。隼人はしょうゆ味、私はトンコツをチョイスした。

茶の間のテレビでニュースをチェックすると、公共交通機関の一部が運休になったと告げている。都内の道路が冠水する映像も流れていた。

「明日には収まるでしょうか……」

「そう願います。予報では、明け方には雨もやむらしく」

「それまでに大きな被害が出ないといいですね」

隼人は大きく頷き、カップ麺を啜る。空腹だったのか、スープまで全部飲みきり、広い額に少し汗が浮いていた。

日本人は肌理《きめ》の細かい人が多いと思うのだが、隼人もそうだ。とくにこうした風呂上がりなど、本当につるんと綺麗な肌である。若さとはいいものだと、四十過ぎの私はしみじみ思ってしまう。

「……アイスはあったでござろうか……」

そして若者はアイスクリームが好きである。

「あったと思います。雪見だいふくと、ガリガリ君が」

中年イギリス人もアイスが好きだ。雪見だいふくはとくに。

「停電になったら、溶けてしまいますな」

「そうですね。もったいないですね」

これは本当であり、嘘でもある。冷凍庫内に冷凍品が詰まっている場合は、互いが冷却剤の役割を果たすので、そう簡単には溶けないらしい。恐らく隼人も知っている。我々は単にアイスを食べたいだけだ。

「食べましょう」

ふたり同時に、すっくと立ち上がったその時である。

ブラックアウトした。

いきなり真っ暗だ。目が闇になれず、自分の手も見えない。

「危のうござる。まずは座ったほうが」

隼人の声がして、私はそれに従った。座った状態で、それぞれのスマホを手探りで探し、ほどなく見つける。茶の間にポゥとふたつの明かりが生まれた。

8

雨に叫べば

隼人はその明かりを頼りに、茶簞笥の開きから懐中電灯を取り出した。

それを持って、廊下に出る。

私もなにか手伝おうと、ついていった。外の様子を確認するため、庭に面した雨戸を少しだけ開ける。途端に強く生温《なまぬる》い風と、雨が吹き込んできた。顔にあたる雨を拭いつつ、目をこらす。一帯が暗い。

「町内はほとんど停電しておりますな……」

重い雨戸を再び閉め、隼人は浴衣の袖で顔を拭いた。

「しばらく待機いたしましょう。長引かなければ、さほど問題はござりませぬ。納戸にランタンがありますので、それを出……」

ドシン、と雨戸になにかぶつかった。

風でなにかが飛んできて、衝突したのだろうか。それにしては低く、重い音だった気がする。ちょうど、人が体当たりしてきたかのような――。

ドン、ドンッ、ドンッ。雨戸が続けざまに叩かれている。

隼人は黙り、私に懐中電灯を渡した。

そして雨戸に再び手を掛ける。私はそこを照らす。

予感はあった。隼人も言っていた、戻ってくると。なぜそう思うのか理由は聞かなかったが、彼がそう言うのならばそうなのだろうと思っていた。

それにしても、こんな嵐の夜でなくてもいいだろうに――本当に厄介な人だ。

隼人は雨戸を一枚ぶん開け放った。

濡れ縁越しに、さっきより激しく風雨が吹き込んでくる。

「おいおいおい〜」

信夫はやっぱり笑っていた。

懐中電灯に照らされ、目を細めた笑みの上、雨が流れを作っている。

「参ったな〜。やられたよ〜」

灯りをめぐらせると、その右手に握られているものが照らし出された。私は顔をしかめる。以前、隼人が教えてくれた白鞘……拵のない、日本刀だ。

「可愛くて素直だった甥っ子が、ずるい大人に育って、叔父さんはほんとガッカリですよ。……ったく、武士なんてろくなもんじゃないよなあ？　まあとりあえず、入れてくれ」

「お断りいたしまする」

濡れ縁に上がり、屋内へ入ろうとした信夫の肩を押し返し、隼人ははっきりと拒絶した。

「いやいや、ふざけてる余裕ないんだよ。雨が痛いほどなの」

「お引き取り下さい」

「ここは俺んちだろうが」

「もはや然《さ》に非《あら》ず。骨董の類、お祖母《ばあ》様の古い貴金属、引き出しの中の現金……そこまでは見て見ぬふりをして参りました。けれど叔父上は、とうとう刀簞笥に手をつけてしまわれた」

「だって、ほかに金目のもんがなかったし。……けど、まんまと騙された」

信夫は白鞘を挙げ、頰を歪ませる。笑っているのか怒っているのか、よくわからない。

8
雨に叫べば

隼人に近づき、「本物の長船はどうしたよ？」と問う。目がとろんとし、酒臭い息も感じられた。飲んだ勢いで、ここまでやってきたのだろうか。

「信頼できる方に預けました」

「偽物が入ってんのに、わざわざ鍵を糠床に隠すとはねえ」

……偽物？

はたと、私は思いつく。

数日前、誠が再び訪れたのだ。玄関先で話しただけなのだが、例のちょっと錆びてしまった刀を、研ぎ師に預けに行くのだと言っていた。隼人と連れ立って出かけ、その時隼人も一本……ではなく、一口《ひとふり》の刀を手にしていた。

あれが、本物だったのではないだろうか。

研ぎ師は貴重な刀をいくつも預かるので、刀用の金庫を持っているとも聞く。つまり隼人は叔父が貴重な刀を盗み出すことを予見し、対策を取っていたのだ。

「おまえは俺を試したんだろ？　泥棒かどうか、試したわけだよ。はいはい、俺は泥棒でした〜。警察でもなんでも呼べばいい。けどなあ、隼人。仮にも血縁の俺を、叔父を、試すってのはどうなんだろうなあ。卑怯だよなあ。武士の風上にもおけねえ」

ふっ、と隼人が笑った。

私の懐中電灯は信夫のほうを照らしていたので、その顔を見たわけではない。それでも、ニュアンスは伝わってきた。

明らかに嘲笑であり、そんなふうに笑う隼人を私は知らなかった。

「叔父上に武士のなにが語れると？」

「おまえ……」

「そもそも、叔父上は確認なさらなかったので？　白鞘から抜けば、それが居合の稽古用だとおわかりになったかと。さすれば、そのまま元の場所に戻せたはずです。……ああ、もしや、見てもおわかりにならなかった？　わからぬまま、しめしめと、おおかた不正な品物を扱う業者にでも持っていき、突き返されたのでしょうか？　これは笑止。まさしく笑止千万。愚かにも程がありましょう」

「この野郎」

信夫の顔から、不自然な笑みが消え失せる。

隼人の浴衣の衿を摑んで凄んだが、それも一瞬のことだった。隼人は衿を摑まれたまま、身体を引くことなく、逆にズンと前に出た。濡れ縁に踏み込み、さらに進む。

「う、うわっ」

信夫は押される形になり、後ろ向きのまま強引に庭に下ろされる。靴脱ぎ石を踏み損ね、身体のバランスを大きく崩してベシャリと尻餅をついた。落とした白鞘が石にあたる、カツンという音は、雨の中で小さい。

「ははっ、なんだよ、これ。ひでえな」

土砂降りの庭、信夫は泥の上に座り込んだまま、立とうとしない。酔いが足に回っているのだろうか。隼人はその前に立っていた。裸足のままだ。

強い雨がふたりに降っている。

8

雨に叫べば

降っているというより――打ち据えている。

「こちらは返していただきます」

身を屈め、白鞘を拾う。

「ひでえなあ」

信夫はまた同じことを言った。

「笑えるほどひでえわ。女に逃げられて、いよいよ金がなくて、卑屈にへらへらしながら実家に入り込んで、くせえ糠床に手ぇ突っ込んでようやく鍵ゲット、うきうき気分で長船を盗み出したら偽モンで、まんまと甥っ子に塡《は》められた悔しさで安酒あおって、その勢いで文句くらい言ってやろうと思ったら、この素敵な天気だよ！　ずぶ濡れんなって、自分ちの庭で説教されてる。死んだ兄貴の息子からな。なにがひでえって、俺はちゃんとわかってんだよ、自分が最低の野郎だってわかってる。そこがもう、救いようもなくひでえ。なあ、アンソニーさん、あんただってそう思うだろ？」

突然の問いかけに、やや困惑する。

確かに最低だなと思うが、本人がもう自覚しているなら、他人がそれ以上言っても意味はないだろうし――人を貶《けな》していやな気分になるのもご免だった。廊下に立ち尽くしている私も、降りかかる雨でずいぶん濡れている。

「もはやこれまで」

隼人が言った。

「武士の魂たる刀を売り払おうなどという者を、自今《じこん》叔父とは思いませぬ。お引き取りを。

当家の敷居を跨《また》ぐこと、二度とあいなりませぬ」

「ああ、そぉ」

ようやく、信夫は立ち上がる。

暗いだけの空を見上げ、雨で顔を洗うようにし、次には大きく伸びをし、腰を反らせ、

「わーかーりーまーしーた！」とふざけるように叫んだ。そして身体を戻すと、今度は「あははははははは！」と笑い出す。ひどく耳障りな声笑いだった。

「来るかよ！　二度と来るか！　わかってたさ、おまえはそういう奴だ。冷たいんだ。なにが武士の魂だ。おまえなんか、魂も心もねえじゃねえか。自分勝手で、冷酷で、外面ばっかよくて、いい子ちゃんのふりした偽善者じゃねえか！」

……彼はいったいなにを言っている？

私の中で、なにかがプツンと切れた。

大股で、庭へと下りる。

靴脱ぎ石に雨に打たれたサンダルがあったが、それを履くことすらなく、裸足のままでべちゃべちゃと芝を踏んだ。感情を制御するのは脳の中でも前頭葉の役割と聞くが、この瞬間、私の前頭葉は仕事を放り投げてしまったらしい。それで構わない。なにも言わずに立っている隼人の代わりに、今、私がキレる必要がある。

「いいかげんにしたらどうです？」

信夫の顔にライトを当て、言った。信夫は眩しそうに顔を歪める。

ひどい雨に全身を叩かれたが、そんなことは気にならないほど、私は腹が立っていた。

8

雨に叫べば

それでも怒鳴らなかったのは、この男にぶつける感情を日本語に変換する必要があったからだ。翻訳に必要な冷静さだけは残しておかねばならなかった。

「みっともない。誰が自分勝手ですって？　自分勝手というのは、自分が金に困った時だけやってきては、家の中のものを持ち出して金に換え、対策を講じられると逆ギレして台風の中を戻り、馬鹿みたいに喚《わめ》き出す、あなたのような人を言うんですよ」

私の言葉に、信夫はうっとうしそうに「他人は黙ってろよ」と返した。

「そのとおり。私は他人ですが、黙っていません」

「うぜえなあ。ただの居候だろ？　外国での家族ごっこがそんなに楽しいか？　ジャパンでサムライと仲良くなりました、オー、ハラキリ、ファンタスティック！　って、帰ってから自慢したいのかよ？」

「……あなたという人は……」

「叔父上、お引き取りください」

私の背中ごしに、隼人が再度言う。

「はいはいはいはい、帰りますよ」

信夫の口調が、人を小馬鹿にしたいつもの調子に戻った。

「安心しなよ、もう来ない。もともと来たくて来てたわけじゃないしな」

信夫は顎を上げ、雨に打たれる日本家屋を見る。その時、ふいに明かりが点いた。電力が復旧したのだ。廊下の照明が庭にも届き、降りしきる雨を光らせる。

私は懐中電灯を消した。

信夫の顔は歪み、生まれ育った家を懐かしんでいるようには見えない。

「ここが嫌いだ」

そのセリフがもし、吐き捨てられる口調だったならば、勢い任せの負け惜しみに聞こえただろう。けれど信夫の声は雨の喧噪《けんそう》の中、かろうじて聞き取れる程度のもので、だからこそむしろ、真実味を帯びていた。

「大嫌いだ。だからさっさと出ていった。それを悔やんだことはない。ほんとだぜ。金もないが、後悔もないんだよ。隼人。俺は何度も言ったよな？　早くここを出ろって。ジジイのことなんかいいから、逃げろって」

逃げろ——その言葉に、私はどうしても思い出してしまう。

隼人が、武士としてとても厳しく教育されていたことを。それは虐待といえるほどの躾だったことを。

「でもおまえは逃げなかった。武士だからなのか、思考停止ってやつだったのか、俺にはわからんけどな。本当におまえはわからん。いったいなにを考えてるやら……そういうところは兄貴にそっくりだよ。ジイサンの言うなりに育って、突然消えて、なのにまた戻ってきた兄貴にな。まあ、けど、おまえはある意味兄貴を超えたよな。ジイサンに従いながら、ジイサンを嫌ってた兄貴を超えたよ。だっておまえはジイサンを——」

雨が強すぎる。

だから私は聞き違えたのだと思う。

きっとそうだ。そうに決まっている。

8

雨に叫べば

私は振り向き、隼人を見る。隼人はなにも言わない。ただ立っている。白鞘の刀を手に、雨に打たれている。

白っぽい浴衣に、廊下の明かりが届いて、濡れそぼった幽霊のようだ。顔も見えたが、その目がどこを見ているのかはわからない。

「ハヤト」

声をかけたが、反応もない。

叔父を見ているのだろうかと再び振り返ると、信夫の姿はもう消えていた。

雨はやまない。

どうしようもなくやまない。

ほかのすべての音を、声を、消したいかのようにやまない。

だっておまえはジイサンを――殺したんだから。

聞き違いだ。絶対にそうだ。いくら信夫でも、そんなことを言うはずがない。そんな、馬鹿らしく、突拍子もないことを。

「……いかにも」

もう信夫はいないのに、隼人は返事をした。

さっきまで叔父がいた虚空を見つめ、彼は言った。

それがしが弑《しい》したのです、と。

9 再び、未知との遭遇

「殺してない殺してない」

ぬちぬちと、糠床をかき混ぜながら栄子が言った。

私はそこから数歩離れた位置で「ですよね」と胸を撫で下ろす。

「もちろんあり得ないと思っていたのですが……。なにしろハヤトはそれきりろくに顔を見せませんし、話が話だけに、こちらから聞くこともできなくて」

「台風の日……ってことは、一週間くらい前だよね」

「はい」

「それ以来、閉じ籠《こ》もり？」

「部屋からほとんど出てきません」

栄子は糠床の表面を丁寧に均《なら》しつつ「でも糠床は混ぜてたのか……」と呟く。

「わかるのですか？」

「糠床は生き物だからね、夏場は毎日混ぜてないと悪くなっちゃうの。あたしがここに来るの久々だけど、こうして無事。隼人さんが夜中にやってたんだと思う」

独特なにおいがキッチンに漂い、私の鼻にも届く。

このにおいはまだ苦手だが、最近、少しずつ糠漬けの美味しさがわかるようになってきた。日本の暑い夏、しっかりと塩みのあるキュウリはよいものだ。だがナスはまだ厳しい。時々、スポンジのような食感になっているのが苦手だ。

「食事も夜中にしているようです。シンクに痕跡だけありますから」

「……もう大丈夫だと思ってたんだけどなあ……」

「以前にもこんなことが？」

「先代が亡くなったあと、かなり不安定でね」

栄子はシンク前に移動し、手を洗いながら語り出した。

「べつに隠してたわけじゃないんだけど、ほら、前にもちょっと言ったように、隼人さんはこの頃のことを話したがらなくて……。この際だから説明すると、先代はこの家で息を引き取ったのね。その半年前くらいから入院してたんだけど……病院側から一時帰宅を提案されたんだ。残された時間はそう多くないだろうから、今のうちに、自宅で過ごしますか、って。本人も帰りたいってずっと言ってて……」

栄子は懸念したそうだ。祖父が戻ることで、隼人の負担が大きくなるのは明らかだったからである。

「隼人さんはずっと先代の介護をしてた話は、もうしたよね。十九の時からだから……五年、か。長いよね。正直、先代が入院になった時、あたしは少しほっとしたくらいだもん。病気だけじゃなく、認知症も出てたし……隼人さんひとりで看《み》るのは大変すぎるよ」

それでも、隼人は大丈夫だと言い張り、祖父を自宅に戻したそうだ。

「隼人さんがそう言う以上、あたしもあんまり口を出せなくて……炊事なんかは手伝ったけど、先代のことは、全部自分がするからって」

先代が隼人以外の介護を嫌がったというのも、理由のひとつらしい。在宅医療の支援は入っていたが、それでも大変だったはずだと栄子は話してくれた。時々、奥の部屋から、隼人を罵る怒鳴り声が聞こえてきたそうだ。認知症患者は怒りのコントロールが難しくなるケースも多い。

「先代が家に戻って、三週間くらいした頃かな。隼人さんがちょっと目を離した隙に……息を引き取ってしまって」

「ハヤトはそれを気にしているのですね？」

「責任感じてるんだと思う。そんなの隼人さんのせいじゃないのに。しかも、間の悪いことに、その日に信夫さんがたまたま来てたんだよねえ……」

いつもより元気のない栄子の声が、蛇口から水の流れる音と重なる。

実家に寄りつかない信夫だったが、先代の容態が深刻化してからは、顔を見せる頻度が上がったという。折り合いが悪かったにしろ、やはり肉親である父への情なのか、あるいは遺産相続が気になったのか……いずれにしても、先代が亡くなった日も伊能家にやってきたのだ。

「家の中に隼人さんの姿はなくて……信夫さんが先代の部屋に入ったら」

すでに息がなかったという。

「確かに、あの日隼人さんが家にいて、急変に気がついてたら……もう一日か、数日か、先代は生きてたかもしれない。意識はないまま、人工呼吸器に繋がれたりして。でも先代がそれを望んだかどうかわからないし……どっちにしても、誰のせいでもないんだよ」

私は「そうですね」と返した。

「ハヤトのせいではない。……けれど、本人はそう思っていない」

「うん。何度も言ったんだけど」

キュッ、と蛇口を締める音がする。

青海波《せいがいは》柄の手ぬぐいで、栄子は手を拭いた。シンク上の小窓を開けると、夏の風が少し入ってくる。今日もよく晴れて、暑い。ちりんと聞こえたのは、縁側にかかっている風鈴だ。最近、チャコールグレーの猫をあまり見ない。あまりの暑さに、どこかの日陰で昼寝でもしているのだろうか。

あなたのせいではない、あなたは悪くない。

優しい栄子は、粘り強く繰り返したことだろう。そして隼人は頷いたかもしれない。わかったと答えたかもしれない。わかっていなくとも、そう答えたかもしれない。

誰かが自分を責めたなら、その誰かから逃げればいい。けれど責め苛《さいな》むのが自分自身の時、逃げ場は失われる。身体の内側から、もうひとりの自分がずっと殴り続けてくるようなものだ。どうやって止めればいいのかなど、わからない。

「……ったく、あのオッサン、よりによってそんな捨て台詞《ぜりふ》吐くなんて」

あのオッサンとは、言わずもがな信夫のことだ。

——だっておまえはジイサンを殺したんだから。

隼人に罵られたことがよほど悔しかったのか、あるいは親孝行できなかった自分への歪んだ罪悪感なのか……いずれにしても、ひどい捨て台詞だ。

「隼人さん、お葬式の時はしっかりしてた。落ち着いてて、涙も見せなくて、弔問客全員に丁寧に接して。でも初七日《しょなのか》がすんだ頃から、だんだん塞ぎ込むようになって……そうかと思うと、急に活動的になって、剣道や居合に打ち込んで、しばらくするとまた落ち込む……その繰り返し。見てるこっちがハラハラしたよ」

栄子は以前、週に一度来ていたそうだ。けれど隼人の状態が懸念されたため、その頃から来訪を増やしたと語る。

「まあ、家政婦というより、親戚としてのヘルプだよね。あたしが食事の管理して、ヨリや、まこっちゃんもよく訪ねてきてくれて、隼人さんが塞ぎ込むことは少しずつ減っていって……だいぶ安定したかな、って頃に、アンソニーの受け入れについて打診が来たの。隼人さんに相談されて、落ち着いた英国紳士って聞いたから、いいんじゃないかなって」

「なるほど……そこでエイコがノーと言ったら、私は来られなかったんですね」

「かもね。ふふ、本物のジェントルマン、見てみたかったんだ」

「コリン・ファース似じゃなくてすみません」

「そんな人来たら気絶しちゃうでしょ！」

栄子が悪戯っぽく笑うのを見ると、いくらか和やかな気持ちになれる。

「アンソニーでよかったよ、ほんと。隼人さんも、最初は緊張してたけど……」

「え。緊張してたんですか」

「してたしてた。若干パニクって、いきなり五右衛門風呂焚いてたじゃん」

あれは緊張ゆえだったのかと、今になって知る。

「でも、わりと早く慣れたね。アンソニーとは馬が合うって嬉しそうだった。家の中に、人の気配がするのはいいものだって」

「そんなこと、私は一度も聞いていませんが……」

「言わないよ。隼人さんだもん」

そうだった。隼人はそういうことを口にしない。

「大事なこと言わないんだよねー、あの子。言わないっていうか、言えないんだろうな。武士たる者、喜怒哀楽を出すな、って躾けられてたみたいだし」

「私の実家もそういう傾向がありましたね」

「あー、英国紳士もクールなイメージあるよね」

「もちろん陽気な人もたくさんいますが、父は忍耐と理性を重んじるタイプでしたから」

「まあ、クール属性、嫌いじゃないけどね？　でも程度問題でしょ。楽しい時は笑ったらいいんだよ。そんで、悲しかったら泣く。感情を隠しすぎると、自分で自分を見失っちゃう。自分がわからなくなるのは、怖いことだもん」

私は頷いた。自分を見失うことは、自分と世界の繋がりを見失うことでもある。その糸が一度切れてしまうと、再び手繰り寄せるのは容易ではない。

「アンソニーに、自分の生活《サムライライフ》を教えることも、すごく楽しんでたんだと思うんだ。それがこんなことになってるとは……あたしがもっと早く来れればよかったんだけど……」

9

再び、未知との遭遇

「仕方ないですよ。エイコのお母さんはもう大丈夫なんですか？」

「うん、検査も異常なくて、無事退院しました」

過日の台風で栄子の母親は転倒し、頭部を打ってしまったのだ。高齢でもあるので、念のために検査入院していたそうである。

隼人は現在、ほとんど部屋に籠もっている。

あれほど規則正しい生活を送っていたというのに、この一週間、日中はまず姿を見せない。私も数度、部屋を覗き、声をかけてみたのだが……体調が優れない、の一点張りだ。敷きっぱなしの布団を被り、顔も見せない。剣道教室も休みにしているらしい。

「隼人さんの好きなキュウリ、ちょうどよく漬かってるのに……」

栄子が言いながら、洗ったばかりのキュウリの糠漬けを丸ごとボリボリと齧ったところで、玄関の呼び鈴が鳴った。その音と重なって「のもぉ〜」という声が聞こえる。

のもぉ？

子供のような声だった。なんだろうと思いながら、私は玄関に向かう。格子の引き戸には磨《す》りガラスが嵌《は》まっていて、その向こうで大小の影が会話をしていた。

「ほら、もっと大きく言ってごらん」

「た、たのもぉ！」

大人の声には聞き覚えがあった。

私が「はい」と返事をしながら引き戸を開けると、着流しに二本差しの宇都宮誠が明るい笑顔を見せる。

その横に、女の子がひとり立っていた。

剣道着姿で、髪をポニーテールにし、つるんとしたおでこを見せた可愛い子だ。十歳くらいだろうか。びっくりした様子で、目を見開いてこちらを見上げていた。

「ハ……ハロー……？」

「はい、こんにちは」

日本語で答えた私に、女の子は何度か瞬きをする。誠が「この人に聞いてごらん」と促すと、覚悟を決めたように息を吸い、「お、おたのもうします」と言う。

「はい。なんでしょう」

「こちら、伊能長左衛門隼人様のお屋敷とお見受けいたします」

高く瑞々しい声が、武士の言葉を口にした。私は微笑ましく感じながら「そのとおりです」と答える。

「ご当主は、いらっしゃいますでしょうか」

「……ええとですね……」

いるにはいるが、玄関先に出てくるとは思えない。私の戸惑いに気づいた誠が「あれ、隼人は留守ですか」と聞く。私は誠に目配せして、先に玄関内に入ってもらった。

「いるのですが、ちょっと調子が悪く……」

「……もしや、心の調子のほう？」

声が小さくなる。かつてのことを承知の誠は、事情を察してくれたらしい。栄子もキッチンから出てきて「そうなの」と答えた。

9

再び、未知との遭遇

「部屋に籠もって、もう一週間なんだって」

「長いな……」

「長いのよ。なんか女の子の声してたけど?」

「ああ、俺の連れではないのです。玄関の前で、じっと立ち尽くしてたので、声をかけました。隼人に剣道を習ってる子でしょうか？」

どうかな、と栄子がサンダルをつっかける。女の子が私たちを見て、再び緊張の面持ちとなった。栄子が気さくな調子で「こんにちは〜。あたしはここの家政婦さんだよ」と声をかけた。

「隼人先生の、剣道教室の子かな？」

いいえ、と女の子ははっきりと答えた。そして、

「突然の来訪、平にご容赦くださりませ。手前、ご当主と面識はございませぬが、折り入ってお願いしたい儀があり、参上仕《つかまつ》りました」

大人三人が「おお」と感心した。隼人なみの武士ランゲッジの遣い手である。栄子は少女の背負っているバックパック、さらに傍らに置いてある小振りなカートを見て「もしかして遠くから来た？」と聞く。

「はい。夏休みになり、ようやく東京へ来ること叶いました」

「そうなんだ。どこから？」

「北海道です」

大人三人が言葉を失った。私も北海道の位置くらいはわかっている。予想以上の遠さだ。

「え……ひとりで来たのかい？」

誠が聞くと少女は頷き、

「ご心配には及びませぬ。東京には親戚がおりますゆえ、何度か来ておりますし、道に迷ったならば、これもございます」

とスマホを取り出して見せた。さすがデジタルネイティブ。

「あの……お目通り、叶いませぬでしょうか」

「ぜひ会わせてあげたいんだけど……ええとね、ご当主はちょっと体調が悪くて……。あ、そうだ。まだ名前聞いてなかったね？」

栄子が聞くと「これは不覚！」と慌てて頭を下げる。そして再び顔を上げると、

「手前、橘《たちばな》ルリ、と申しまする」

ルリちゃん、か。可愛らしい名前である。

栄子はしばし考えていたようだが、やがて「うん」と決心したように顔を上げ、

「会わせてあげます」

と言い切った。私と誠がほぼ同時に栄子を見る。無言のまま視線で（今の隼人に会わせのは、無茶では）と訴えたわけだ。そもそも部屋から出てきてくれないだろう。しかし栄子は「さあ、どうぞどうぞ」とルリを家の中に招き入れてしまう。なにかしら考えがあるのだろうと、私と誠はそれを見守ることにした。

「マコトさんも、ハヤトに用事があったのでは？」

「ああ、披露宴のことで相談が……どうやらそれどころじゃなさそうです」

「今は難しいかもしれませんね……あれ、あのふたりは……」

私は誠を客間に通したのだが、栄子とルリは現れない。玄関前の廊下には、ルリの荷物が置いてある。

と、声が聞こえてきた。

「わざわざ北海道から来てくれたんだよ！」

栄子だ。家の奥……隼人の部屋のあたりからである。どうやら栄子は、早くも少女を連れて隼人の部屋に乗り込んだらしい。さすがに強引すぎるのではと、私たちも急いで様子を見に行く。隼人の部屋の襖は開け放たれ、栄子は中で仁王立ち、ルリは廊下に控えて、ちんまりと正座していた。その顔には明らかに困惑が浮かんでいる。

「話だけでも聞いてあげるべきでしょ」

「……それがしは……ううむ、なにやら熱っぽく……」

「具合が悪いなら加藤《かとう》先生呼ぶけど？」

加藤先生は、往診もしてくれる近隣の内科医だ。私も一度刺身の食べすぎで胃腸炎を起こしお世話になった。気のいい先生だが、注射は看護師さんのほうがうまい。

「先生を呼ぶほどのことではござらぬ……寝ていれば……」

「じゃあ、寝たままでもいいから、顔くらい出しなさい。客人に対して失礼です」

栄子の口調が厳しくなる。確かに隼人の発熱は疑わしいが、精神的に参ってることを考えれば、こういった無理強いはよくない気もする。かといって、それを栄子に意見する度胸など私にはない。

「あ、あの」

ルリが遠慮がちな声を出した。

「ご病気とあらば……致しかたございませぬ。手前、ご当主にご迷惑をかける気は毛頭ございませぬゆえ、また機を見て出直しまする……」

その可愛らしい声と武士口調の不思議な取り合わせに気がついたのだろう、隼人が布団の中でゴソゴソ動いた。今まで背を向けていたようだが、向きを変えたのだ。さらに栄子が「出直す、かあ」と溜息交じりの追い打ちを掛ける。

「北海道からじゃ、交通費だけでもかなりかかるよね。飛行機代とか、どうするの？」

「それは……お年玉を貯めて……」

「そっかあ。ルリちゃんは何歳なんだっけ？」

「数えの十一、小学五年生の若輩者にござります」

私の横で誠が「すごくしっかりした若輩者だなあ」と感心している。私と誠は栄子が開けているのとは反対側の襖を少し開け、ほとんど覗き見の体《てい》だ。

「まだ五年生なのに、ひとりで東京まで来たんだねえ。偉いねえ。それに引き換え……」

栄子の言葉の途中で、隼人がむくりと半身を起こす。

久しぶりに見たその姿に、私はいささか驚いてしまった。

寝癖だらけのざんばら頭、一週間ぶんの無精髭、だらしない襟元の浴衣……今までが何につけ折り目正しかっただけに、そのギャップが激しい。寝すぎて腫れぼったい瞼《まぶた》も、まるで別人のようである。

9
再び、未知との遭遇

隼人は一応手ぐしで髪の毛だけ整え、手首に嵌まっていたゴムで緩くひとつに括った。だが焼け石に水というやつだ。前髪に不思議な寝癖のついた頭のまま、気だるい表情でルリを見る。

栄子が手招きすると、ルリは丁寧にお辞儀してから部屋の中に入ってきた。膝をついたまま移動する仕草も堂に入っている。

「お初にお目にかかります。ご体調優れぬ中、このように押しかけて申しわけございません。手前は橘ルリと申します。幼き頃より武士道に惹かれ、北海道にて剣道に精進して参りました。動画を拝見し、こちらが武士の生活を体験できるお屋敷と知り、いつかお訪ねしたいと強く思っていた次第にございます」

「動画？」

つい声に出してしまった私に、誠が「あれかなあ」と軽く首を傾げた。

「もう何年か前ですが、事務局の偉い人たちが勝手に企画して作った、PR動画があるんですよ。基本海外向けで、現代の武士道を体験してみませんか、みたいな……。ここのお屋敷、絵になるし、ゲストも受け入れてましたからね。有無を言わせぬ感じで、隼人も出演させられて」

「あ、はい。その動画にございます！」

ルリが嬉しそうに頷く。

「海外からのお客人が、この武家屋敷で過ごされているご様子、それはもう羨ましく……。ずっと憧れておりました」

以前も海外ゲストを受け入れていた話は、栄子から聞いたことがある。それにしても、まだ小学生の女の子が東京まで出てくるとは……なかなかの情熱だ。いや、子供だからこその情熱と行動力なのだろうか。

だが隼人のほうは、どこかうろんな目で無言のままだ。

「お願いいたします」

ルリはがばりと平伏した。

「どうかこの夏休みのあいだ、手前をここで修行させてくださいませ！」

「修行？」

声を立てたのは誠だった。栄子と私は目を丸くし、隼人は眉間に皺を刻んで難しい顔をしている。

「手前は、武士になりたいのです！」

武士に？　小学生の女の子が？　いや、それほど意外に思うべきではないのか。今や女性にできない職業はほとんどないわけで……だが武士は職業とは違うだろうし……そもそもかつての日本に女性の武士はいたのだろうか？

「異な事を」

隼人がかすれた声を出した。風邪を引いているわけではなく、しばらく誰とも喋っていなかったからだろう。

「女子《おなご》は武士にはなれぬ」

「お言葉ですが、そのような決まりはございません。調べました」

隼人が眉を寄せた顔のまま、誠を見た。誠は「あー、うん、ないな」と答える。

「武士登録規約には、性別についてとくに規定はないんだよ。国籍にも制約はないし」

「え。では私もなろうと思えば……？」

そう聞くと、誠は頷いて「日本国内の住民票があれば可能ですよ」とつけ足した。そうか、なれるのか……いや、ならないが。そもそも、興味本位でなるものではない。だいたい私はろくに正座もできない。

「だが現に、女性の現代武士などおりませぬ」

隼人の口調は頑なだった。

「うーん……いないといえば、いないかな……。それより、ルリちゃんの場合年齢でひっかかる。武士登録は満十六歳からだから」

「承知しております」

ルリはハキハキと答えた。

「ですから、将来に向けての修行です。剣の稽古、礼節、武士としての心構え……ぜひとも、仕込んでいただきたいのです。無礼な上、慮外な申し出なのは承知しております。ですが外国の方を受け入れてらっしゃるのであれば……」

ここでルリが私をちらりと見た。

「手前の滞在も許可していただけるやもしれぬと、それを一縷《いちる》の望みに参りました。なにとぞ、お願い申し上げます」

「アンソニー殿の滞在は……連盟事務局からの正式な依頼であり……」

「仕事はいたします。家の事ならばひととおりできます。あ、牛の世話もできます！」

「ここには牛などおらぬ」

「些少《さしょう》ですが、滞在費もお年玉から……」

「そういう問題ではないのだ。とにかく置くわけにはいかぬ」

「そこを曲げて、どうか！」

ルリは文字どおり、額を畳に擦りつけて懇願する。心打たれる熱意だが、小学生に突然訪問され、滞在させてくれというのは――普段の隼人であっても断るだろう。

「なにとぞ、なにとぞ……！」

子供に土下座させている光景は痛々しく、私はハラハラしてしまった。隼人も「頭を上げなさい」と言ったのだが、ルリは言うことをきかない。この礼儀正しい頑固っぷり……もしや隼人と同類なのではないか。

ぽん、と膝を打つ音がした。栄子である。続けて「うん、よし」と言う。

「一週間なら。うん」

その言葉に、ルリの顔がパッと上がる。額に畳の痕がついたまま「誠にございますか？」と目を輝かせた。一方で、隼人はいっそう苦い顔になる。

「栄子殿、困りまする」

「子供の願いを叶えるのは大人の務めよね」

「いけません。……そもそも、親御の許しもござらぬ」

「親御さんの許可があればいいのね？」

9

再び、未知との遭遇

「それでもよいわけがござらぬでしょう。栄子殿、ここにはそれがしとアンソニー殿しかおらぬのです。男所帯に、子供とはいえ女子が……」

「そりゃそうか。……なら、私もここに寝泊まりします」

「ええっ」

私と誠が驚き、今度は隼人も「なっ……」と言葉を詰まらせる。

「うん。それがいい。そうしよう。客間でふたりで寝ればいいんだもの。ね、ルリちゃん、あたしと一緒でもいい？」

「あ、はい、それは……ご迷惑でないのならば……」

「よし決まりだ」

「栄子殿、お待ちくださ……」

「あとはご両親に連絡っと。ルリちゃん、ちょっとおいで」

「え、あ」

栄子は戸惑うルリを引っ張るようにして、部屋から出てしまった。

置いていかれた私と誠は、いつまでも廊下から覗いているのも気まずく、部屋に入り、改めて隼人と向き合うことになる。誠はともかく、私は一緒に暮らしているというのに、まともに会うのは久しぶりだ。だからといって、ここで「久しぶりですね」だとか「元気でしたか」というのもおかしいいし、そもそも元気ではないのはわかりきっている。

隼人と目が合う。互いに言葉が出なかった。

「驚いたな」

だから、誠が口を開いてくれた時は、正直ほっとした。

「……驚き申した」

隼人が目を伏せて答える。それから小さな声で「このような有様で申しわけございませぬ」と謝罪した。誠へなのか、あるいは私への謝罪も含んでいるのだろうか。

「うん、まあ、そういう時もあるさ」

「…………」

「とはいえ、ひどい顔だぞ、おまえ」

「…………」

「一応、イケメン武士の括りに入ってるんだから、顔くらい洗え?」

「……はい」

「しかしあの子。ルリちゃん、か。ひとりで北海道から来たなんて、すごい行動力じゃないか。しっかりしてるよなあ」

「……無遠慮な子供かと」

「まあ、親に連絡したら迎えに来るさ。動画で見ただけの知らない武士のところに、娘を置いておけるわけがない。アンソニーさんもそう思うでしょう?」

話を向けられて、私は「はい」と頷いた。栄子の鷹揚《おうよう》さは美点だが、今回はいくらなんでも無謀であり、ルリの両親の許諾は取れないだろう。

栄子とルリが戻ってきた。隼人もようやく床から出て、浴衣を整え、布団の上に正座している。ルリの目が少し赤い。どうやら泣いてしまったらしい。

9
再び、未知との遭遇

「電話でね、すごく叱られちゃったのよ」

栄子が言い、ルリは「はい」と項垂《うなだ》れた。

「……相すみませぬ……実は……両親には、地元の剣道教室の東京遠征だと……」

やはり、無許可で来ていたようだ。それはもちろんいけないことだが、涙ぐむ顔が愛らしくてなんだか微笑んでしまいそうになる。

「いや、実際に東京遠征もあったのよ。でもほかの子は今朝の便で北海道に帰ってるわけ。ルリちゃんだけ、ちょっと日程をごまかして、残ったんだよね」

「……はい」

「嘘をつくなど、もってのほか」

隼人は冷たく言い放ち、誠は「嘘はよくないが、それほどここに来たかったんだなあ」と優しい声を出す。

「で、お父さん、明日こっちに来るって」

「迎えに来るのですね？」

私が聞くと、栄子は「いや、挨拶に」と答える。隼人が「栄子殿、まさか」とまた眉間の皺を深くした。

「一週間なら、お預かりしますよって言った。そしたら、お父さん、わざわざ北海道から挨拶に来てくれるって」

「……勝手なことを……」

「そうだね。勝手に決めて、申しわけなかったです」

栄子が畳に手をつき、頭を下げる。その丁寧な言葉遣いに、むしろ私はどきりとした。

「でも私はこの子の、憧れの武士と暮らしたいっていう夢を叶えてあげたい」

「…………」

隼人は怖い顔のままで栄子を見た。栄子も隼人から目をそらさない。このふたりが対立するところなど初めてで、私はヒヤヒヤしてしまう。誠も居心地が悪そうだし、ルリは小柄な身体をさらに小さくしている。

「ルリちゃんはね、幼稚園からずっとこの言葉遣いなんだって。クラスの子にからかわれても、絶対やめなかったそうだよ。武士は弱い者を助けるんだって、いじめられてる子を庇《かば》ったせいで、自分がいじめられたり……お父さんが話してくれた。頑固だけど、純粋だって。そんな子が、ここまでして頼み込んでるのに……ダメだなんて言える？」

「……されど」

「責任はあたしが持ちます」

栄子がキッパリと言い切った。隼人は黙し、深く俯いて溜息をつく。

「…………好きにされたらよかろう」

くぐもった声でそう言ったあと、顔を上げて「ただし」と続ける。

「それがしは、関わりませせぬ」

「ルリちゃんは武士として修行したいのに、隼人さんが関わらなくてどうするのよ」

「それがしがつきあう道理はござらぬ」

「あたしに剣道は教えられないよ？」

9

再び、未知との遭遇

「ひとりで素振りでもしていたらよかろう」

不機嫌も露わに顔をそむける隼人は、ずいぶんと子供じみて見えた。引かない栄子が「その態度は武士らしくないと思うけど！」と強く言った時……。

「ひゃっ」

声を立てたのはルリだ。

隼人がいきなり立ち上がったので、驚いたのである。部屋から出ていくのかと思いきや、くるりと私たちに背を向けて、小引き出しのついた箪笥に向かう。

引き出しを開け、なにかを取り出したかと思いきや、

「えっ？」

今度は私が声を上げた。ザクザクという音――それはあっというまのことで、誰も止めることができなかったし、ことがすんでからですら、誰ひとり動けなかった。

「やめまする」

隼人が言う。

私たちに背を向けたまま、その手には断ち落とした髪が握られていた。

「それがしはもう武士など………」

隼人の手から、パラパラと髪の毛が畳に落ちていく。

「俺は、武士など、やめる」

誰もが身体を硬くしたまま、ただ落ちる髪の毛を見ているしかない。

隼人は髪を屑籠に突っ込むと、再び布団に潜り込んでしまった。

私たちはしばし呆然《ぼうぜん》としていたのだが、やがて栄子がルリの手を取り立ち上がり、私と誠も隼人の部屋を出た。みな黙ったままだった。とりあえずルリは客間で待たせ、大人たち三人は家事室で話す。

「アンソニーごめんね、強引に決めちゃって……」

まず謝罪してくれた栄子に「正直驚きましたが、それより」と私は言う。

「ハヤトがあんなことをするなんて……」

誠も「まさか、髷を落とすとは」と深刻な顔だ。

「ただあれは……さっきの女の子を受け入れることがどうこうではなく……溜まりに溜まったなにかが爆発したような、そんな感じがあったなあ……」

誠の言葉に栄子が深く頷き「まさしく、それよね」と溜息をつく。そう、ルリの来訪はきっかけに過ぎなかったのだろう。先だっての信夫の件のダメージが大きいに違いない。

「エイコ、この状態であの子を置いても、可哀想なのでは？」

主があの調子では、ルリも居心地が悪いだけではないか。私はそう思ったのだが、「できれば、いさせてあげたいんだよね」と栄子は答えた。

「あとで本人に確認するけど……いたいって言うなら、叶えてあげたい。ただ、アンソニーは子供が得意なほうじゃないよね……？」

「確かにそうなのですが、あの子ならば大丈夫だと思います。礼儀正しいですし」

「うーん……もしかしたら、ルリちゃんがいたほうがいいのか……？」

そう言ったのは誠だ。

「アンソニーさんと隼人だけより……少なくとも賑やかになるだろうし、栄子さんもいてくれるならさらに安心だ。それに、隼人も今はあんなだが、責任感の強い奴だから、しばらくしたら部屋から出てくるかもしれない」

なるほど、隼人は誰にでも親切だが、とりわけ子供に対してはよく気配りする。

「うん、そう。武士に憧れて、隼人さんをあんなに肯定してくれる子だから……いい影響があると思うの。それにあの子は……」

途中で言葉を切り、しばし考えてから「とっても可愛いし」と続けた。

栄子が決めたならば、私はそれに従おう。そもそも私自身、居候なのだ。居候その1が、居候その2を拒む権利などあるはずもない。

そのまま誠を見送り、私と栄子は家の中に戻った。

すると客間の隅で、ルリが丸くなって倒れている。驚いて駆け寄ると、健やかな寝息が聞こえてきた。どうやら疲れ果てて、眠ってしまったようだ。

「すっごく、緊張してたんだろうねえ」

栄子が微笑んで囁き、私も頷いた。

客間は冷房が少し強い。私はコットンブランケットを持ってきて、ルリにそっとかける。

子供の健やかな寝息は、心地よい音楽になり得るのだと、初めて知った。

「おー、きみがルリちゃんかあ！　うぇーい、俺は頼孝兄ちゃんっすよ！　北海道だって？　遠いとこからよく来たね〜。俺、田中邦衛《たなかくにえ》のマネできるよ？　え、知らない？　そお？　うちの親父が好きな北海道のドラマがあって……いや、まあとにかく、超絶ウェルカ〜ム、どうどう？　なんか困ったことない？　お籠もり中の隼人と、ミステリアスなジェントルマンにはもう慣れた？」

「お気遣い、痛み入りまする。手前、橘ルリにございます」

「……お？」

「かの織田家後裔《こうえい》、津田頼孝様にお目にかかれ、恐悦至極に存じ上げまする。遠き地より出府した甲斐があり申した」

「おお……」

「此度は栄子様のご采配にて、ありがたくもこちらのお屋敷に居候できる運びとなり申した。栄子様、隼人様、アンソニー様に大変感謝しておりまする」

「おおぉ……」

ぱちぱちぱち。

頼孝が目を丸くしながら、拍手をする。冷たい麦茶と菓子を運んできてくれたルリは、藍染めの作務衣《さむえ》姿だ。剣道着より涼しそうだし、動きやすそうでもある。ジェルを使った髷っぽい髪型は、今朝栄子に結ってもらったもので、とても嬉しそうにしていた。スッと一礼すると「それでは、ごゆるりと」と盆を手に退室する。

「ちょ、アンソニー、あれってミニ隼人じゃないすか！」

ルリがいなくなると、頼孝は笑いながら言った。

「そうなんですよ。いや……ハヤトよりさらに、なんというか……」

「時代がかってる？」

「それです。今もシュップ、がわかりませんでした」

「出府は地方から江戸に行くことっすね〜。今は東京に行くのも上京って言うけど、上京はそもそも京都に上ることだったから」

「なるほど……」

「いやしかし、すごいっすよ。あの子相当、時代劇漬けで育ったんじゃないかなあ」

「ご両親は牧場の仕事で忙しくて、ナニー役だったおばあさんが時代劇マニアだったようです。ルリが最初に心をときめかせた俳優は、ええと……ナカジョー……」

「中条きよし？」

そうです、と私が答えると、頼孝は「三味線《しゃみせん》屋の勇次《ゆうじ》かぁ」と大笑いした。ここは客間ではなく、私の部屋だ。客間より狭いので、エアコンがよく効くのである。

「昨日、お父さんがいらしたんすよね」

「はい。すごい勢いで謝ってました」

「隼人、ちゃんと出てきました？」

「一応、ね。Tシャツにジョガーズでしたけど」

「あー。あいつ洋服あんま持ってないもんなー」

頼孝が苦笑する。隼人が髷を落とした件は誠から聞いて知っているのだ。

「髪も自分でバッサリやったままですし、無精髭も変わらずで……お父さん、タチバナさんと仰るのですが、驚いたんじゃないかと。顔には出さない、いい方でしたが。応対してたのは、ほとんどエイコでした」

「でしょうね。あ、これもしかして、お土産《みやげ》？」

バタークッキーを摘み、頼孝が聞く。

「そうです。牧場で作っているバターやチーズも持ってきてくれましたよ」

たっぷりの土産を差し出し、橘氏は深々と頭を下げていた。

——本当に申しわけありませんでした。突然娘が押しかけ、ご迷惑をおかけし……このまま連れて帰るのが常識的な判断だと思うのですが、なにしろ、こうと決めたら譲らない子で……。妻とも相談し、お言葉に甘えさせていただくことにしました。

陽《ひ》に焼けた顔は逞《たくま》しく、同時にとても優しげな男性だった。

——ルリ、お母さん、カンカンだぞ。ありゃゆるくないべさ……。

苦笑交じりにそう言うと、ルリがピリッと緊張した。察するに、母親のほうが厳しいのかもしれない。

「お忙しいご様子で、とんぼ返りされました。生き物相手のお仕事は休みもなくて大変でしょうね。一週間後、また迎えに来てくれるそうです」

「飛行機代だけでも大変っすねえ。ええと……今日で三日目、か。どんな様子です？」

「順応が早くて驚いてますよ。早くもエイコの右腕として、家事全般に活躍しています。もともと、家の仕事をよく手伝う子だったようで、エイコも感心していました」

「あ、いや、隼人のほうっす」

「……ああ、そっちでしたか」

次の言葉がすぐに出なかった私を見て、頼孝は「まだ籠城か〜」と察してくれた。そうなのである。ルリの滞在を許可したものの、隼人の引き籠もりは継続中である。

「本気で武士をやめる気なのでしょうか……」

「あいつは勢いでものを言うタイプじゃないし、前から考えてたんじゃないすか？」

「え、そんな話があったのですか？」

いやぁ、と頼孝は胡座の脚を入れ替えた。

「言わないすよ、あいつは。けど、なんだかんだ長いつきあいなんで……少なくとも、武士が楽しくてたまらないって雰囲気じゃないのはわかったし」

「私には、ハヤトが武士でいることは自然に見えるのですが……」

「まあ、習慣ではあったかな。染みついてるっていうか」

……染みついている。その表現に、信夫が放った『呪い』という言葉を思い出した。

「ずっとやってきたから、今もしてるけど、もはやそれをしている理由がわからない……そんな感じなのでしょうか。だとしたら、ヨリはなぜ武士を続けているのです？　ヨリならば、嫌なことはやめてしまうでしょう？」

頼孝はニッと歯を見せて「そっすね」と返す。

「嫌なら、やめます。わざわざ嫌なことして過ごすほど、人生は長くないすから。親や親戚は残念がるだろうけど、それでもやめます。けど今のとこ、そんな嫌じゃないんすよ。

ベネフィットもあるしね」

「どのような？」

「会社的に——あ、俺、こう見えて代表取締役なんす。まあ、ちっちゃいアプリ制作会社だけどね。学生の時に起《た》ちあげて、今んとこ順調！」

「おお、それは」

　私は驚くと同時に納得もした。新しい着眼点を持ち、語学も堪能、さらに社交性も兼ね備えている頼孝は、起業家の条件を備えている。

「だから武士っていう目立てるキャラは美味しい。社長が広告塔ってわけっす。しかも信長の子孫ときたら、使わない手はないでしょ」

「確かに、取引先に対してインプレッシブですね」

「そうそう。なんかね、もう時代錯誤すぎて、いっそ面白いと思うんすよ。たまには誤解されることもあるんすけどね。ほら、袴はいて刀持ってだから、なんかちょっとナショナリズム香っちゃうっしょ？」

　頼孝は笑いながら続けた。

「けど、実際んとこ、武士は日本がひとつの国としてまとまる以前からいたわけで、この狭い島国の領地を巡って、チャンチャンバラバラ殺し合ったりしてたわけで……もっとも、そんな昔のこと俺たちはどうでもいいし、やっぱ今を生きたいわけっす。俺はねー、アンソニー、楽しく生きたい。死ぬ前に、あー面白かった、って言って死にたい。それって最高だと思いませんか？」

「思います」

私は頷き、同意した。けれど本当にそう思って死ぬためには、生きているあいだ、相当に強い意志を貫き通さねばならないはずだ。頼孝はきっと、その覚悟ができているのだろう。いや、そんな生き方ですら、楽しむつもりなのかもしれない。なんと柔軟な強さを持つ青年なのだろうか。

「武士もね、面白いと思うからやってる。和装とか武道とかも、堅苦しすぎるなら自分テイストにカスタマイズしたらいいんだし。……まあ、問題は結婚かなー。武士はなー……彼氏にするには楽しいけど、結婚相手じゃないのよね、みたいに言われちゃう……悲しみ……あー、もう、誠さん羨ましい……」

身体をぐねぐねさせて羨ましがる頼孝に笑っていると、庭のほうから「ヤァ！」と可愛らしくも凛々しい掛け声が聞こえてきた。頼孝はぐねぐねをやめて、尻で畳を移動し窓に近寄る。

「おお、なかなかいい素振り。暑いのに偉いなあ……」

私も窓から庭を見た。ルリの日課の自主稽古だ。

「そっか、隼人に稽古つけてもらえないんすもんねえ」

「ですね。なにしろ部屋から出てきませんから」

「むぅーん」

頼孝はなにか考えるように、視線を漂わせていたが、やがて「よし」と立ち上がる。

「俺がちょっと見てあげますよ」

「いいですね！　きっと喜びます。頼孝も一応武士ですし」

「一応？」

「あっ、すみません」

口を滑らせた私に、頼孝は大げさに唇を尖らせ「そんなこと言うならオシオキです」と言い、立ち上がった。

「アンソニーも一緒に稽古してもらいます」

「私も？」

「そ。俺と一対一じゃ、あの子もやりにくいかもしんないっしょ？」

「しかし、私は竹刀を持っていません」

「俺だって持ってきてないっすよ。けど隼人の部屋に二、三本あるから大丈夫。借りてくるんで、ルリちゃんに言っといてください」

私は了解し、頼孝とともに廊下に出た。頼孝は「おーい、はやとぉー」と遠慮のない大声を上げながら、隼人の部屋に向かう。返事は聞こえないし、無視して布団の中かもしれないが、頼孝のことだから勝手に持ってくるのだろう。

私は先に庭に出て、ルリに声をかける。

「金髪武士が剣道の稽古をつけてくれると言ってますよ」

「誠にございますか？」

ルリはいったん目を輝かせたものの、すぐに視線を落とし「しかしながら、それは……」と戸惑う顔になる。

「やりたくないですか？」

「いえ、ぜひご指南いただきたいところですが……隼人様にお願いしている身で、別の御仁に稽古をつけていただくというのは、礼を欠くのではないでしょうか……」

礼を欠く……つまり、失礼であると？

「そうでしょうか。あなたをここに置くことを許したのに、ハヤトは部屋に籠もりきりで稽古をつけてくれない。それはむしろ、彼が義務を果たしていないことになるのでは。ならばあなたが、ヨリと稽古したところでなんの問題もないと思いますよ」

「……ですが……隼人様は、お気を悪くされるのでは……」

ルリは隼人にずいぶん気を遣っている。自分は放っておかれているというのに、なんといじらしいことだろう。

「大丈夫。今はちょっとアレですが、私の知るハヤトは心の狭い人ではありません」

私が言うと、俯きがちだった顔を上げ、「左様にございますよね！」と再び晴れやかな表情を見せる。そして「では、支度をいたします！」と、走るようにして濡れ縁から屋内へ上がった。一度台所へ行ったのだろう、ピッチャーの麦茶とグラスをトレイに載せて持ってくる。気の利く子だ。すべての動作がきびきびとして清々しく、可愛らしいつむじ風を思わせる。

隼人の子供時代も、あんな感じだったのだろうか。

そんなことをふと考える。あんなふうに剣道に熱心で、礼儀正しく、小さな武士のように振る舞っていたのだろうか。きっと似ていたことだろう。

けれど、違いもある。ルリは自らの意志で——親に叱られてもひとりでここを訪れるほどの、強い願望で武士になりたがっているわけだが、隼人はそうではなかったかもしれないのだ。

自発的か強制か……その違いは大きい。

私も運動に適したスタイルに着替えようと自室に戻ったのだが、最初からルーズな恰好だったと気づき、そのまま靴下だけはいて、スポーツシューズで庭に出た。ルリと頼孝は裸足だが、私の足裏はひ弱なのだ。

「よーし、それではぁー、礼ッ！」

頼孝の号令で、私はルリと並んで立礼する。ルリを横目で見ながら真似したつもりだったのだが「アンソニー、頭がまだ高いっす。四十五度」と指導が入る。一応武士、などと口走った仕返しだろうか……。

とはいえ、頼孝が厳しかったのはその時くらいだった。

あとは素振りなどの基本練習のあいだも、「そうそうー、そんな感じー」だとか「はいはい、いいねー、グッドグッドー」のような、ポジティブな声かけがほとんどで、細かい指導はぜんぜん入らなかった。私はともかく、ルリに対しても同じである。物足りなさを感じたのか、ルリのほうから時折「構えの角度はこれでよいでしょうか」「踏み込みをもっと深くすべきでしょうか」などの質問が入るのだが、

「ん〜、まあ、色々なやり方あるしね〜、いいんじゃな〜い？」

と、非常に曖昧かつ軽薄なアドバイスしか出てこない。

9

再び、未知との遭遇

そのたびルリがちょっと落胆しているように見えて可哀想なのだが、剣道に関してはまったくの素人である私が口を出すのもおこがましいし、もしや頼孝には彼なりの考えがあるのかもしれない。たとえば、小学生のうちはなるべくダメ出しをせず、褒めて伸ばす方針だとか……しかし以前、剣道教室の見学をした時は、もっと熱心に指導していたと思うのだが……。

かくもぬるい稽古ではあるが、天候はぬるくない。

それどころか今日も強烈な真夏日だ。運動習慣のない中年にこの暑さは応える。三十分ほどで、よろよろと日陰の濡れ縁に退散するしかなかった。用意してあった麦茶を飲み、団扇《うちわ》で風を作る。団扇には、近所の商店街の名前が大きく印刷されていた。

軒先の風鈴がチリリリリン、となかなかの勢いで鳴る。

風情は削がれるが、風が強くなってありがたい。疲労困憊の私は団扇を置いて顔を少し上げると、首筋を通り抜ける風を楽しみつつ、あとは見学に徹していた。ルリは臆する性格ではないし、頼孝もいつもどおりのフレンドリーさなので、心配はなさそうだ。

「ほんじゃ、かかり稽古いこうかー。熱中症怖いからルリちゃんは防具つけなくていいよ」

手ぬぐいで汗を拭い、防具をつけながら頼孝が言う。ルリが「ハイッ」とよい返事をする。かかり稽古……それがどんなものなのか私は知らなかったが、始まったのを見てなんとなく理解した。ルリがどんどん頼孝に打ち込んでいき、頼孝はそれをひたすら受けていくというスタイルだ。

「イヤーッ!」

溌剌としたルリの掛け声が夏空に上がっていく。

私は剣の道についてなにも知らないのだが、それでもルリがよく稽古しているのはわかった。動作にキレがあり、足取りも軽く、竹刀の動きも実に速い。その竹刀を易々と捌いている頼孝もさすがの貫禄《かんろく》である。だが、「はいはーい、イイネー」「ナイス踏み込み〜」と途中で入る声が、やはりなんというか……気抜けするほど楽天的な指導で、ルリとの温度差が激しい。

「エイーッ！」

「ほいほい、ほーい、元気よくていいよー」

その時である。突如、私は背中に圧を感じた。

誰かが不穏な気配とともに後ろに立っているのだ。誰かもなにも、今のこの家にいるのはあとひとりしかいない。

「…………なんだ、あれは…………」

ぼそりと呟く声は、まさしく隼人のものだった。

私はゆっくり振り返ったのだが、隼人はこちらに目を向けない。ぼさぼさ頭に皺だらけのTシャツにジャージで、庭で稽古に励むふたりを睨むように凝視し、仁王立ちしている。

起きたんですね……と声をかける間もなく、裸足のままのしのしと庭に下りていった。

「お？　隼人」

頼孝が気づき、動きを止めて面を取る。ルリも姿勢を正し「おはようございます！」と挨拶した。とはいえもう昼過ぎだ。

9

再び、未知との遭遇

「……おぬし、どういうつもりだ」

　隼人は頼孝の前に立ち、怖い声を出した。

「ん？　なにが？」

「そのように腑抜《ふぬ》けた指導ならば、しないほうがましであろう」

「うっわ、ひでぇ言いようだなあ……だってこの暑さだぜ？　教えるほうだって、そうそう気合い入らないっしょ～。まさか、武士たるものウンヌンとか言わないよなあ？　聞いてるぜ、おまえもう武士やめたんだろ？　だからそんなイモジャー着て、クーラーの効いた部屋でダラダラ寝てたんだろうし？」

　隼人が言葉に詰まる。頼孝の言ったとおりの寝起き姿なので、反論の余地はない。

「……そうだ。武士は、やめた」

「なら黙って見てれば？」

「武士はやめたが…………剣道の師範はやめておらぬ」

「やめておらぬ？」

「や、やめて、いない。……ルリは、暑くとも真剣に稽古しているではないか。おぬ……おまえもちゃんと、教えてやれ」

「だねー。ルリちゃんマジ偉いわー」

「この子は運動神経はいいようだが、足捌きに癖がある。まだ体軸が弱いゆ……弱いから、バランスが乱れることも多い。なぜそこを指摘してやらぬ……ないのだ。本人がどれほど一生懸命でも、指導がいいかげんではうまくなれぬ……ない、し、怪我のもとにも……」

「ははっ」

頼孝が笑った。

顔は笑ってるが、あれはたぶん、怒っている。怒りながらきっとこう思ってる。なに言ってんだ、おまえがさっさと出てこないからだろ、と。

ルリは不安げな顔でふたりのやりとりを見ていた。

「ほらよ」

竹刀が隼人に突きつけられる。

隼人は一瞬たじろいだが、頼孝が「師範はやめてないんだよな？」と畳み掛けると、ようやくそれを受け取った。

頼孝は「やだもー、あっつー」と言いながら、濡れ縁に戻ってきた。

私の横にどすんと腰掛ける。頭に巻いた手ぬぐいを取ると、金色に染めた髪に手ぐしを通した。その横顔に汗が流れる。明るすぎる日向に立ち尽くす友人を見る目は、厳しいと同時に優しい。

隼人は竹刀を手にしたものの、いまだ腕はだらりと下がったままだ。

ルリがおずおずと顔を上げ、隼人を見る。

なにか言わなければ、と思ったのだろう。小さな口が一度開き、けれどまた閉じられる。乱れた寝起き姿で不機嫌顔をしている隼人に見下ろされ、言葉が見つからなかったようだ。

私もまた、こんな怖い顔の隼人を見るのは初めてだと思う。いや、怖いと言うより……ひどく痛む虫歯を我慢しているような、そんな顔だった。

9

再び、未知との遭遇

沈黙が耐えがたかったのだろう。

「ご……ごめんなさい」

ルリはか細くそう言った。小さな武士ではなく、弱々しい子供の声——子供は追い詰められると、悪くないのに謝ってしまうことがある。

「……謝る必要はない」

隼人がやっと、ルリに声をかける。声色は優しい……というほどではなかったが、少なくとも威圧的ではない。静かで、少しの戸惑いが混じっていた。

「ですが……」

「いいから、聞け。左足の引きつけが速いのはよい。だが、右足を超えてはならない。打った直後の送り足の時、そうなりやすい」

「は、はい」

「そなたは……ルリは、身体が大きくないぶん、俊敏さで賄おうとしている。それはわかる。だが、跳ねるように急ぐな。足裏を地面から離してはならぬ」

「はいっ」

「重心も前寄りになりがちだ。多少ならばよいが、前に行きすぎれば構えが崩れる。体軸がまだ弱いからであろう」

「はい！　……あの、体軸はいかにして鍛えればよいでしょうか？」

ルリの質問に、隼人は髪を雑に直しながら「スクワットがよい」と答えた。

「わかりました！　スクワットをいたします！」

「うむ」

「毎日いたします！」

「そうか。……スクワットは、やり方を間違えていると効果が出ぬ。膝の曲げ方がいささか難しくてな。……おい、頼孝」

「げっ」

私の横で、もはや寝転びそうに脱力していた頼孝が顔をしかめる。

「げっ、じゃない。手本が必要だ」

「いやいや、スクワット、隼人もできるじゃん」

「解説をせねばならん」

「けど俺もう汗だくで…………アンソニーもスクワットできますよね？」

矛先がこちらを向くのは予想済みだ。私はにっこり笑い、

「できますよ。ロンドン一、下手ですが」

そう答える。

隼人はそれを聞き、もう一度「頼孝」と呼んだ。頼孝は渋々立ち上がって再び日向の庭に出る。ルリが一礼して「かたじけのうござりまする」と言った。

「いいんだよ……。ルリちゃんのためなら、おにーちゃんは頑張るさ……」

「よいか、ルリ。スクワットで大事なのは、しっかりと深く、そして腹筋に力を入れて行うことだ」

「はい！」

「ほら頼孝、手本を……よし、そこで止まれ。足を曲げた時、膝の位置に気をつけるのだ。このように、つま先より膝が前に出ていないのが正しい」

「はい！」

「つま先の向きにも気をつけなければならぬ。つま先をハの字にせず、膝と同じ方向にしておくことが大事だ」

「はい！」

「上体は傾けるが背中が丸くなってはいけない。この時もやはり腹筋を……」

「ちょっとお……俺いつまでしゃがんでキープなのぉ？」

「腹筋を使ってよい姿勢を保ちなさい。もちろん背筋も大切であるが」

「無視しないでぇ！」

頼孝が大げさに叫ぶものだから、ルリがクスッと小さく笑った。

その笑顔に隼人が気がつくと、ルリは慌てて顔から笑いを消し、逆に緊張の表情になる。

けれど隼人は叱ることもなく、かといって一緒に笑うでもなく、まったく変わらぬ口調のまま、

「腹筋背筋、体軸がきちんと鍛えられていないと……」

と、スクワットで膝を曲げたままの頼孝の身体をドン、と押した。

頼孝はギャッと小さな叫びをあげて当然ながら姿勢を崩し、たたらを踏み、結局地面に膝をついてしまう。

「このように無様を晒《さら》すことになる」

「ひどい扱い！」

頼孝が嘆く。

マンザイのような展開に、今度は私が声を立てて笑った。私の笑い声は、合図としてルリに届いたようだ。今度はルリも満面の笑みを見せ、小さな手を差し伸べて頼孝を助ける。

隼人だけが笑っていない。笑ってはいないが、怒ってもいない、いつものニュートラルな顔に戻りつつあった。

10

ユニクロを着た武士

この日を境に、隼人の生活は次第にもとに戻っていった。

まず翌朝、八時に起きてきた。今までに比べれば遅いが、それでも顔を洗い、髭を剃り、髪を整えた。自分で切ったため、ひどい有様だった髪は、さらに翌日、商店街の床屋で整えてきた。隼人が髪を切った噂はあっというまに近隣に広がり、ご近所代表で平野さんが「いったいなにがあったの?」と私に聞きに来た。

隼人は武士をやめると言っています——私はありのままに、そう答えた。

平野さんは驚いたが、なぜ、とは聞かなかった。驚いたあと、少し悲しげな顔になって「そうなのね」とだけ呟き、帰っていった。

隼人は和装もやめた。

やめたはいいが……彼は本当に服を持っていなかった。

頼孝の言っていたとおりなのだ。来日してまだ半年の私より少ない。半裸でTシャツが乾くのを待っている姿を見て、一枚提供したほどだ。ちなみに恩師が冗談で持たせたラメ入りユニオンジャックのTシャツなのだが、なんのためらいもなく着ていた。

食卓にも顔を出すようになった。ルリが毎回呼びに行くからだ。

栄子は隼人が武士をやめたことについてはなにも言わず、ただユニオンジャックのTシャツについては「いっそオシャレの域！」と笑っていた。そして変わらず美味しい食事を作ってくれている。

剣道教室も再開された。ルリはそちらにも参加し、同年代の友達も何人かできたらしい。とくに輝と気が合うようだ。

「手前の口調を誰もからかわないので、ありがたいです」

食事の時にそう話してくれた。確かに隼人の教え子たちならば、武士ランゲッジに驚くことはないだろう。隼人が武士をやめるウンヌンについては、子供たちには知らされていない。頼孝が「夏稽古が終わってからにしろ」と言ったようだ。稽古中は剣道着だし、言葉遣いもなかなか変えられない隼人なので、結果的に今までと変わらなく見えるはずである。髪型に関しては、あまりに暑いから切ったんだろうと、頼孝が説明したらしい。

「将来は立派な武士になりたいと申しましたら、輝殿が、手前ならきっとそうなれると太鼓判をくださったのです。とても嬉しゅうございました」

「よかったですね。北海道の学校では、口調をからかわれるのですか？」

「最初は変わり者だと言われ……あ、けれどそのうちみな慣れました。とくに剣道教室の仲間は、よき同輩たちです！　ただ、母だけが」

おやつのイモモチを食べながら、ルリは不意に言葉を止めた。ルリの家から山ほど送られてきたジャガイモで、栄子が作ってくれたのだ。北海道ではメジャーなおやつらしい。

「……母上が？」

10

ユニクロを着た武士

私ではなく隼人が続きを促した。今日は無地の白いTシャツである。ルリは少し困ったように笑みを作り、

「母は、手前が武士らしく振る舞うことがあまり好きではないようです」

そう答える。なるほど……確かにかなり個性的ではあるので、親としては戸惑うところだろう。隼人の場合はもともと武士の家柄であり、祖父の意向もあったわけだが……と考えたところで、ふと疑問が浮かんだ。

「ルリの家も、昔は武家だったのですか？」

私が聞くと「いいえ」という返事だった。

「当家はもともと開拓農民でございましたが……その、親戚に……武士がいて」

「なるほど。でも、その親戚では武士修行はできなかったのですね？」

だからこそ、ここに来たのだろう。

そう解釈した私だったが、ルリは「はい」と答えつつも視線を下げてしまう。なにか複雑な事情でもあるのだろうか。

「母上は心配されているのであろう。ルリはまだ子供なのだから」

隼人の言葉に、ルリの顔が上がる。

「されど隼人様も、幼き頃から武士らしい生活をされておられたかと」

「それが……俺は、男子ゆ……男、だからな」

「女子は武士を目指してはならぬのですか？　よもや隼人様が、巴御前《ともえごぜん》や佐々木累《ささきるい》をご存じないとは思えませせぬ」

「いや、それは……知っているが……」

いつにないルリの勢いに、隼人はやや気圧されていた。恐らく、今まで散々「女の子なのに」と言われてきて辟易しているのだろう。トモエゴゼンもササキルイも知らない名前だったが、過去に実在した女性の武士と思われる。

「それに、現代武士の役割は伝統の保持と、地域社会への貢献と聞いております。ならばなお、女子にできぬ理由はございませぬ」

「それは……うむ、そうだな。ルリの言うとおりだ」

隼人は居住まいを正し「愚かなことを言った。すまん」と頭を下げる。その率直な様子にルリは驚き、自分はさらに頭を低くし「おやめください！」と声を上擦らせた。ほとんど土下座なので、声は畳にぶつかって籠もった。

「手前こそ、師に反論するなど、僭越《せんえつ》なことをいたしました。どうかご容赦……！」

「いいや、ルリは悪くない」

「されど」

「悪くない。おまえは賢く、真っ直ぐな子だ。よい武士になれる」

不思議だ。

隼人はもともと、誰に対しても声の調子をあまり変えない。まして子供に猫なで声を発したりはしない。今の言葉もいつもどおり淡々と喋っただけなのに、そこには真摯さと温かみがある。顔を上げたルリの瞳が潤んでいた。

けれど、

10

ユニクロを着た武士

「俺と違って、きっとなれる」

そう続いた時、その瞳はたちまち曇ってしまう。

「……隼人様は立派な武士です」

「もう武士ではないし、以前も立派ではなかった」

「そんなことはございません」

ルリは断固たる声で言う。けれど隼人は、困ったような呆れたような、あるいはいくぶん迷惑がるような……複雑な笑みを浮かべ、

「すまぬな」

と謝り、静かにその場を去ってしまった。ルリは膝立ちになり、追おうとしたようだが、結局やめた。とんっ、と再び座ると、やけのように残りのイモモチをむしゃむしゃ食べ始める。実際、やけ食いなのだろう。目は充血し、今にも泣き出しそうだ。

「……ルリは立派な武士になりそうなので」

私は麦茶の追加をルリのグラスに入れてやりながら、話し始めた。

「私はぜひ、聞いてみたいのですが」

ルリは俯いたまま、パチパチと瞬きをした。滲んだ涙をどこかに追いやろうとしているのだ。やがてスンと鼻を鳴らすと、「なんでございましょうか」と姿勢を正す。泣き虫だけれど、リカバリーも早い子だ。

「ルリにとって、武士とはなんなのでしょうか」

「……？」

十一歳には難しい質問だったろうか。

「つまり……あなたにとって、武士であるための条件とはなにか、ということです」

私がそう加えると、コクコクと頷き「ならば、わかります」と答える。今まで、隼人や頼孝に聞いても明確な回答を得られなかったというのに、この少女は迷いのない口調でわかると言い切った。期待してしまう私である。

「素晴らしい。ぜひ聞かせてください」

「はい。武士であるための条件は、自分を武士と思うことです」

うん、もちろん、それはそうなのだが。

…………待て。もしや、今ルリはとても哲学的なことを口にしたのではないか？　方法的懐疑を超え、武士たる己を直感によって自明のこととする、デカルト的な……いやいや、相手は十一歳だ。もっとシンプルな話だろうか。たとえば……。

「…………つまり、こうですかね？　自分が武士であるという自覚が、その人を武士にしていると？」

「えーと、はい。だいたいそんな感じです」

「では、その『武士であるという自覚』はどこからくるのでしょうか？」

それが問題なのである。私の質問に、ルリは小首を傾げてしばらく考え、

「ここ、でしょうか」

と自分の胸のあたりを押さえて言った。

「……心、ですか？」

「はい！　そうです、心の奥に、武士たる信念がございます！」

わかっていただけましたか、とばかりの顔を向けられ、私は微笑んだものの……内心で白旗を揚げかけていた。

信念、とルリは言った。つまりbeliefだ。かたく信じて疑わないことだ。これは論理的思考とは対立するものであり、「なぜ信じるのか」に理由など必要ない。理由がなければ信じないのだとしたら、それはもう信じていない。信念の背景にあるのは一種の宗教性、あるいはその地に長く住まう民族が独自に受け継いできた精神性、とも言えるだろう。となると、異邦人である私が理解するのは相当に難しい。それでも私は、揚げかけた白旗をなんとか下ろせないものかと考えを巡らせ、「待って、ちょっと待ってください、ルリ」と髪をかき混ぜる。

「ルリは隼人と違って、もと武家で育ったわけではないのですから、その信念を無意識に育てたということはないはず……幼い頃から時代劇を見ていたとはいえ、それだけで武士を目指すとも考えにくいですし……ほかにもきっかけがあったはずですよね？　武士になりたい、と思う具体的なきっかけが」

「あ、はい。それはございました」

よかった。きっかけはちゃんとあったらしい。私が「どんな？」と前のめりに聞くと、

「動画にございます」

と現代っ子らしい返答である。

「ああ、そういえば……現代武士のＰＲ動画を見たと……」

「いえ。その動画とは別なのです。手前が武士を志したのは……それよりもっと古い、個人の撮った、家族の記録のようなもので」

「それはどのような？」

「立派な少年剣士の動画です。初めて見た時のことをよく覚えております。それは……それはもう……」

ルリは視線を宙に浮かせ、小さな手をそわそわと動かした。

どうやらふさわしい言葉を探しているようだ。だが、彼女の感動を正確に伝える語が見つからなかったらしい。やや悔しげに、それでも感情を込めて、

「チョーかっこよかったのです！」

と力説した。小さな武士の「チョー」はなんだか新鮮である。

「なるほど。どなたなのです？」

「それはご容赦を。なにぶん個人情報ゆえ」

キッパリ拒まれ、私は内心でおやおやと思った。少年剣士、か。ルリはその動画の少年に、ときめきを感じたのかもしれない。初恋と言ってもいいのだろう。

心惹かれた相手と同一の存在になりたい――その発想は不自然ではない。同じことをすることで、相手との距離が近くなったように感じるからだ。その少年剣士の存在によって、ルリは武士を志した……なるほど、あり得る。ただし、そういったときめきは一過性である場合も多い。ルリが実際に剣術を習い、武士言葉を貫き通し、今もこうして小さな武士であり続けているのはたいしたものだ。実に意志の強い子である。

10

ユニクロを着た武士

「時に、アンソニー様に伺いたいのですが」

今度はルリが私に問う。

考えてみると、ふたりだけでこうして対峙《たいじ》するのは初めてだ。私は姿勢を正した。相手が小学生だろうと、対話は真剣にするのが流儀である。

「なんでしょう」

「ヨーロッパには騎士道なるものがあると聞きおよびます」

「キシドウ。……ええ、はい、chivalry……ありますね」

「それはいかなるものなのでしょうか。武士道と似ているところはあるのでしょうか？　以前から、ずっと気になっていたのです」

うーん、と私は軽く唸った。

「騎士道……改めて説明しようとするとなかなか難しくてですね……。もともとは中世に、キリスト教の影響を受けて生まれたものなのですが……しかし、当時の騎士はもともと腕力自慢の乱暴者も多かったでしょうし、だからこそ荒くれ者をコントロールするルールが必要だったわけで……。歴史的には最初の十字軍《crusade》あたりから騎士の地位が上がったとされているようですが……もちろん、時代とともにその概念も変わるわけで……現代日本ではなぜか、アーサー王伝説がゲームなどのサブカルチャーによく使われたりも……」

「アンソニー様、申しわけございませんが」

呻きながら喋る私に、ルリが「よくわかりませぬ」と真顔でダメ出しをしてくれる。

それはそうだろう。説明している私自身、要領を得ていない。

「すみません、なにしろ昔のことなので……。ええとですね……ものすごく単純化しますと、武士道と騎士道は、『強さ』と『ルールを守る』、このふたつを重要視しているところは同じです。でも、違うところもありますね。たとえば、騎士道はキリスト教との関係が強いのです。武士道はあまり宗教と関係していないですよね？」

ルリに聞くと、可愛らしく首を傾げ、

「たぶん、ないと思います。右府《うふ》様が比叡山延暦寺《ひえいざんえんりゃくじ》を焼いたのは有名ですし」

「サイチョウの開いた、有名なお寺ですね。うふ、とは？」

「あ、信長公です」

なんと、頼孝のご先祖は、延暦寺を焼いてしまったのか……戦国とは厳しい世だったらしい。もっともそれはどこの国でも同じだろう。ヨーロッパの過去でも、キリスト教徒同士が凄絶に殺し合っている。仏教美術として貴重なガンダーラの仏像は、現代でも紛争により大きな被害を受けているのだ。

「騎士道については、残念ながらその程度しかお答えできません」

「はい、ありがとうございます。では、紳士とはどういうものなのですか？」

おっと、第二弾がきた。

「ジェントルマン、というのですよね？　英国にはたくさんいらっしゃると聞きました。また、栄子様はアンソニー様のことを『まさにジェントルマン』だと。母も以前、武士より紳士のほうがステキ、と申しておりました」

さて困った。今度は昔のことだからよくわからない、は通用しない。

10

ユニクロを着た武士

「アンソニー様、紳士についてぜひご教授くださいませ」

ルリの真っ直ぐな視線が私を貫き、痛いほどである。

紳士、ジェントルマン。

子供の頃、父から嫌というほど言われてきた言葉だ。紳士らしく、紳士として、紳士なのだから……。どんなによい言葉、美しい言葉でも、必要以上に繰り返されれば陳腐化は免れない。

「礼儀正しく、取り乱さないこと……でしょうか」

とりあえず、当たり障りのないところを言っておく。

「礼節と、自らを律する力ですね。武士も同じにござりまする！」

「……あとは、公に対する強い責任感も必要かと……」

「滅私奉公の精神！　そこも武士と一緒です！　ならば、武士は紳士であり、紳士は武士と言えるのでしょうか」

とても嬉しそうに聞くルリに、「いや、それは違う」とは言いにくかった。

「似ている部分もある、ということでしょう。違うところもあると思いますよ」

「どのようなところが違うのですか？」

うーん、とまた私は考える。

武士はそもそも戦闘要員であり、紳士にそういう意味はない……が、かつての領主ならば、王の命令で戦場に駆けつけていたわけで……それに、現代武士はもはや戦闘要員ではないのだし……。

「たとえば……紳士の場合、武芸は必ず必要というわけではなく……まあ、スポーツは上手なほうがいいんでしょうが……」

「では紳士はいかような、心身の鍛錬を？」

「鍛錬……ええと、パブリックスクールでいえば、盛んなのはラグビー、フットボール、クリケットなど……しかしこれらをしなければ紳士ではない、ということもなく……」

「剣術のようなものは？」

「フェンシングが近いでしょうか。……でも、私はできません」

「女子《おなご》でも紳士になれまするか？」

「いや、それは無理かと……紳士には男性、という意味も含まれているので……」

「アンソニー様は、紳士としてなにを最も大切にされていますか？」

どんどん前のめりになっていくルリに、私は惨めにも「ええと」を繰り返していた。

なにを大切に？　紳士として？

今までずっと、「武士とはなんぞや」と問いかける立場だったがここにきて逆転だ。日頃まったく意識していない概念に対し、深く追究されるとこういった心持ちになるのかと思い知る。

紳士とはそもそもなんなのだ？　上流階級？　いや、ブルーカラーにだって紳士はいるし、アッパークラスにも下卑《げび》た奴はいる。そもそも階級を気にしてしまうあたりどうなのだ。いやだが、英国は今でも階級社会の側面を持っており………。

「………私が大切にしているのは」

10

ユニクロを着た武士

礼儀正しいこと。

容易には取り乱さないこと。

責任感が強く、リーダーシップがあり、社会の役に立ち、尊敬を受け、家の名を汚すことなく――頭に浮かんでくるのは、かつて父に繰り返された小言ばかりだ。

もっとも、途中で父も諦めてしまった。一族の変わり者と認定されてからは、なにも言われなくなった。許されたというより、存在しないかのように扱われた。当然ながら、私はそういう父親のことが嫌いである。思春期の頃は憎んですらいた。けれど肉親としての情がないわけでもないから、いっそうやりづらい。

広い屋敷に、私の居場所はなかった。

救いは叔母の存在だった。まったく異なる文化と価値観を携え、魔法のように現れた彼女のおかげで……子供だった私が、どれだけ救われたことか。

「アンソニー様？」

「……過ちを認めることです」

これも違う、あれも違うといくつも打ち消していって、残ったのはそんな答だ。

「過ち、間違い、自分の失敗を認め、受け入れられるのが紳士なのだと思います」

ルリはきょとんとした顔になった。しばらく考えてから、

「ごめんなさい、と素直に言うこと、でしょうか？」

と聞いてくる。私は微笑み「そうです」と頷いた。まだ子供であるルリにとっての『過ち』は、恐らく私が想定しているものと違うだろうが、そこにずれがあるのは当然だ。

「謝るべき相手がいるなら、そうします。あと、自分の失敗で自分が傷つくこともありますよね？　そういう時には自分を許します」

「自分を許してしまって、よいのですか？」

「もちろん反省したあとで」

「ああ、はい。なるほど！」

ルリは溌剌と頷いた。自分を許す——それがどれほど難しいことか、今のルリにはまだわからないだろう。けれどそれでいい。わからなくていい。

私たちは間違える。毎日毎日、間違える。

他愛《たわい》ない間違いもあれば、深刻なものもある。それらひとつひとつを吟味し、省みるなどという生活は不可能に等しい。まるで山に籠もる修行者だ。だからせめて、見落としてはいけないいくつかだけ、掬《すく》い上げたい。自分の間違いと対峙するのは気鬱なことだけれど、それを避けないのが紳士であり、成熟した大人なのだろう。

「……ふ」

思わず、吐息で笑ってしまった。

ならば私はいまだ、紳士といえないと気づいたからだ。

「アンソニー様？」

ひとりで笑う私に、ルリが怪訝顔を見せると同時に、玄関から「ただいまぁ」という声が聞こえてきた。栄子だ。同時にドサドサと、多くの荷物を置く音も聞こえる。

「あっ。手伝うて参ります！」

ルリはそう言って一礼し、サアッと風のように出ていく。

自嘲の理由を説明せずにすんだ私は、肩を落として息を吐いた。

10

ユニクロを着た武士

「洋服を買いに行きたいのですが、おつきあい願えませぬか」

隼人が突然、そんなことを言い出した。

八月、今日も熱中症予報は灼熱《しゃくねつ》色だ。

天気予報のキャスターは「暦の上ではもう秋です」と言っていたが、まったくそうは思えない陽気である。ルリは栄子と一緒にプールへと出かけた。泳ぎが苦手なので教わるそうだ。水着は栄子が用意していて、ルリをとても可愛がっているのがわかる。

「洋服ですか」

「はい。手持ちが少ないので揃えませぬと……」

「もちろんおつきあいできますが、私は日本のファッションに詳しくありませんよ？　ヨリのほうが適任なのでは？」

「あやつは、ああだこうだとうるさいのです」

その返答に思わず笑ってしまった。確かに頼孝は和装の時でもかなり洒落《しゃれ》者なので、洋服にもこだわりがありそうだ。反して隼人は清潔で簡素が一番というタイプである。

かくして、私たちは街へと繰り出した。

街といっても地下鉄で数駅移動しただけの、ターミナル駅にあるファストファッション店である。今日の隼人は甚平《じんべい》という簡略和装で、実のところ彼にとってこれは部屋着だ。外出着として使うことにためらいがあったようだが、最近では夏祭りの折など、若者のファッションアイテムとして利用されてもいるので、ことさらおかしくもないだろう。

「ユニクロでいいんですか？」

駅ビルのエスカレータに乗り、私は隼人に聞く。

「手頃な値段で揃い、品も悪くないと聞いております」

「確かに。それで、どんなアイテムを揃えればいいのでしょう」

「残暑から秋にかけての分、上から下まですべて必要かと。それがし、トレーニングウェアくらいしか持っておりませぬので」

「また『それがし』って言いましたよ」

「あ」

隼人がキュウと眉を寄せる。武士ランゲッジから抜け出そうと訓練中なのである。同輩に対しては比較的「俺」がすんなり出るようだが、相手が目上だとつい「それがし」になってしまうようだ。

武士をやめる宣言から、しばらく経っていた。

武士登録を解除する申請もすでに提出したそうだ。直接武士連盟の事務所に行けば、引き止められることは明らかなので、書面は頼孝に託したと話してくれた。正式に受理されるまで一週間ほどかかるとのことである。

「武士ではなくなると、地域への奉仕活動もなくなるのですね」

「さよ……はい。ですが、地域住民であることに変わりはないので町内会の手伝いは続けようと思っております」

「以前エイコが、武士の税制面での優遇について教えてくれたのですが……」

「目下のところ問題はそれです。祖父から土地と家を相続した時の優遇分を返還しなければなりませぬ。栄子殿が税理士を紹介してくれるので、相談いたします。あとは、仕事を増やさねば……剣道のコーチの口はそうそうありませんので、バイトでもなんでも」

「あの、私の家賃を上げていただいても大丈夫ですよ？」

私が隼人に納めている額は本当に少なく、ほとんど光熱費程度である。今は補助金が補塡されているはずだが、武士登録がなくなればそれもカットされる。しかし隼人は「とんでもない」と首を横に振った。

「武家という前提で、当家を選んでくださったというのに、こちらの勝手で武士をやめるのです。むしろお詫びを申し上げなければならぬところ」

「いえ、そもそも手配をしてくれたのは、私の恩師ですし……。実際に住んでみて、居心地は最高なので、できるだけ長くいたいのです。けれど家賃がこのままでは、あまりに安すぎて、私の気持ちが落ち着きません」

「……そのようにお気をつかわせてしまい、かたじけのうございます……」

しおれてしまった隼人を見て、余計なことを言っただろうかと少し後悔した。

隼人は他者を助けることは得意だが、他者に助けられるのはどうにも不得手のようだ。

遠慮が美徳という日本文化の影響、あるいは弱みを見せない武士の矜持《きょうじ》……いや、それよりも性格なのだろうか。悪いことではないが、もう少し頼ってくれてもいいのになと思う。だが、とりあえず服選びでは私を頼ってくれたのだ。その点は喜ばしい。

ファッションに関していえば、私は保守的である。いや、正直に言おう。色々考えるのは面倒くさいものの、センスがないと言われるのも癪《しゃく》……となると、保守的でいるのが楽なのだ。そうすると服はプレーンかつベーシックなセレクトになってくる。

「ハヤトは、どんなカラーが好きですか？」

店内を見渡しながらそう聞いた。広いフロアに、服が色の波を作っている。夏のセールが始まっていて、明るい色みが豊富だ。

「……薄墨や、紺鼠《こんねず》あたりが落ち着きまする」

要するにグレーと、インディゴがかったグレーである。人のことは言えないが、地味な趣味だ。隼人は比較的色白なので、もっと鮮やかな色が似合いそうなのだが……。ためしにロイヤルブルーのサマーニットを当ててみたら、顔色がパッと映える。隼人はぼそりと「派手かと……」と呟いていたが、なかば無理やりに持たせておく。

ピーコックはどうだろう。いや、ターコイズのほうがしっくりくる。グリーンは？　ミリタリーっぽくくすんでいるのは着せたくないが、ミントグリーンならば明るくていい。かといって真っ白は強すぎる。アイボリーは合う。隼人が暗いグレーを手に取ったが、それはだめ。ペールグレーならば似合うし、使い回しがきく。

「これ、合わせてみてください」

10

ユニクロを着た武士

「はあ」

「こっちも」

「……あの、適当でよいので……」

日本語の適当にはよい意味と悪い意味があるが、隼人は今後者で使った。つまり、そんなに真剣にやらなくていい、という意味だ。

「いいえ、ちゃんと選ばなければ！」

「……アンソニー殿？」

「ボロは着てても心はニシキ……エイコに教わりました。言わんとしていることはわかりますが、なにやらルサンチマンも感じます。外見をおそろか……いや、おろそかにしてはいけません。『葉隠』にも身だしなみは大事とありましたよ？　なにより、結局人は見た目で相手を判断するものです！」

思わず熱く語った私に、隼人は「は、はぁ」とやや引き気味だ。

なんということだ……服選びがこんなに楽しいとは。自分のだと面倒だが、人のならば楽しい。あるいは、隼人の服だから楽しいのだろうか？

Tシャツ、開衿シャツ、ポロ。

ボトムスは万能な紺とベージュ。スニーカーは潔い白。靴下だけ遊びの色を入れるのもいい。隼人は姿勢がいいし、頭も小さいからなんでも似合う。裾合わせを見てくれている女性スタッフが、小さな声で「脚、長っ」と呟いていた。

「家で着るものだけでいいんですか？」

「日常着と……あとは、武士をやめるにあたり、ご挨拶に向かわねばならぬところが何カ所かございますので、それ用に。ネクタイまでは必要ありませぬ」

ならば、きちんとしたシャツに、センタープレスのあるトラウザーズか。隼人の年頃ならばノータックでもいいかもしれない。……ああ、そういえば銀座にHACKETTがあったではないか……あそこでスーツをオーダーしてしまえば……武士卒業のお祝いとして私がプレゼントを……いやいや、隼人が受け取るわけがない。それでもつい妄想してしまう。細身の誂《あつら》えに身を包んだ隼人は、どれほど見映えがよいことだろう。

「……こんなに買ったのは初めてでござります……」

同じビルに入っていたカフェで、ぐったりした隼人が呟く。

彼の隣の椅子には、ユニクロの大きな袋がふたつ載っており、私の横の椅子も同様だ。トップス七点、ボトムス三点、靴下など小物が五点、靴二足を購入した。私までつられてパジャマを買った。

隼人は試着したものをそのまま纏っている。綺麗なブルーのTシャツに、淡いグレーのシャツを羽織り、ベージュのチノパン、白いスニーカーという爽やかな出で立ちだ。そのほうが荷物を減らせるという合理的な理由からだが、私は自分のコーディネートを早速にお披露目できて満足である。

「これで当面、困ることはないと思います」

「お時間を取らせ、かたじけのうございました」

「いえいえ、楽しかったので。ところでまた武士語が」

10

ユニクロを着た武士

「あ。失礼つかまつっ……すみません」

「そんなに急いで直さなくても」

「いえ、少しでも早く普通になりたいのです」

アイスコーヒーのストローをいじりながら隼人は言った。彼にとって武士は普通ではなかったということなのか。多数派を普通と呼ぶのならば、確かにそういうことになろう。けれど私の見ている限り、武士だった隼人はとても自然だった。自然であることもまた普通と言っていいのではないだろうか。

とはいえ、どうあるべきか選ぶのは本人である。本人がやめると決心したのだから私はそれに協力するだけだ。

「それでは練習しましょうか。少し長く喋ってください。一般的な二十代男性として」

「わかりました。では…………」

そこから先の沈黙は、妙に長かった。

もともと無口な上、今までの口調を封じて喋るとなると、ハードルが高いのだろう。思いつめた表情で固まっている隼人がだんだん気の毒になってきて、「テーマを決めた方がいいかも」と助け舟を出してしまう。

「どんなテーマにしましょうか……。そうだ、夏休み前、学生たちとの雑談で出たのですが『座右の銘』で。英語だとモットーですね。ハヤトの座右の銘はなんですか？」

「……これといってござ……ない、かな、です」

なにやら日本語のあやしい外国人みたいだ。私は笑い出したいのを堪えながら、

「今までもなかったのですか？　武士に二言はないとか、武士は食わねど高楊枝《たかようじ》とか」

「よう……よく、ご存じですね」

「実はこのあいだ、ルリに聞いたんです。あの子は色々知ってますね」

種明かしすると隼人は少し笑う。

「武士としての節度を守ることは心がけていましたが、それを一言で表すような座右の銘は、とくに意識したことがなく……ああ、頼孝にはあるようです」

「それは興味深い。どんな言葉です？」

「『おれは助けてもらわねェと生きていけねェ自信がある!!!』……です。高校生の頃から聞かされているので、覚えてしまいました」

私は思わず笑ってしまった。なんとも頼孝らしい。

「まさに名言です。誰の言葉？」

「ルフィ……マンガのキャラクターです。我が家はマンガを読むことは禁じられていたので……時々、頼孝の家で読ませてもらいました。スナック菓子やコーラなども、家ではあまり食べられなかったので嬉しかったです」

まだ高校生のふたりが、漫画を読みながらクリスプを食べ、コークを飲む……。

そんな場面を想像すると、なんだかほのぼのとした心持ちになった。性格は正反対のふたりだが……いや、そうであるからこそ、気を許した関係でいられるのかもしれない。

「彼は、いい友達ですね」

「唯一無二の親友と思っています」

10

ユニクロを着た武士

なんのためらいもなく、隼人は言い切った。いつもと同じ口調のようだったが、その奥底に誇らしげな響きが隠されていて——刹那《せつな》、私の胸がひりつく。

フラッシュバックだ。

もう見ることのないあの笑顔が、なんの前触れもなく……鮮やかな記憶として、私の脳裏に咲いた。止めようもなかった。

「アンソニー殿？」

動揺が顔に出てしまったらしく、隼人がこちらを窺っていた。

なんでもない、と応えるのは簡単だし、そうするべきなのかもしれない。私の過去について隼人に語ったところでどうにもならないし、そもそも楽しい話ではない。

なのに、

「私にも親友がいたんです」

なぜ私は、話し始めるのか。

「親友と呼べる相手が……ひとりだけ」

今まで、誰かに話したことなどない。話そうと思ったこともない。事情を知る人たちから……たとえば叔母からも、何度もカウンセリングを勧められたが、そうしなかった。その喪失の経験をカウンセラーと分かち合うことなど、したくなかった。

「でも七年前、彼は旅行先でダイビング中に事故に遭い、亡くなりました」

七年。

それが長いのか短いのか、よくわからない。

「それは……残念です」

優しい武士が、小さな声で言ってくれた。

故郷から遠く離れた国の、不思議な青年。まだ若いのに、孤独をよく知っている青年。

チャコールグレーの猫を撫でる時には、少年のような顔で笑う青年。

どうして彼にならら、話したいと思うのだろうか。

「連絡を受けて、すぐ現地に向かいました。一緒に行っていた彼の恋人は打ちひしがれていて、どう声をかければいいのかわからず……彼女は、私の妻でもあったのですが……」

隼人の瞼がピクリと動く。次の瞬間には目を逸らし、言葉を探している様子がわかったので、無理に喋らせないですむよう私は淡々と続けた。

「ふたりのことは、気づいてました。知らないふりをしていましたけどね」

私たち三人はカレッジで知り合った。

神経質で偏屈な私。

聡明で大胆で美しい彼女。

おおらかで時に無神経、そして子供のように笑う彼。

「それはいいんです。私はお世辞にもよい夫とは言えませんでしたから、彼女を責める気はなかった。彼女も謝罪はしなかった。彼を失って、ただ呆然としていて……」

彼はダイビングが得意だった。世界中の海に潜っていた。天候もよく、波もほとんどなく……だからこその油断だったのだろうか。ダウンカレントに巻き込まれての事故だった。

同行していたガイドは彼女を守るだけで精一杯だったと、後から聞いた。

「すみません」

固まってしまった隼人を見て、私は苦笑する。

「困りますよね、突然こんな話をされても」

「……そのご友人を……いまだ許せぬのですか？」

ためらいがちに、だが隼人は私に聞いた。死んだ彼を、まだ許していないのかと。私は少し笑いながら答える。

「許すも許さないも……悪いのは私です。私が妻とうまくいっていれば、ふたりは秘密の旅行に出なかったかもしれない。彼は死なずにすんだのかもしれない」

「それは」

「ええ、わかっています。考えすぎです」

私はまた笑う。もちろん作り笑いだが、ほかに適切な表情が思い浮かばない。

「でもつい、そんなことを考えてしまうのです。恨みも怒りもなく……ただ彼にもう会えないのが残念で、彼女に対して申しわけなく、そして……」

途方もなく、虚しかった。

自分の中が空洞になって、ただ乾いた風が通過していく——そんな心持ちだった。

怒りのようなものがあるとしたら、それは自分に対してだ。自分の気持ちを、正直な心を無視し続け、ありきたりで常識的な日常を失うことを恐れた、卑怯者。体面を気にし、権威に縋《すが》って生きている父や兄となにが違うというのだ。それでよしとしているぶん、彼らのほうがまだ潔いではないか。

自分の惨めな過ちを、私はいまだに許容できない。もう二度と、素朴な感情のまま、自分を好きだと言うことはできない。

彼女との離婚はすんなり成立し、私はひとりになった。

空っぽのまま、それでも私は生きていた。しばらくは食べ物の味がよくわからず、時間の感覚も曖昧で、季節の移ろいにも気づかなかった。この頃、恩師と叔母がよく顔を見せたのは、ひとり住まいの私を心配してのことだろう。

それでも時は、少しずつ傷を塞いでいくようだ。

やがて食べ物の味がわかるようになり、睡眠薬を飲まなくても眠れるようにもなった。それまでは研究対象として捉えていた仏陀《ブッダ》の教えも、私を助けてくれた。諸行無常……すべては変化し、過ぎ去り、流れゆき、なにひとつ留まるものはない。その思想は宗教というより哲学として、私の心に響いたのかもしれない。

けれど、私の中に生まれた虚しさが消えることはなかった。

これは一生抱えていくものなのだろう。彼の命を失い、彼女の存在を失った代わりに、私はこの空虚とともに生きて行く。それは実のところ、自分を許すよりはずっと簡単に感じられ——そんな自分に、私は呆れるしかない。

おっと、いけない。

隼人がすっかり深刻な面持ちになってしまっていて、私は慌てて「えーと」と無理やり声のトーンを上げてみる。

「ですから、まあ、隼人が羨ましいですね。ヨリのようによい友がいて」

　なんとか話を戻そうとしたわけだが、ちょっと強引すぎただろうか。それでも隼人は「はい」と真面目な返事をくれる。

「友は、よいものです」

　そしてアイスコーヒーの氷をカラカラ言わせながら、さらになにか考えこみ、しばらくすると「されば」という言葉とともに顔を上げる。

「はい」

　私は言葉の続きを待ったけれど、隼人は一度は明けた口をまた閉じてしまい、軽く首を傾げて俯き、だが再び、意を決したように顔を上げた。

　前髪が、軽く揺れる。

「我らも、友となるのはいかがでしょうか」

　そう言った。

　私は恐らく、虚を衝かれたような顔をしてしまったのだろう、それを見た隼人が慌てて「失敬。浅慮にも図々しいことを……」と言い出し、今度は私が慌てた。

「いえ、ハヤト、違います。その、とても嬉しいです。ちょっと驚いただけで」

「い、いやしかし……よくよく考えるに、アンソニー殿を友と呼ぶには、それがしはあまりに若輩者。あまりに僭越な申し出を……」

「センエツがよくわからないのですが、ジャクハイは若いということでしたよね。あの、私は、年が離れていても友情は成立すると思うのですが……。それに、確かにきみは年下ですが、きみの持つ真摯さや謙虚さを、私は尊敬しているのです」

私の熱弁に、隼人の頬がいくらか赤みを帯びた。

尊敬という言葉は大げさだったろうか。けれど、それは私の正直な気持ちだ。彼は確かに私より十三も下だが、人として敬っている。

考えてみれば、友人という語の定義もまた曖昧だ。知人と友人の境目がどこなのか、明確な決まりがあるわけではない。それでも私は隼人を友と呼びたい。知人でもなく、家主でもなく、大切な友人と呼べるのならば嬉しい。

痛々しいほどに真摯で、時に愚直、今まで誰にもしたことのなかった親友と妻の話を、私から引き出してしまった、この不思議な青年。

「どうか、友としてよろしくお願いします」

私は彼に右手を差し出す。

隼人は姿勢を正し、いくらか照れくさそうに瞬きをしながら、私の手を握ってくれた。

そういえば、これが初めての彼との握手だ。

温かく分厚い剣士の手を、私はしっかりと握り返した。

11

シェイプ・オブ・ウォーター

重くはないが、嵩《かさ》のある荷物を抱え、私たちは帰途についた。

駅から伊能家に向かって歩いていると、後ろから誰かの「えっ、あれっ、若さん？」という声がする。振り返ると、自転車で近づいてくるのは近隣の交番に勤務している顔見知りの若い警察官だ。確か名前は……。

「鹿島殿」

そう、鹿島巡査だ。宙のおじいさんが姿を消した時も、なにかと力になってくれた青年だ。最近知ったのだが、隼人と同じ中学の出身で、ひとつ先輩らしい。

「やっぱり若さんだった。そんな恰好してるからわからなかったよ。アンソニーさんが一緒に歩いていたから、もしかしてとは思ったんだけど」

「それ……お……わ……俺に、なにか？」

隼人が一人称に迷いながら聞くと、だいぶ慌てた様子で「今、家に行こうと思ってたんだ。若さんの携帯繋がらなかったから」と言う。隼人がスマホを出してみると、よくあることだがバッテリー切れになっていた。

「今すぐ、駅前の郵便局に行ってくれないかな。小関《こせき》さんが詐欺に遭いかかってる」

「小関さんが？」

「うん、まず間違いなく特殊詐欺だと思う。でも小関さん、相手の言うこと信じ込んじゃってて、どうしてもお金を下ろすって聞かないんだ。窓口担当も止めようとしたんだけど、すっかり興奮してて、なら別のところでやるからいいって……血圧も高いのに、心配だよ。でも、若さんの話ならきっと聞いてくれるんじゃないかって」

小関さんという名前は聞いたことがあった。

九十に近い高齢のご婦人で、ひとりで暮らしているそうだ。足腰は問題ないが、認知機能に衰えが出ているらしい。もともと頑固で好き嫌いの激しい性格だったようで、時折近隣トラブルが起きる。そうなると交番から、隼人に出動要請が入るわけだ。若く凜々しい武士は、小関さんのお気に入りなのである。

「そ……俺は、もう武士をやめたのです」

「へっ？」

「二日前に、連盟に脱退の書類を出しました」

「えっ、マジか……。じゃあもう俺たち、若さんになんか頼んじゃダメなの？　今一緒に小関さんを助けに行くっていうのもまずいわけ？」

焦った様子の鹿島が、なぜか私に救いを求める目を向ける。確かに隼人が武士をやめた以上、現代武士制度で定められた、地域警察への協力義務はなくなるはずだ。交番の留守役などもできないだろう。けれど今回の場合は……。

「武士であるかはさておき、住民として、犯罪を未然に防ぐのはよいことなのでは」

11

シェイプ・オブ・ウォーター

私が言うと、鹿島が「ですよね！」と激しく頷く。

「行ってもらえないかなあ。今の、その、同じ地域の住民としての協力っていうか、そういう形で。うん、そうだよ、べつに武士じゃなくていいんだし！」

鹿島は自転車をスタンドで固定すると、奪うように隼人の荷物を持った。

「武士じゃなくて……いい？」

「いい、いい。ぜんぜん問題なし！　若さんならいいんだ。小関さん、このままじゃ犯罪者に送金しちゃうよ。すぐに相手口座を凍結したとしても、どうせ犯人たちの名義じゃないし、もし犯人が捕まってもお金が返る保証なんかない。緊急だから、このチャリ乗ってって！」

「……わかり申した」

隼人が自転車のハンドルをグッと摑む。

「地域住民として、協力いたす」

「お願いします！」

荷物を抱えた鹿島が頭を下げる。

隼人は自転車のスタンドを蹴り上げ、サドルに跨がった。力強く踏み込むと、こちらを振り返ることなく、風のように走っていく。

どんどん小さくなるその姿を、私は見送った。自分のやるべきことを見つけた時、隼人はさながら一陣の風だ。その迷いのなさはとても美しい。

「ああ、よかった……」

鹿島は安堵しながら言い、

「それにしても、ずいぶん買いましたねえ」

ユニクロの袋をガサガサ抱え直しつつ、呆れたようにそう続けたのだった。

三時間ほどして、隼人は帰ってきた。その報告によれば、小関さんは詐欺被害に遭わずにすんだそうだ。私も胸を撫で下ろす。

「よかったですねえ」

「もう長く会っていない甥っ子を騙《かた》る電話があったようです。なかなか手が込んでいて、すっかりだまされてしまったご様子」

「あの手の詐欺はどんどん巧みになっているらしいですね。でも、小関さんがハヤトの説得に応じてくれてよかった」

「説得といいますか……」

小関さんは、まず隼人の洋装を見てかなり驚いたらしい。

どうしたんだい、と聞かれた隼人は、武士をやめることにしたと答えた。

小関さんはますます驚き、理由を聞いたそうだ。隼人は小関さんをATMの前から郵便局の長椅子へと誘導し、そこに座って、正直に打ち明けたそうだ。

——実のところ、自分が武士でいる意味がわからなくなり申した。

——だってあんたは、ちいちゃい時から侍だろう？

——そうなのです。幼き頃からそうでしたので……長じた今、己がそうである必要が、さっぱりわからなくなってしまい……。

小関さんは、落ちくぼんだ双眸《そうぼう》で、隼人をじっと見つめたという。可哀想な子供を見るような目だったそうだ。

——私はあんたのじいさんのことを、昔から知ってた。一途で真面目ないい人だったけれど……あんたへの躾はちょっと行きすぎなんじゃないかと思ってた。本当のことを言えばずっとそう思ってた。だからばあさんに、言ったこともあるんだよ。ほどほどにしたほうがいいんじゃないかって。だけどあの人はおとなしい女だったから……逆らえなかったんだねえ……。

そんなことを話し始めたという。

——あんたはよく、泣きながら素振りをさせられてた。つらそうだったよ。きっといつか、侍なんかにならないって、逆らうだろうって思ってた。でもあんたはずっと頑張ってたね……父親も母親もいなくなっても、頑張ってた。いなくなったから頑張ってたのかもしれない。そうだとしたら可哀想なことだ。本当に可哀想なことをした……ごめんよ、ごめんよ……。

謝られて隼人は慌てたという。

そして、自分が幼い頃、小関さんが時々家にやってきたことを思い出したそうだ。祖母とお茶を飲んでいただけだったが……様子を見に来てくれていたのかもしれない。

——やめていいよ。もうやめていい。

涙ぐみながら小関さんは言った。

——侍じゃなくなっても、たまに家《うち》に来てくれるかい。

——もちろんです。

——ありがとう。あんたはいい子だ。侍じゃなくったっていい子だ。

隼人たちがそんな会話をしてる間に、郵便局職員たちの尽力によって、小関さんの本物の甥と連絡が取れた。小関さんは甥と電話で話したが、その頃には自分が詐欺に遭いかけていたことも半分忘れていたようだ。記憶力の弱った高齢者を狙う詐欺は、実に許しがたい。隼人は小関さんを家まで送り、固定電話の留守番機能をセットし、使い方を紙に書いて、電話機の横に貼ってきたそうである。

「我が家も、以前貼っていたのです。祖父が最近の電話は不親切だと怒り……」

懐かしむように、微かな笑みを浮かべて隼人は言った。

けれど、その笑みは数秒も持たずに消えてしまう。懐かしい思い出を、つらい思い出がねじ伏せてしまったかのように——すぐに消えてしまったのだ。


春夏秋冬の趣で言えば、私は秋が好きだ。

実りの季節、木の葉が色づき、空の青は冴える。厳しい冬に向かうため、静かな心構えを整える季節は、私の精神と一番シンクロしやすいのだろう。

正直、夏は苦手だ、ことに東京の厳しい夏には辟易である。中央アジアの乾燥にはある程度慣れていたが、東京の湿気ときたら……。

11

シェイプ・オブ・ウォーター

そんな私ですら、夏が終わりに近づいていることを感じると、なんとなく寂しい。早く涼しくなればいいと口癖のように言いながら、朝晩が楽に過ごせる頃、ほんの少しだけ物足りない気もしてしまう。蟬《せみ》の声、激しい通り雨、夏休みにはしゃぐ子供、花火の炸裂音――夏は賑やかだ。けれど次第にそれは静まっていく。チリンと鳴る風鈴の音も、弱々しさを感じる。

とはいえ、まだ夏が終わったわけではない。

一週間の予定だったルリの滞在は、延長されることになった。

言い出したのは隼人だ。ルリがここに来て最初の数日、自分は部屋に閉じ籠もってなにもしてやれなかった、そのぶんを延長したらどうかという提案だった。彼らしい律儀さだ。ルリはもちろん大喜びで北海道の家に電話で許可を求めた。

父親は「ご迷惑ではないですか」と気にしていたが、最終的に許しが出て、ルリの滞在は延びた。ルリもだいぶ伊能家に慣れたので、残りの一週間、栄子は自宅に戻った。

武士をやめた隼人。小さな武士のルリ。

ふたりは毎日熱心に、剣道の稽古に励んでいた。隼人が武士をやめてしまったことに、ルリはずいぶん責任を感じていたようだが、隼人が根気強く説明した。

――以前から考えていたことであり、おまえのせいではない。今後は武士ではなく、剣士としての指導となるが、それでもよいか。

隼人が聞くと、ルリは深く頭を下げ「もちろんでございます」と答えた。

ルリが帰る三日前、伊能家でジンギスカンの宴が催された。

羊肉の料理で、名前の由来はかのGenghis Khanからきているらしい。北海道では、人が集まるとよく振る舞われるそうだ。ロンドンでもラムは一般的だし、フィールドワークの時にはマトンばかり食べていた私だが、ジンギスカンスタイルは初体験だった。頼孝と誠、剣道教室の輝たちも来て、賑やかなランチパーティだ。もちろん栄子も来てくれて、美味しそうな手料理が並ぶ。

「落ち着け！　子供たち落ち着けえ！　肉は逃げないから、いっぱいあるから！　あっ、こら輝！　なんで俺の皿から肉取るのおまえは！」

快晴の下、頼孝が叫び、子供たちが走り回る。

誠がバーベキューセット一式を持ってきてくれたので、庭でのジンギスカンだ。

いつもは礼儀正しいルリですら、ほかの子に巻き込まれてはしゃいでいる。頼孝の言うことはちっとも聞かない子供たちだが、騒ぎすぎて隼人が「こら」と窘《たしな》めるとややトーンダウンし、さらに栄子が睨むともっと静かになった。栄子を怒らせれば、とっておきのデザートがなくなると知っているからだ。

「だってね、アンソニー様、デザートはアイスケーキなのですよ。手前は冷凍庫で見つけてしまいました。栄子様の手作りで、輝のアレルギーを考慮し、ちゃんと豆乳を使ってあって、上にはフルーツがたくさんのってて……ものすごく美味しそうなのです！」

ルリが私にそう教えてくれた。今日はいつもの作務衣ではなく、栄子が用意してくれた花柄の浴衣を着て、髪も女の子らしく結ってある。輝や宙に「可愛い」と褒められて、とても嬉しそうにしていた。

11

シェイプ・オブ・ウォーター

「みなに話がある」

デザートの前、隼人は子供たちを集めてそう切り出した。

ルリも含め、六人の子供が隼人を取り囲むように集まる。

ユニクロで買い出しをして以来、とりあえず洋服に困ることのなくなった隼人は、マスタードイエローのTシャツにハーフパンツの出で立ちだ。

「そ……私は、武士をやめることにした」

子供たちがポカンとした顔になる。

「もとい、やめた。今は手続き中だが、数日のうちに正式な受理書類が届き、それで私は武士ではなくなる」

先日、剣道教室の夏稽古が終わり、このタイミングで告げることになったようだ。事情を知っているルリだけが、やや俯いていた。子供たちはそわそわし始め、次第に落ち着きをなくす。ひそひそと話し声も聞こえるようになった。やめる？　なんで？　どういう意味……？　あまりに突然で、彼らは状況をうまく摑めていない。

「あの」

意を決したように声を発したのは宙だった。

「それは、先生が剣道をやめてしまうということでしょうか」

「そうではない。武士でなくとも剣道はするからな」

「それでは、これからも僕たちに稽古をつけてくださるのですか？」

「無論だ。ただ私が武士ではなくなるというだけだ」

「先生が武士でなくなると、稽古が……あの、ちょっとラクになったりとか、するのでしょうか？」

「それはない」

ないのかァ、と小さくぼやいたのは輝である。

宙は「そうですか……」と言ったものの、表情はまだスッキリしていない。子供たちが互いに顔を見合わせ、再びボソボソと話し出す。明らかに戸惑っているのがわかったため、隼人も小声の相談を止めることはなかった。ルリはほかの子からなにか聞かれ、小首を傾げつつ、なんとか答えようとしているようだ。

「隼人先生っ」

しばらくすると、今度は輝がピッと右手を挙げた。

「つまり、なにも、変わらないということでしょうか！」

その質問に、隼人は「いや、だから……」と言いかけて言葉を止める。

だから、武士をやめるのだ。その点が変わる。そう言うつもりだったはずだ。けれど気がついたのだろう。

子供たちにとっては、実際なにも変わらないということに。

今までも隼人は剣道着のまま体育館に行き、そのまま帰ってきていたので、服装にすら変化がないのである。

「………そうだな……変わらんな……」

自分に向かって呟くように、隼人はぼそりと言った。

11
シェイプ・オブ・ウォーター

輝が「よかった！」とその名のように輝く笑顔を見せる。

「先生が変わらないならよかったです！　あっ、髪は今のもかっこいいよ！　だからデザート食べていいですか！」

より大きな声でそう聞く。

栄子が大きな皿を手に、濡れ縁に姿を現したのだ。アイスケーキが溶けたらどうしようと、輝は気が気ではないらしい。ほかの子供たちもすっかり気持ちをアイスケーキに持っていかれ、隼人は溜息交じりに「食べてよい」と許可をした。

子供たちはワッと栄子に集《たか》る。その中には頼孝まで交ざっていて、まだ肉を食べていた誠が「でかい子供がいるなあ」と笑った。

「……変わらないと、言われました」

隼人が誠に言った。誠は鉄板に残った肉と野菜をトングで集めつつ、

「そりゃそうだ。武士をやめてもおまえはおまえだからな」

そう言った。隼人は「はぁ」と頷いたものの、釈然としない顔だ。

「子供たちへの接し方も変わらないだろうし、武士語が抜けるのも時間がかかりそうだしなあ。抜けたとしても、おまえは頼孝みたいに『あざまーす』とか言わないだろ？」

「……言いませぬな」

「なら、今と大差ない」

「さよ……そうでしょうか」

「うむ。左様にござるよ」

誠が笑いながらわざとそんな言葉を使うので、隼人は微妙な表情を見せる。

そうなのだ。変わらないのだ。

私がこの数日見ている限りでも、ほぼ変化はない。ご近所さんたちはなにかあると「若さぁん」と頼ってくるし、そのお礼の品々も届く。

誠の指摘どおり、言葉遣いもなかなか直らないし、率直なところ……着ているものが洋服になっただけという気もする。ただ、飾られていた刀はしまわれ、手入れをする姿もあれきり見ていない。

ルリがアイスケーキの皿を手に、小走りに隼人に近寄っていった。自分より先に、師のぶんを確保するとは偉い子だ。

「はい、先生!」

隼人は「ああ」と小さく頷いたが、皿を受け取りはしない。しばらくルリのことを見つめていたが、やがて右手を動かした。

竹刀ダコのできた、大きな手がふわりとルリの頭を撫でる。

「おまえが先に食べなさい」

不器用な優しさの滲む声で、そう言った。

隼人がルリに触れたのは初めてだったかもしれない。隼人はもともと、ほとんどスキンシップをしないタイプなのだが、ルリに対してはとくに徹底されていたように思う。女の子だから遠慮していたのかもしれないが、もう少し距離感が近くてもいいのではないかと、私も常々思っていたほどだ。

ルリはとても嬉しかったようだ。

嬉しすぎて恥ずかしくなってしまったらしい。ほとんど強引に隼人に皿を押しつけて、言葉もないまま走り去り、栄子の陰に隠れてしまった。

誠がその様子を見て「可愛いなあ」と笑う。

隼人はなにも言わないまま、輪郭の弛《ゆる》みだしたアイスケーキを食べ始めた。

11

シェイプ・オブ・ウォーター

ルリが北海道に戻る日、羽田空港まで送っていくこととなった。

当初はルリの父親が伊能家まで迎えにくる手はずだったのだが、あまり負担をかけたくないという隼人の気遣いだ。栄子も朝から来てくれ、ルリに手作りの菓子を持たせていた。

「またおいで」

玄関先で栄子は言った。ルリは来た時と同じ藍色の剣道着で、髷風に結いあげた髪の結び目には、青紫のリンドウ《gentian》の造花が飾られている。もちろん栄子の心遣いだ。

「……来られるでしょうか」

どこか不安げにそう聞いたルリをぎゅうっと抱き締め「うん。きっと」と答える。そうなるといいと私も思う。また次の休み、今度はちゃんと両親の許可を取って来ればいい。

「さあ、そろそろ出ましょうか。忘れものはないですね？　あれ、ハヤトは？」

まだ玄関に現れていない。

栄子が「隼人さぁん？」と呼ぶと、「今しばらく」と自室のほうから声がした。

「武士語、抜けないねえ」

栄子が呆れ声を出し、私も「抜けませんね」と笑う。

「『それがし』もちょいちょい出てますよ」

「洋服なのに、無意識に刀の位置直そうとするよね」

「してますしてます。あれはちょっと面白いです」

「あれってさ、コンタクトに変えたばかりの人が、かけてない眼鏡の位置を直そうとしている感じよね！」

そんなことを喋っていた私たちに、ルリが口を尖らせて「隼人様は頑張っておられるのです」と割り込んだ。ごめんごめんと、ふたりで謝る。

「お待たせいたした」

やっと現れた隼人を見て、私たちは軽く目を見開く。

羽織袴に大小を帯刀――着物の生地こそ違うものの、私を出迎えてくれた時とほぼ同じスタイルである。あとは髷さえあれば、まるきり武士だ。いくらか決まり悪そうな隼人は、「急がねば」などと言いながら、草履に足を入れる。

「隼人様……もしや、やめたのですか？」

ルリが聞いた。

「武士をやめるのを、やめたのですか？」

その声は嬉しげに弾んでいた。隼人は「うむ」と短く答える。

11

シェイプ・オブ・ウォーター

私たちとは目を合わさず、「晴れてなにより」などと言っている。栄子が笑いを堪えながら顔をそむけた。

やめるのを、やめた。

つまり隼人は武士に戻った。自分の意志で、そうすることに決めたのだ。

別れがつらくてしょげていたルリが、たちまち元気になる。再び栄子とハグを交わし
「きっと、また来ます！」と自分で言う。

三人で、空港へと出発した。

隼人とルリが並んで歩いていると、人々が注視するのがわかる。電車の中でも、モノレールでもチラチラと見られる。桜もまだだった春先、初めてこの国の地を踏み、初めて隼人とモノレールに乗った時が思い出される。武士と外国人という組み合わせは目立ち、ずいぶんジロジロと見られたものだ。だが今、隼人とルリに向けられている視線はみな柔らかい。微笑みを浮かべている人も多い。

凜々しい青年武士と、可愛らしい少女剣士。

女の子は青年を見上げ、その瞳は憧れを語っている。青年は物静かで礼儀正しく、荷物を抱えた高齢の男性が乗ってくると、その荷物を持とうと申し出る。女の子もそれを真似する。もちろん外国人の私も、手伝いを申し出る。

「ありゃあ、すまないねえ……親切なお侍さん、こっちのお侍さんは可愛らしいねえ……おぉ、がいじんさん、あんた日本語がずいぶん達者なんだねぇ……」

私は微笑んで答えた。なにしろサムライと同居してますからね、と。

小一時間で空港に到着し、ルリの父親に会えた。

父親は私たちに何度も頭を下げ、両手いっぱいの乳製品を持たせてくれた。

保安検査場前での別れ際、ルリは眼を充血させたが涙を零すことはなかった。隼人が「冬休みにまた稽古いたすぞ」と言ってくれたからだ。

「必ず、必ず参ります」

「うむ」

「それまでどうぞお元気で。アンソニー様、隼人様をよろしくお願いいたします」

よろしくお願いされた栄誉に私は胸を張り「おまかせください」と請け合った。

「次は勝手に参ってはならぬ」

「はい」

「きちんと許可をいただくのだぞ」

「はいっ」

「母上に」

隼人はスイと身を屈め、目の高さをルリに合わせる。

「――母上に伝えてくれ。それがしは健勝であると」

ルリが目を見開き、その表情が固まる。隣で聞いていた父親もまた、明らかに緊張したのがわかった。父親がなにか言おうとした時、隼人は再び姿勢を戻し、

「そろそろ搭乗なさったほうが」

とふたりを促す。

11

シェイプ・オブ・ウォーター

父親はルリの手をしっかり握ったまま、少し苦しそうな顔で言葉を探す。けれど結局、見つからなかったようだ。深々と今一度頭を下げ、娘を促した。そして保安検査場の列に入っていった。

ルリは何度も振り返る。そして大きく手を振る。

私は手を振り返した。隼人は動かず、けれど視線は少女から離さない。

「妹なのです」

私を見ないままで隼人が言った。

「母が再婚したことは存じておりました。子供がいることも。名前や、どこに住んでいるかは知りませんでしたが……栄子殿はご存じだったはず」

ああ、それでかと――私の中で、すべてが腑に落ちた。

栄子は最初からわかっていたのだ。北海道から突然やってきた少女が、隼人の妹だということを。だからこそなかば強引に、彼女を受け入れたのだろう。それはルリのためだったのか隼人のためだったのか……たぶん、両方だ。

そしてもうひとつ理解する。

ルリが以前話してくれた、チョーかっこいい少年剣士。

あれこそが、少年だった頃の隼人だ。

どういう経緯でかはわからないが、隼人の母親が持っていた映像を見て――それ以来隼人は、彼女の憧れとなったに違いない。ルリは武士に会いに来たのではない。

憧れの兄に、会いに来たのだ。

「ハヤトはいつ気がついたのですか」

「あの子が突然現れた時から、もしやとは思うておりました。驚くほど……母親に似た顔つきをしておりまする」

「なるほど」

頷きながら、私はここしばらくの朝食風景を思い出していた。

私と隼人とルリで囲むテーブル。トーストの焼ける香り、栄子お手製のコールドチキンサラダ、私はミルクティーを淹れる係だ。隼人はいつものように、トーストにコンデンスミルクを塗っていた。そしてなにを問うこともなく、ルリにもそれを渡す。ルリも当然のように受け取り、白く甘いミルクをたっぷりとトーストに垂らして……。

——それがしは幼き頃からこれが好きでして。母がよく……。

まだ日本に来たばかりの頃の、隼人の言葉が蘇る。家庭で受け継がれる、小さな嗜好《しこう》を伝統と呼ぶのは大げさだろうか？

もうふたりの姿は見えない。

それでも私たちは、同じ場所に立ったまま同じ方向を見て話し続ける。

「母はよく祖父と言い争っておりました。それがしが武士になるのを強制しないでほしいと。そんな息苦しい、時代錯誤な生き方は可哀想だと……とくに父が亡くなってからはいっそうです。それがしはふたりの諍《いさか》いを見るのがつらく、自ら武士になりたいという素振りをいたしましたが——本当のところ、自分がどう考えていたのか、今となってはもう、わかりませぬ」

11

シェイプ・オブ・ウォーター

隼人の母は、息子を置いて出ていった。

彼女なりの事情はあっただろう。そうするよりほかになかったのかもしれない。それでも、残された子供は傷つく。血の繋がりゆえに、傷は深い。

「ルリにはあのように申して恰好つけたものの……実のところ、いまだ母親を許せてはおりませなんだ。祖父が倒れたあと、こちらに来たいという申し出もありましたが、それがしは拒絶いたしました。顔も見たくないと伝えてくれと、栄子殿に……」

「そう簡単に許せるものではないでしょう」

私は言った。私が隼人でも、それは突っぱねた気がする。

「左様にござりましょうか」

「でもいつか許せるといいですね……などと言ってみましたが、まあ、絶対にそうしなければいけないものでもない。私だってこの歳だというのに、自分の家族とうまくつきあえているとは言えません。権威的な父は嫌いだし、兄とは気が合わないし……でも仕方ないです。血縁だろうと、あくまで別個の人間ですからね。家族ならば理解しあえるはず、などというのは幻想に過ぎません」

もちろん、理解しあえれば素晴らしい。私もそれを否定する気はない。

けれど正直なところ、私は家族であれ誰であれ、他人を理解できたと思った瞬間など一度もない。いつも、わからない。隼人のことだってわからない。かなりわからない。それでも私は隼人という人間をとても好ましく思っている。それで十分な気がする。

アナウンスのソフトな声が、各国の言葉で高い天井に流れていく。

人波は途絶えず、老若男女が保安検査場に吸い込まれる。

「…………それがしは」

隼人の言葉が途切れる。

私は続きを促そうかと思ったのだが、黙って待つことにした。

私たちの横を、五、六歳の男の子がはしゃぎながら、すごい勢いで走っていった。その後ろを慌てふためいた男性が追いかけていく。見たところ、父親というよりは祖父だろう。なんとか追いついて、孫は叱られる。迷子になったらどうするんだ、空港《ここ》は広いんだぞ、みんなと二度と会えなくなるぞ……そんなふうに叱られても、孫はまだ笑っている。

やがて母親が追いついてきて、怖い顔をした。子供はやっと神妙になる。

「それがしは取り返しのつかないことをいたしました」

話の続きはふいに始まった。

「病床ですっかり弱っている祖父に、こう申しました。武士になど、なりたくなかった。なりたいと思ったことなど一度もない。そのせいで母さんは出ていった。ぜんぶあんたのせいだ。あんたを許さない。死んでも許さないから……よく覚えておけ」

私は返事もしなかったし、相槌《あいづち》もうたなかった。隼人の顔を見ることすらしなかった。できなかった、が正しいかもしれない。隼人が悪態をついたことがショックだったわけではない。やはり彼がそこまで追い詰められていたという事実が、つらかった。

「実際はもっと口汚く罵りました。祖父はなにも言わず、ただ泣き出しました。子供のように泣くのです。とてもその場におられず、家を飛び出し……しばらくして戻ると」

11

シェイプ・オブ・ウォーター

もう死んでおりました——淡々と、隼人は続けた。

「部屋には叔父がいて、怒鳴られました。おまえはなにをしてた、親父はひとりで死んだんだぞ、と」

次第を語る口調に乱れはなかった。その声は震えず、安定している。もうずっと前から、誰かに告白することを準備していたかのようだ。

隼人はいったい、何百回、何千回思い出したか。

悔やみ、苦しみ、夢に見たのか。

そんなに気に病む必要はありません、おじいさんはちゃんとわかってくれてますよ、悔やんだところで過去は変えられないのです——私の頭にいくつかのセリフが浮かんだが、どれも口にする気にはなれなかった。気に病むことは意識的にやめられるものではないし、先代がどう思ったかを私が知るよしもないし、過去が変えられないなんて自明の理をふりかざすのも意味がない。こんな時、言葉は無力だ。

いや、私が無力なのだ。

決して容易ではなかったはずの告白をしてくれた、この若い武士に、言葉ひとつかけてやれないなんて。なんと情けなく、役立たずなのだろう。

隼人が小さな子供なら抱き締めてあげられるのに。

そう、いつか隼人が宙にしたように。栄子が、ルリにしたように。

「ハヤト」

声をかけ、隼人のほうに身体を向けた。

隼人は「はい」と返事をしてこちらを見る。

向かい合う形になり、私はつかのまためらったが、思いきって両腕を広げてみた。やはりどうしても、ハグ以外に思いつかなかったのである。隼人は成人男性だが私よりだいぶ年下だし、私は外国人だし、ギリギリありなのではないだろうか。

「…………」

だが、隼人は怪訝な顔でこちらを見るだけで、動かない。私が三歩前進すればハグできる距離ではあるが——いや、これは違う。

そういう雰囲気ではない。ぜんぜんだめだ。

周囲の人がチラチラ見ている。なんだこの空気は。困った。

私は腕を閉じた。降参して、聞いてみる。

「どうやったら、きみを甘やかせますかね？」

「……は？」

「ハヤトを甘やかしたいんです」

「すみませぬ。仰る意味が……」

「だってそうでしょ。子供の頃のぶんを取り戻さないと。きみはもっと甘やかされるべきなんですよ！」

気恥ずかしさで、若干キレ気味の私を見つめ、隼人は「はあ」と困惑声だ。

「しかし、それは難儀ですな。なにぶんそれがしは武士にござりますゆえ、そう易々と人様に甘えるわけには」

11

シェイプ・オブ・ウォーター

「……どうしてまた、武士に戻ったのです？」

この質問は予測していたのだろう。隼人の返答は早かった。

「なんら、変わりませなんだ」

この瞬間、隼人の頰が柔らかくなった。ほんの少しだが、私にはわかる。

「武士であろうとなかろうと、たいした変化はございませんでした。それがしは勝手にクサクサしておりましたが……周囲の人々の態度は意外なほど変わらず、武士をやめたと伝えても、多少驚きはするものの、やめるなと仰る方もおらず……」

そのとおりだ。みんなわかっていたのだ。隼人が武士をやめたところで、隼人が隼人でなくなるわけではないということを。地域の人々に必要なのは、隼人という人間であり、武士であるというオプションは必需ではなかった。

「どんな器に入っていても、中の水は変わらないものです」

私の言葉に、隼人は呟く程度の音量で、

「それがしの器は、空《から》なのではないかと思うておりましたが……」

そう言った。まさか。空のはずがない。

だが私が否定しなくても、隼人はすでにわかっているだろう。周囲の人が、彼に気づきを与えてくれたのだ。隼人という水は、綺麗に透き通り、少し厳しいほどの冷たさで器に満たされている。もちろん大切なのは中身の水なのだが、水は自身だけで姿を保つことができない。

そこに在り続けるために、どうしても器が必要なのだ。

だから私たちは、器を探し続ける。

美しい器、素朴な器、実用的な、ユニークな、繊細な、頑丈な……自分という水にとってふさわしい器を探し、右往左往する。ぴったりな器が見つかるかどうかはわからない。見つかったとしても、それが最適だと気がつけない場合もあるだろう。逆にふさわしくない器の中で、ずっと耐え続ける人生もあるのかもしれない。いっそのこと、自分で新しい器を作り出す人もいるかもしれない。

そして水《ひと》の形が決まる。

大切なのは、その器が正しいかどうかではない。

その気になれば、器などいつでも変えられるという点だ。だから隼人は武士に戻ったし、いつかまた武士をやめるかもしれない。

どちらでも、いい。

どちらでも、隼人だ。

「……それがし、ハグは辞退申し上げますが」

あ、ハグしようとしたのはわかってたのか……いたたまれなさを感じながら、私は言葉の続きを待つ。

「我が友がコンビニのプリンをおごってくだされば、ありがたき幸せ」

私がやや気取って「任せてください。十個買ってあげましょう」と言うと、少し顔をしかめて「買いすぎです」と返されてしまう。

「では五個」

11

シェイプ・オブ・ウォーター

「……六個だと、三日食べられまする」

「一日二個食べたいんですね？」

「朝晩プリンは、それがしにとって贅《ぜい》の極み……」

「わかりました。六個。せっかくですから、どこか菓子店《patisserie》を探してみましょうか」

「コンビニの、いつものがよいのです」

「了解です。では、コンビニに寄ることにして」

帰りましょうか、と私は言う。

隼人も言った。帰りましょう、と。

家へ帰ろう。プリンを買って。私も自分のぶんを買わなければ。隼人はしっかり派、私はとろとろ派なのである。これればかりは相容《あいい》れない。

同じタイミングで、踏み出す。

「お、武士発見」

どこからか、そんな声が聞こえてきた。

さらに「でもマゲがないじゃん」と続くと、隼人はやや申しわけなさそうな顔になり、自分の頭にゆっくりと手をやった。

epilogue
ラブ・アクチュアリー

ブシ、ワラワラである。

武士がワラワラしているのである。

日本の擬態語は実に興味深い。人が多く集まったり、あるいは逆に散らばったり、そんな時の様相を『ワラワラ』と表現するのだ。音の似たものに『ユラユラ』や『フラフラ』があるが、意味はまったく違う。前者はswingで、後者はfeel dizzyあたりだろうか。

ともあれ、武士がワラワラしている様は壮観だ。ロビーの片隅に立つ私は、目で数えてみた。およそ五十人の裃姿である。

「なんか時代劇の撮影現場みたいだよね〜」

私の隣で、栄子が言った。今日は綺麗な水色のワンピースを纏い、ロングパールのネックレスで装っている。

「女性も着物が多いですね。……あの長い袖の着物など、実に華やかです」

「振袖ね。未婚女性の正装なんだよ。花嫁のお友達かな」

「栄子もとても美しいですよ。パールがよく似合っています。……日本《こちら》では、あまり帽子は被らないのかな？」

「あー、英国の伝統的な式だと、帽子がマストだったっけ。こっちはほとんど見ないなあ。皇室は別として……」

そうなのですか、と頷きつつも、私は少し残念だった。栄子の装いに、ドレスと共布のファシネーターがあったら、さらに美しいだろうと思ったからだ。

私たちはホテルのロビーにいる。

秋も深まり、木の葉が黄金色に色づく季節の今日、ここのボールルームで誠の結婚式ならびに披露宴が行われるのだ。

「もう何度も言ったけど、アンソニーもすごく素敵」

「ありがとうございます」

「燕尾服《えんびふく》がめちゃくちゃ似合ってる……燕尾服着てても指揮者に見えない人、初めて見たよ……ああ、正統派英国紳士オーラが眩しくて、まともに目を開けていられない……」

栄子はそう言いながら、ふらつくフリをして私を笑わせる。

当初はスリーピースで出席しようと思っていた私だが、誠に「うちのハニーがですね……英国紳士には、めちゃくちゃキメて来てほしいと言ってまして……」と請われたのだ。

この場合の「キメて」は「お洒落をして」の意味にあたる。式は夕方からと聞いたので、夜の正装であるホワイトタイ一式を、急ぎ実家から取りよせたわけである。

「しかもその、着慣れてる感が……」

「まさか。テイルコートは久しぶりですよ。学校の制服が似たようなものだったので、そこそこ馴染みはありますが……」

epilogue

ラブ・アクチュアリー

「そっかそっか」

栄子がニコニコとしながら、「またあとで写真撮らせてね」と言う。実のところ、さっきから撮りまくられ、やっと一段落ついたところなのだ。

「ええ、次は栄子も一緒に……」

そう言いかけた時、私の耳が気になる声を拾った。

「伊能の若造、あれはもうだめだろう」

そんな言葉に、頭を巡らせる。少し離れたソファにデンと腰掛けた、七十前後と思《おぼ》しき裃姿のふたりが会話していた。

「武士をやめるなどと言い出しおった。その理由がひどい。武士でいる意味がわからなくなったなどと、くだらんことを抜かしおって」

「だが伊能は、それを撤回したと聞いとるが……」

「それもまた気にくわん。武士に二言はない、の言葉を知らんのか。あやつはダメだ。伊能の爺様が死んだ時も、長いこと腑抜けていたと聞くしな。伊能は弱い。弱すぎる。武士の魂を持っておらんのだろう。なんでも、町内のジジババの安否確認訪問までしているらしいではないか。そんなことは武士の仕事ではないというのに」

「いやあ、しかし、今の世の武士はそういう地域貢献も……」

「武の道にはまったく関係ないことではないか。剣術も、腕力もいらん。そんな雑事はな、普通の連中に……そう、町人にさせておけばいい。我々武士の地位が貶《おとし》められたらどうする。ったく、伊能は武士の矜持をわかっておらん」

ぴく、と自分のこめかみあたりが軽く痙攣《けいれん》するのがわかった。

よく磨いたエナメルのプレーントゥを鳴らし、私は歩き出す。アンソニー、と栄子が小声で呼ぶのが聞こえたが、止まることはできなかった。

ふたりの老武士が腰掛けるソファの前に、立ちはだかる。

いきなり現れた外国人に、ふたりは驚いたようでいくらか身構えた。

「な……」

「自分で言うのはおこがましいことですが」

相手が喋り出すより早く、隼人の陰口を叩いていた老武士を見据え、私は笑みを浮かべて切り出した。

「私は日本語が堪能ですので、あなたがたの会話をしっかりと聞き取れました。まず、あなたがハヤトをどう思おうと、それはあなたの勝手です。ですがこうした公共の場で、他者の悪口を垂れ流すなど、実に品位に欠ける行為かと思います。さらに本日は宇都宮誠殿の晴れがましき日、この良き日を、偏見と陰口で穢《けが》すのはいかがなものでしょう。それこそ、武士の矜持を、誇りを、プライドを台無しにするものなのでは？　あなたの矜持のためにも、そのひん曲がってしまった口を閉じていただきたく、お願いする次第です」

スラスラと喋ることを『立て板に水』と言うそうだ。

私は優雅な嫌みをもって、それを実践できたと思う。悪口を言っていた老武士は、しばしポカンとしたあと、顔を赤くして「なっ、なっ……」と言葉を詰まらせていた。もうひとりが慌てた様子で、

epilogue

ラブ・アクチュアリー

「おお、そうだ、トイレに行っておかねば、式が始まる前に、な?」

とその場から立ち去ることを促した。私がスッと場所を空けると、ふたりは立ち上がって歩き出す。ひとりは真っ赤な顔のまま、ドスドスと。もうひとりは、一度こちらを振り返り、礼をしてくれた。謝罪の意がきちんと感じられたので、私もお辞儀を返す。

「やだもう……かっこよすぎて気を失いそう……」

ひととおりを見守っていてくれた栄子が、謎のポーズで言う。

私は気が済んだ途端、出過ぎた真似だったろうかと不安になり「あとでハヤトが叱られたりしませんか?」と思わず栄子に聞いてしまった。

「平気でしょ。むしろ恥ずかしくて、誰にも言えないよ」

「ならばよいのですが……。ハヤトを悪く言われるのが耐えられず、つい……。武士の地位ウンヌン、というのにもカチンときてしまいました。ああいった勘違いの特権階級意識は、本当に苦手です。最近覚えた表現だと、鼻持ちならない」

「うん。あたしも。…………あのさ、アンソニー」

「はい」

私は返事をして、栄子を見た。彼女は続きを言わないまま、じっと私を見つめている。真っ直ぐな視線がなかなか私から離れず、どうしたのだろうとやや戸惑った頃、

「失礼な質問だったらごめんなさい。でも気になるから聞いちゃうんだけど、アンソニーって貴族なのかな?」

と問われた。視線はいまだバッチリ合ったままで、だ。

黙ったまま微笑んで、聞こえなかったふりはできたはずだ。そうしたら栄子も私の意を汲み、話題をサラリと変えてくれただろう。

けれど、私は栄子に対してそういう態度を取りたくはなかった。

「はい」

だから、正直に答え、「私は次男ですから、爵位は継ぎませんが」とつけ足した。

「そっか。今まで言わなかったということは、あんまり知られたくないんだね」

「……はい」

私は銀のスプーンをくわえて生まれてきた子供、である。

いわゆる名家に生まれ、高い教育を受け、なに不自由ない暮らしをしてきた。長男ではないので継承のプレッシャーもなく、だからこその甘えがあると父に叱責され、寄宿学校には馴染めず、社交界では浮きまくり、象牙の塔に逃げこんで迷走し、気がつけばチベットやブータンで仏像の前に立ちつくしていたのが、すなわち私だ。

「まあ、英国貴族だなんて言ったら、どうしても好奇の目で見られるもんねー。お城に住んでるの、とか。家に執事がいるんでしょ、とかさ」

「…………」

「……え、まさか実家、お城なの？」

「城は先々代の頃、ナショナルトラストに譲渡しました。執事はいます……父のもとで、屋敷の管理などをしているスタッフとして」

「わお、ホントに貴族だ」

epilogue
ラブ・アクチュアリー

栄子が笑い飛ばしながら「うん、言わないでおく」と約束してくれた。

「お気遣いありがとうございます……あの……どうしてわかったんですか？」

そう聞くと、栄子は「いやいや、だって」と私を再度つくづく眺めた。

「その超高級そうで身体にピッタリの燕尾服、実家から送ってもらったんでしょ？　庶民はさー、自前の燕尾持ってないよなーって」

「……ああ、確かに……」

「しかも学生の時には着てた、ってなると、それもうパブリックスクールしかないよね。で、アンソニーが愛用してるマグの紋章って、ケンブリッジのカレッジのだし。パブリックスクールからオックスブリッジに進むなら、アッパーミドル以上かな、と。そもそも、話し方とか立ち居振る舞い見てたら、育ちがいいのはある程度わかるよ。まあ、あたしが、多少英国オタクだってのもあるんだけど」

「多少ではないと思いますが……いずれにしても、参りました」

私はもう、苦笑いするしかない。

「栄子様、アンソニー様、お待たせ致しました！」

可愛らしい声に振り返ると、ルリが小走りにやってきた。再会の挨拶はすでにすませていて、着付から戻ってきたのである。

「やだ可愛い……っ。リングガールならぬ、リングお小姓《こしょう》……！」

栄子は駆け寄るとルリの周囲をくるくる回り、写真を撮りまくる。私も思わずスマホを取り出してしまった可愛らしさだ。

お小姓というのは、まだ年若く、今でいう成人前の少年武士のことだという。カミシモという肩の尖った衣装を着ていて、内側の着物は華やかな柄物だった。

「初めての裃なのです。嬉しくて、ちょっと恥ずかしゅうございます」

桃色に染まった頬でそう言う。ルリは誠から頼まれ、お小姓スタイルでリングを運ぶ役割を担うのだ。今回は父親とともに上京し、このホテルに滞在しているが、明日は伊能家に来て、輝や宙たちとも会う予定になっている。

「お待たせ申した」

ルリにやや遅れ、隼人も着付室から戻ってきた。

その凛々しい出で立ちに、私は惚れ惚れする。

熨斗目《のしめ》紋付の小袖の上に、家紋入りの肩衣《かたぎぬ》をつけた裃姿……ルリと違い、小袖はスッキリとした無地である。腰に小《ちい》さ刀《がたな》をさし、扇を手にした立ち姿の、なんと清々しいことだろう。本来、儀礼に用いるのは長裃であり、袴は引き摺るほど長いはずなのだが、現実的ではないのでそこは簡略化されている——など、先ほど栄子から聞いたばかりの知識だ。今日集まったゲスト武士たちは、生地の色こそ違えど、みな一様に裃スタイルである。けれどその中でも、隼人は一際見映えがよいと思うのは、私の欲目だろうか。

「隼人さんも尊い……」

どうやら私だけではなかったらしい。栄子が両手を祈るように組んで、うっとりと見とれている。そして私と隼人のあいだにルリを立たせ、ものすごい勢いでまた撮影大会だ。せっかくのエレガントなドレスをバサバサいわせ、様々なアングルから激写する。

epilogue

ラブ・アクチュアリー

「おーい、そろそろ会場入ってくださーい」

受付を担当している頼孝に声をかけられ、栄子がやっとスマホをしまったところで、我々はボールルームに入った。

始まった結婚式は、私の知るものとは手順も雰囲気も違っていたが、新郎新婦の門出を祝おうという趣旨に変わりはなく、素晴らしいものだった。

純白の着物を纏った花嫁は、清廉な美しさに包まれ、輝くようだ。

そして大紋という柄のある着物に、侍烏帽子《えぼし》という帽子をかぶった誠は実に堂々と、立派な佇まいだった。私と同じテーブルの頼孝が「くぅ……兄貴、かっけぇ……」と呟くのが聞こえる。

お小姓のルリがリングを運ぶ姿には、あちこちから「まあ可愛い」の声が上がり、新郎新婦が指輪を交換すると、会場は温かい拍手に包まれる。先刻隼人の陰口を言っていた老武士も、涙ぐんで拍手していたところを見ると、情に厚いところがあるのだろう。

今時だなと思ったのは、オンラインで繋がっている人がいたことである。

入院中の誠の祖母だそうだ。

孫の結婚式を楽しみにしていたのだが、残念ながら出席は叶わなかった。けれど会場と病室はインターネットで繋がり、式の様子を先方に伝え続けている。祖母の様子も、会場のスクリーンに映し出された。ベッドに腰掛けた彼女は赤いカーディガンにコサージュを飾り、こちらに向けて笑顔で手を振っている。

「最初は、もっと小規模な式を行うつもりでしたが……」

新郎の挨拶で、誠がマイクを握る。

「かくもたくさんの皆様にお運びいただき、また敬愛する祖母も、このように病院から見守ってくれています。本当にありがたく、嬉しいことと存じます。いまだ未熟な私たちですが、ともに支え合うことを忘れず、幸福な家庭を築きたいと思っております。どうぞこれからもご指導ご鞭撻《べんたつ》くださいますよう、心からお願いいたします」

同時にお辞儀をするふたりに、祝福の拍手が湧き起こった。そこへ、

「跡継ぎを待っとるぞ！」

そんな声がかかる。

親族のテーブルではなかったから、武士関係者の誰かだろう。武家の感覚では、結婚は家同士のものであり、継承者を強く望まれるのは自然なことらしいものの……少なくとも、親族以外の者が言うのは余計なお世話なのではないか。花嫁はいい気持ちがしないのでは、と懸念した私だったが……。

「そう、それなのです」

誠からマイクを奪い、花嫁は……蜜子《みつこ》さんは明るい笑顔でそう言った。

「跡継ぎと言いますか、子供。私も誠さんも、子供がとても好きなのです。子だくさん家族が夢なのです」

今までほとんど喋ることのなかった蜜子さんが、ハキハキと聞きやすい滑舌で語る。また誰かが「いいぞォ、誠ォ、頑張らんと！」と声を上げ、会場に笑いが起きる。やや呂律《ろれつ》が回っていない声に、頼孝が「チッ、酔っ払いめ」と悪態をついた。

epilogue

ラブ・アクチュアリー

口にはしないが、私も同意見だし、隼人も渋い顔をしている。栄子もなにか言うかなと思ったのだが、微笑みを浮かべて新郎新婦を見つめるだけだ。

「いやあ、ハイ、応援かたじけないことです。そうです。私が、頑張ろうと思うのです」

再び、誠がマイクを持って言い、蜜子さんを見た。

ふたりはさらに寄り添い、腕を組む。

「残念ながら蜜子には持病があり、子供を産めません」

その言葉に、会場はたちまち静まりかえった。

もちろん私も初耳だったし、隼人や頼孝も言葉を失っている様子だ。

「なので、私が産みます」

続いた誠の言葉に、会場の静けさの質が変わった。

なんとも気まずい空気から、クエスチョンが次々に浮かぶ静けさへと——つまり皆、あいつはなにを言っている？　という顔になっている。私の頭の上にも、同じように？マークが浮かんでいるはずだ。

新郎が、誠が……子供を産む？

「蜜子と話し合い、また家族ともよく話し合い、この機会に公表することにしました。私はＦｔＭです」

え、と声を上げたのは頼孝だ。

隼人が控えめに「エフティーエムとはなんだ」と聞くと、頼孝は呆然としたまま、それでも「Female-to-Male…」と呟くように答えた。かなり驚いたらしい。

この展開には、私もびっくりである。とはいえ冷静に考えれば、もともとの骨格に恵まれ、ホルモン治療を受け、かつ剣道で鍛えているのであれば……ああなれることは理解できる。知人のパートナーがやはりＦｔＭだが、髭はもっとすごい。

隼人はFemale-to-Maleの意味もわからなかったらしく、少し首を傾げていた。

詳しい説明をしたのは、本人だった。

「ＦｔＭとは、生物学的性別が女性で、性の自己認識が男性であることをいいます。簡単に言うと、身体は女で心が男です。性同一性障害、という言葉はお聞き及びでしょうか。身体の性と心の性が一致せずに苦しむ疾患名です。私の場合、幸い周囲の理解に恵まれ、小学生の頃には男の子として扱われてのびのびと育ちました。ですから、自分の状態が疾患だという意識はあまりありません。とはいえ、思春期になるとやはり悩み、苦しみましたが……家族とともに、乗り越えました。私を肯定し続けてくれた両親には、どれほど感謝しても足りません」

誠が親族席を見る。彼の両親は涙ぐんで頷いていた。

「体格もよく、剣道が大好きで、強い武士になると心に決めていました。十八歳からは、ホルモン療法を受けています」

隼人の隣に座っていたルリが「えーと」と、周囲の大人たちを見て、

「宇都宮様は、女の人ということでしょうか？」

と聞いた。頼孝が壊れたマリオネットのようにカックンと頷き、「そう……」と答えかけたあと、すぐにググッと今度は首を捩《よじ》るようにしながら「いや、そうじゃない、か？」

と悩み始めている。

ルリの疑問については、栄子が、

「女の人の身体で生まれたけど、誠さん自身は自分を男だと思っているの。性の自己認識が男性、と言っていたでしょ？」

と適切に説明する。ルリはパパッと長い睫《まつげ》を瞬かせ「あ、そうか。性自認というやつですね？」と明晰に返した。栄子が微笑み、頷く。

「そうそう。学校で習った？」

「学校ではちょっとだけ教わりました。多様性社会、というのとか。でも具体的なことはあまり聞けなかったし、なんだか物足りなかったので、家で母に質問したのです。そうしたら、検索してくれたり、図書館に連れて行ってくれたりして……ＳＯＧＩ《ソジ》についても、母と勉強いたしました」

「すてきなお母さんですね」

私が言うと、ルリはいくらか恥ずかしそうに「はい」と答える。

「最近は、手前が武士になりたいと言っても……怖い顔になりませぬ。この小袖も、母が仕立ててくれたのです」

嬉しそうなルリの様子に、私の顔も綻《ほころ》ぶ。ルリの母は、すなわち隼人の母親だ。隼人が今どういう気持ちでいるか少し気掛かりだったが——ルリに優しい視線を向けると「そじ、をあとで教えてくれ」と言った。

一方、会場の空気は相変わらず独特の緊張感が漂っていた。

高齢者の多くはポカンとしていて、事情が把握できていない人もいるようだ。ほかの多くは、明らかな戸惑い顔である。

「私は自分の生き方を後悔したことはありませんが」

新郎新婦は堂々と顔を上げて笑みを湛《たた》えており、誠の挨拶は朗々と続く。

「それでも人生、時に方向転換はあるものです。結婚にあたり、少し前からホルモンの投与は中止しています。信頼できる精子提供者を探し、身体を整え、妊活に入る所存です。もちろん、武士登録もそのままです。これからも、私が武士であることは変わりません。大切な者を守るために強さを求めていく、その生き方を変える必要はな……」

「そんな道理がッ、通ると思うか……ッ」

震える怒鳴り声が、主賓《しゅひん》のテーブルから上がった。武士連盟のお偉いさんが顔を真っ赤にし、椅子を蹴るように立ち上がる。

「今まで隠していたことにつきましては、平にお詫び申し上げます」

誠は頭を深く下げ、静かに身を起こしてから「ですが」と続けた。

「武士登録は男子に限る、という規約はございません。男でも女でも、ＴＳ《トランスセクシュアル》でもよいかと考えます」

「よくないッ！　お、女が、武士になれるはずないだろうがッ。連盟規則にないなら、すぐに規則を改定して……」

「そうですか。しかしこの現代において、正当な理由なく女性を排する団体を、世間はどのような目で見るでしょう？」

epilogue

ラブ・アクチュアリー

「理由はある！　武士は、侍はッ、強くなければならんのだッ、男女で腕力の差は歴然ではないかッ」

「強く、ですか……。お言葉を返すようですが、歴史において、長刀《なぎなた》を振り、城を守った女傑たちがいたことは、皆様もご存じのはず。さらに、申し上げにくいことなれど、武士連に所属している若手武士のうち、私と手合わせして勝てる生物学的男性は……はたして何人おいでか？」

いきり立っていたお偉いさんは「む、ぐぅ」と唸った。次の言葉が出ないまま、隣の妻に袖をむんずと摑まれたかと思うと、強引に座らせられる。

「あのー、すんませんけどぉー」

挙手しつつの、間延びした声……頼孝が場の緊張感を解体し、立ち上がる。

「誠さんに勝ったことのない、織田家の者っす～。そもそも強いって、腕力だけの問題じゃないすよね。武士って、いや人間って、心の強さも大事だと思うわけでぇ。とにかく誠さんを追い出すんなら、俺も武士やめますんで、そこんとこよろしく～」

さらに、座りながら隣の隼人を見て、「あ。こいつもやめると思うっすよ」と言った。

隼人は姿勢よく座ったまま、「いかにも」とはっきり口にして一礼した。

「……ありがとう、ふたりとも」

誠が言った。泣きそうな顔になっているのを察し、蜜子さんがマイクを奪い取る。

「突然のカムアウトで、皆様驚かれたと思います。ごめんなさい」

再び、新婦の明るい声が会場に響く。

この人の声は実に力強く、心地よく、よく通る。後から知ったのだが、職業はアナウンサーだそうで、主にラジオ番組で仕事をしているそうだ。

「中には、私たちを祝福できかねるという方もいらっしゃるかもしれません。それは仕方のないことです。人の考え方はそれぞれですから。家族ですら、いまだ理解を得られていない人もいます」

その言葉で、私はこの式に花嫁の父が参加していない理由を知った。

「それでも……それでも私たちは……」

蜜子さんが、ハニーが、誠を見る。そして花が咲くように笑み、言った。

幸せになります、と。

ぱちん、ぱちん、ぱちん。

ゆったりとした拍手の音は、会場のスピーカーからだ。

大きなスクリーンの中で、誠の祖母が拍手をしている。

笑いながら、涙を零し、か細い声で「おめでとう、おめでとう」と繰り返す。誠も掠れた声で「ばあちゃん、ありがとう」と言った。

パンパンパンッと続いた、歯切れのよい拍手は栄子だ。

少しも動揺しておらず、満面の笑みで力強く手を打っている。

ルリが席を立ち、駆けだした。誠に抱きついて言う。

「手前も、武士になりまする！」

誠はルリをしっかりと抱きとめ、

「なれる。ルリちゃんは、なんにだってなれるんだよ」

そう返した。

隼人と頼孝は同時に立ち上がり、拍手する。私もそれに続いた。

会場が拍手に包まれるまで、いくらもかからなかった。周りに合わせているだけの人もいるだろうし、最後まで手を叩かない人もいた。けれどそんなことで、新郎新婦の幸福は壊れない。ほら、あの輝く笑顔はどうだ。人の固定観念は容易には変わらず、だが少しずつでも変わっていくべきだと——このふたりは知っているのだ。


アフターパーティは主に若い世代の集まりだった。

武士姿はだいぶ減って、新郎新婦の学友が中心となり、カジュアルな雰囲気である。新婦は白いワンピースに着替え、誠もスーツになって「ああ、洋装ラクだあ！」とリラックスした笑顔を見せる。

頼孝はずいぶん飲んで「あァ、もォ、びっくりしたァ。信じられないィィ。なァんで言ってくれなかったかなァァ」と愚痴り続けていた。兄貴分として慕っていただけに、もっと早く打ち明けてほしかったようだ。最後には半分潰れた状態で「でもォ、これは裏切りとかと違うしッ！　本能寺とかと違うのでェ！」と、だいぶわけのわからない状態になり、ほかの若手武士たちが手を焼いていた。後日、隼人に叱られることだろう。

酔っ払いはホテルに部屋を取っているそうなので、私と隼人は電車で帰ることにする。

「今日は驚きましたね」

引き出物の袋を携え、駅に向かって歩きながら私は言った。

隣を歩く隼人は、いつもと変わらぬ口調で「はい。驚き申した」と返す。

「ハヤトは違和感はないのですか？　誠がＦｔＭだとわかって」

その問いに真面目な武士はしばらく考え、

「些少の戸惑いはありますが……性別がどうあれ、誠殿が武士として生きると決めたのならば、それがしもまた武士として、これまでどおり接するのみです」

そう答えた。

武士として、武士と接する――なるほど、隼人らしい答だ。

「エイコは驚いていませんでしたね。知っていたのかな」

「そう思いまする。恐らくは、かなり以前から」

そして、誠のよき相談相手になっていたのだろう。

栄子を見ていると、時々叔母のことを思い出す。叔母は栄子よりだいぶおっとりした人だが、好奇心の強さや、懐の深さは似ているのだ。メールのやりとりで元気にしているのはわかっているが、機会を設け、ぜひ日本で会いたい。そして私がこの国で得た、新しい友人たちを紹介したい。

「ところでハヤト。着替えずに電車に乗って、いいのですか？」

「はい。構いませぬが」

epilogue

ラブ・アクチュアリー

なぜそんなことを？　という顔で隼人が答える。

「目立つのがいやなのかと。なにしろ今日は袴ですから」

だからこそ、ホテルに到着してから着付をしたのかと思っていたのだ。

今もやはり、すれ違う人のほとんどがこちらをチラチラ盗み見る。チラチラどころが、あからさまに振り返る人も少なくはない。

「目立つのは不得手ではありますが……それよりも、袴は電車内で迷惑なのです。肩衣の、この尖ったところが、近くに居る御方に刺さりそうで……」

「ああ、なるほど」

「儀式の時にしか着用しませんので、見映えのためか、やたら張り出しているのです。ですがもう、電車は混まぬ時間帯ゆえ」

「そうですね。まあ、車内では注目の的でしょうが……見られてしまうことについては、ハヤトは慣れているでしょうし」

私がそう言っているあいだにも、若い女性の三人組が「きゃっ、見て」と小さく声を上げ、私たちの横を通りすぎて行く。

「……確かに、それがしは多少目立つかと思いますが」

いやいや、多少ではない……と私が茶々を入れるより早く、隼人が「アンソニー殿もたいがいでござりまするぞ」と続けた。

「私？」

「金髪碧眼、燕尾服の英国紳士。披露宴でも、撮影列ができていたではありませぬか」

そういえば披露宴がお開きになったあと、「あのう、一緒に写真を……」と七歳から九十二歳までの女性に頼まれ、ちょっとした列ができたのだった。その列に花嫁まで入ろうとしたので、「蜜子ちゃんは後で撮れるでしょ！」と栄子が窘めていた。

「今日集まった女性たちは、武士を見慣れていますものね。私のほうが珍しいのかな」

「今し方通りすぎた女子たちも、アンソニー殿を見ていました」

「いや、ハヤトですよ」

「アンソニー殿です」

「いやいやいや」

「いやいや」

そんな掛け合いをしながら歩いていると、前方から二十歳前後の女性ふたり組が近づいてくる。こちらを気にしているのがわかったので、私も悟られないようにしつつ、彼女たちに注意を向けた。私と隼人、どちらに注目しているのか見極めようと思ったからである。隼人も押し黙ったので、同じ事を考えていたかもしれない。

深夜でも東京の街は明るい。

車のヘッドライトが行き交い、街路樹から落ちる黄色い葉もくっきりと見え、ショーウィンドウからは光が零れている。ガラスに映った自分とふと目が合い、なるほど少々目立つかもしれないと思った。さすがにシルクハットは被らなかったが、テイルコート自体、日本の礼装としては一般的ではないらしい。いや、でもやはり、さらに目立つのは裃に二本差しの隼人のはずだ。

距離が近くなると、女性たちも小声での話をやめ、何気なさを装った。

そして私たちはすれ違う。

結局、注目されていたのがどちらなのか、私にははっきりとはわからなかった。隼人を見ていたような気もするし、私を見ていたようにも……。

「ねっ？　武士とジェントルマン！」

少しして聞こえてきた、弾んだ声。

私は立ち止まり、隼人を見た。隼人もほぼ同時に止まって、私に向いていた。

そして私たちは、一緒に笑い出した。

本書は、「カドブンノベル」2019年9月号、11月号、
2020年1月号、5月号、7月号に掲載された
「武士とジェントルマン」をもとに、加筆・修正いたしました。
「epilogue　ラブ・アクチュアリー」は
書籍化時の書き下ろしです。

本作はフィクションです。
登場する人物・団体などは実在のものと一切関係ありません。

協力（英国文化監修）　吉荒夕記（アートローグ主宰）
https://www.artlogue.net/

榎田ユウリ（えだ　ゆうり）
東京都出身。2000年、「魚住くん」シリーズ第１作となる『夏の塩』でデビュー。ほかの著書に、「宮廷神官物語」「カブキブ！」「妖琦庵夜話」「死神」各シリーズ、「先生のおとりよせ」シリーズ（中村明日美子との共著）など多数。榎田尤利名義ではＢＬ小説も執筆する。巧みなストーリーテリングと、魅力的なキャラクター描写で、多くの読者を魅了している。2021年3・4月、『この春、とうに死んでるあなたを探して』（文庫化）、『宮廷神官物語 十二』、本書『武士とジェントルマン』、『死神と弟子とかなり残念な小説家。』と連続刊行。

武士《ぶし》とジェントルマン

2021年４月14日　初版発行

著者／榎田《えだ》ユウリ

発行者／堀内大示

発行／株式会社KADOKAWA
〒102-8177　東京都千代田区富士見2-13-3
電話　0570-002-301（ナビダイヤル）

印刷所／旭印刷株式会社

製本所／本間製本株式会社

本書の無断複製（コピー、スキャン、デジタル化等）並びに
無断複製物の譲渡及び配信は、著作権法上での例外を除き禁じられています。
また、本書を代行業者などの第三者に依頼して複製する行為は、
たとえ個人や家庭内での利用であっても一切認められておりません。

●お問い合わせ
https://www.kadokawa.co.jp/（「お問い合わせ」へお進みください）
※内容によっては、お答えできない場合があります。
※サポートは日本国内のみとさせていただきます。
※Japanese text only

定価はカバーに表示してあります。

©Yuuri Eda 2021　Printed in Japan
ISBN 978-4-04-109987-2　C0093